唐代叙事诗研究

胡秀春 著

人民出版社

目　录

绪　论

一、史的叙事与诗的叙事

什么是叙事？《说文解字》这样解释："叙，次弟也"，"事，职也。"《大学》记载："物有本末，事有终始"①，"叙"与"事"搭配成为词组"叙事"最早见于《周礼·春官·冯相氏》②，"冯相氏掌十有二岁、十有二月、十有二辰、十日、二十有八星之位，辨其叙事，以会天位"③。可见，叙事就是依序行事之意，"'叙'与'序'相通，叙事常常称作'序事'"④。《周礼订义》："掌叙事之法，受讷访，以诏王听治"⑤，即按尊卑之序行事。王国维认为"事"即"史"，是古代专司记述的官员，"古之官名，多由史出。殷周间王室执政之官，经传作卿士，而毛公鼎、小子师敦、番生敦作卿事，殷墟卜辞作卿史，是卿士本名史也。又天子诸侯之执政，通称御事，而殷墟卜辞则称御史，是御事亦名史也。"⑥这一观点与《说文解字》对"事"的解释一致。

唐代史学家刘知己在史学名著《史通》中著有《叙事》一篇，论述史书的叙事问题，提出叙事有四种不同的方式，"有直纪其才行者，有唯书其事迹者，有因言语而可知者，有假赞论而自见者。"⑦他指出，第一种，"直纪才

---

① （宋）朱熹：《四书章句集注》，中华书局1983年版，第3页。

② 参见傅修延：《先秦叙事研究》，东方出版社1999年版，第11页。

③ （汉）郑玄注，（唐）贾公彦疏：《周礼注疏》卷二十六，北京大学出版社1999年版，第700页。

④ 杨义：《中国叙事学》，人民出版社1997年版，第10页。

⑤ （宋）王与之：《周礼订义》卷四十五，文渊阁四库全书，第93册，经部，礼类，上海古籍出版社2003年版，第732页。

⑥ 王国维：《释史》，《观堂集林》第一册，中华书局1959年版，第269页。

⑦ （唐）刘知几撰，（清）浦起龙释：《史通通释》，上海古籍出版社1978年版，第168页。

行”就是像《尚书》中直接用“允恭克让”称颂帝尧之德,像《左传》中直接用“美秀而文”记述子太叔之状这种直接点明品德操守的叙事方式。第二种,所谓“唯书事迹”的叙事方式就如《左传》记载申生自缢而亡的前因后果,《汉书》记载纪信代君而死的经过,这类通过事件反映性格品行的方式。第三种是通过别人的言语评论点明事件与人物品行的,像《尚书》通过周武王的言论“焚炙忠良,刳剔孕妇”点明商纣王之罪,《左传》中栾武子用“筚路蓝缕,以启山林”评论楚国。第四种是《史记》中用“太史公曰”、“其赞曰”这种通过史臣发言品评人物及事迹的叙事方式。

可见,史的叙事往往有四种手段:直接状写人物容貌才德,叙述事件经过,描画人物言语,通过他人评论显露事件。

刘知几指出,“叙事”是古人写“史”的一种艺术手段,是专属于“史”这种文体的特有美学功能,史传文学崇尚以简要为主的质实性叙事美学原则,“夫国史之美者,以叙事为工;而叙事之工者,以简要为主……文约而事丰,此述作之尤美者也。”①如果立足于这个逻辑基点加以推论,那么一旦某位诗人的诗也具有这种美学特征,就可以与“史”媲美。因此,“诗史”这个以史为核心词的偏正词组表明,诗引进“史”的笔法就成为叙事诗,叙事诗就是“诗史”的别称,它是从纪实、有据的角度,用诗的艺术形式对真实发生过的历史事件或事实的确切记述。这是“史”意识影响于古典诗学所生成的诗史叙事美学观。“中国古代最高的文化样式是‘史’。在古人心目中‘先帝先圣’‘列祖列宗’具有至高无上的地位。《左传》、《史记》等为代表的历史叙述占绝对主导地位。他们不仅成为历史叙述的楷模,也同样是文学叙述的最高楷模。因此,别的样式必得近于‘史’,追求历史旨趣才获得价值。”②

事实上,直接或间接对事件进行描述的叙事手段不仅仅局限于史传文学,它是中国文学最常见的表现手段。“叙事”一词虽源于政治行政范畴③,但在演变进程中渐与“叙说,记述事件经过”之意趋同,如《国语·晋语三》

---

① (唐)刘知几撰,赵吕甫校注:《史通新校注》,重庆出版社1990年版,第339—340页。

② 罗忠跃、胡根林:《唐代叙事诗限知叙述视角转换模式试探》,《上饶师范学院学报》2006年第4期。

③ 傅修延:《先秦叙事研究》,东方出版社1999年版,第12页。

“纪言以叙之，述意以导之”①，也就是说，把事件前后经过记录下来。所谓叙事，广义上可以指用语言、文字、图画、影视、身体动作等多种手段讲述故事的媒介，狭义上指叙事文学的结构手段与文体特征，史传、戏剧、小说是其中最为突出的形式。陈钟凡在《中国韵文通论》中谈“叙事”时提出：“宋人大曲，皆为叙事体；金之诸宫调，虽有代言之处，而大体只可谓之叙事；惟元人杂剧于科白中叙事，而曲文全为代言”②，表明中国古代叙事文学形式的多样化。中国早期的叙事形态表现为画事与演事，画事的方式是以图画表述一个事件，也可以叫叙事画。演事的方式主要表现为上古乐舞，通过诉诸视觉形象的表演和歌唱再现事件。古代乐舞作为一种综合型的表演艺术，是用戏剧的演事方式实现其祭神与娱人的功能，其中的唱词就是叙事诗。③由此可以推断，“昔葛天氏之乐，三人操牛尾投足以歌八阙”④中所记述的八阕就是早期的叙事诗⑤。

“史”主导着叙事，“中国的史书以其在中国文化中的崇高地位，成为中国叙事艺术的主源”⑥，但叙事诗依然以边缘化的形态在中国古代的叙事领域占有一席之地。史的叙事影响着诗的叙事，历史叙述的“实录”精神成为中国古代诗论对诗歌叙事真实性的要求，如班固提出“其文直，其事核，不虚美，不隐善，故谓之实录”⑦，左思提出“赞事者宜本其实”⑧，刘勰提出“酌奇而不失其真，玩华而不坠其实”⑨，“事信而不诞”⑩，这正是中国古代叙事诗之所以不同于西方叙事诗的基本文化背景。正是在这个意义上，有些学者

---

① 徐元诰：《国语》卷九《晋语》三，中华书局2002年版，第305页。

② 陈钟凡：《中国韵文通论》，中华书局1936年版，第378页。

③ 参见傅修延：《先秦叙事研究》，东方出版社1999年版，第21—25页。

④（战国）吕不韦著，陈奇猷校释：《吕氏春秋新校释》卷五《仲夏纪·古乐》，上海古籍出版社2002年版，第288页。

⑤ 本文讨论的中国古代叙事诗都是指汉民族的叙事诗。

⑥ 邱昌员：《论中唐叙事诗的小说史意义》，《甘肃社会科学》2006年第5期。

⑦（汉）班固：《汉书》卷六十二《司马迁传》，中华书局1962年版，第2738页。

⑧（晋）左思：《三都赋序》，见（梁）萧统编，（唐）李善注：《文选注》卷四，中华书局1977年版，第74页。

⑨（梁）刘勰撰，范文澜注：《文心雕龙注》卷一《总经》，人民文学出版社1962年版，第48页。

⑩（梁）刘勰撰，范文澜注：《文心雕龙注》卷一《总经》，人民文学出版社1962年版，第23页。

认为部分古代叙事诗取材具有新闻性,应是现代报告文学的鼻祖。白居易的《秦中吟》正是这一理念的化身,诗人介绍创作组诗的缘起时提到,"贞元、元和之际,予在长安,闻见之间,有足悲者。因直歌其事,命为《秦中吟》"。① 可见,叙事诗人把直接反映现实生活作为自己的使命。

叙事的史与叙事的诗是中国早期叙事文学的主体,前者是散文,后者是诗,两大体式互为渗透、互为补充而又各为其旨,构成中国叙事文学的童年。"诗具史笔,史蕴诗心"是中国古代叙事文学的突出特点。史的叙事与诗的叙事在美学层面上是相通的,诗与史有一个从合而为一,慢慢演变为各行其是的过程,合而再变使两个个体各自带上融合时的共同特征。②

二、西方叙事与中国叙事

早在古希腊时期,亚里士多德和柏拉图就提出过叙事的概念,西方叙事理论可以追溯到亚里士多德的《诗学》与《修辞学》。亚里士多德在《诗学》中总结了文学叙事的最基本要素:时间、地点、人物、事件等,提出文学作品的叙述程序包括背景、原因与开端、过程与发展、最终结局。③ 西方文论普遍认为,有整一情节的叙事是最好的叙事,"任何叙事作品相当于一段包含着一个具有人类趣味又有情节统一性的事件序列的话语。没有序列,就没有叙事;……没有具有整体统一的情节,也没有叙事"④。可见,即使创作文学作品时遵循了时间顺序,也罗列了事件,但是事件的设置如果没有内在的逻辑条理,作品中的所有事件就只能成为无序的序列,不能被称为叙事序列,同时,如果事件不能反映社会生活和人类情感,没

---

① (唐)白居易:《秦中吟十首》序,见谢思炜:《白居易诗集校注》卷二,中华书局 2006 年版,第 154 页。

② 参见张碧波:《史诗·抒情诗·叙事诗——试论我国古代抒情诗发展中的一个带规律性的问题》,《学习与探索》1982 年第 2 期。

③ 参见董小英:《叙述学》,社会科学文献出版社 2001 年版,第 44 页。

④ [法]克洛德·布雷蒙:《叙述可能之逻辑》,见张寅德编选:《叙述学研究》,中国社会科学出版社 1989 年版,第 156—157 页。

有矛盾冲突，也不能成为叙事。克罗齐认为，史诗和戏剧都是“情感的史诗或剧诗”①。因此必须是包含有意义、有组织结构的事件序列的文学作品才能成为叙事作品。

在西方，叙事诗就是像《伊里亚特》和《奥德赛》那样的史诗，具备完整的事件和宏伟宽广的历史背景②。“史诗是一种古老的诗歌形式，其产生年代早于一般的或现存的希腊抒情诗和悲剧。希腊史诗的前身可能是某种以描述神和英雄们的活动和业绩为主的原始的叙事诗……史诗是严肃文学的承上启下者，具有庄重、容量大、内容丰富等特点。”③在亚里士多德看来，史诗就是叙事诗，是一种通过创造情节来表现生活的艺术，在这种叙事诗学浸染下的西方叙事诗（即史诗）富有传奇性和神话性。

与西方不同，中国古代没有“神话—史诗”传统，叙事诗相对不发达，“叙事艺术的经验只能主要在古代的史书及其衍流杂史、杂传、志怪和志人短札中分散地、零星地积累”④。叙事诗作为一种介于小说与抒情诗之间的特殊文学样式，应具有完整的故事情节与人物形象，而先秦至唐代的叙事诗（除汉乐府叙事诗以外）往往情节简括，人物形象不突出，抒情性很强，可以被看作是抒情诗的“变体”。学界有一种观点认为，中国古代叙事诗有三种基本叙事结构模式：纪事型、感事型与情节型。纪事型的叙事结构模式是以事件发生发展的时空顺序展开叙述，侧重“征实”，是“诗史”的文学源头。⑤感事型的叙事结构模式通过场面的描写造成一种情境，用抒情和议论推进叙述进程，是乐府歌行体叙事诗的基本结构形式。到唐代新乐府，这种叙事模式得到充分表现，并有了理论上的自觉，有“辞质”、“言直”、“事核”、“体顺”的创作追求⑥。情节型的叙事结构模式是叙事诗中最具有艺术性的，以

---

① 转引自朱光潜：《诗论》，北京出版社2005年版，第61页。

② 参见葛晓音：《论汉乐府叙事诗的发展原因和表现艺术》，见《汉唐文学的嬗变》，北京大学出版社1990年版，第8页。

③ ［古希腊］亚里士多德：《诗学》（附录），陈中梅译注，商务印书馆2008年版，第246页。

④ 邱昌员：《论中唐叙事诗的小说史意义》，《甘肃社会科学》2006年第5期。

⑤ 参见王荣：《发现与重估：中国古典叙事诗艺术论析》，《陕西师范大学学报》2001年第2期。

⑥ （唐）白居易：《新乐府》序，见谢思炜：《白居易诗集校注》卷三，中华书局2006年版，第267页。

虚构性的情节作为叙事结构的中心，夸张史实，具有“史诗”性的美学功能，①《长恨歌》便是这类模式的经典之作。因此，中国古代的叙事诗是不同于西方的具有中华民族特色的叙事诗，是包含具有中国特色的史诗性作品的叙事诗系统。

质实与虚构是中西叙事诗的鲜明差异。中国古代叙事诗由于创作题材的“征实”性、叙事主题的政治性、功利性以及诗人对于现实生存状态的关注而体现出“质实”的风格，比如汉乐府与唐乐府歌行体叙事诗深入地表现了征夫、孤儿、战乱、社会贫困、情爱、婚姻等现实生活主题。古代诗人具有直面人生、关注民生的叙事诗审美意识，自觉地将自己的创作纳入宏阔的社会、政治、历史背景之中，构成中国古代叙事诗现实主义的创作精神与主题追求。从汉魏乐府“感于哀乐，缘事而发”②的理念到唐代新乐府“文章合为时而著，歌诗合为事而作”③的理论，古代叙事诗真正确立了现实主义的创作原则。中国古代叙事诗虽然缺乏西方史诗的宏阔壮美，却未失诗史性的历史参与意识。

结构的精巧与恢宏是中西叙事诗的又一大差异。西方史诗往往具有恢宏的篇幅，“希腊史诗《伊利亚特》15000 行，《奥德赛》12000 行”，而中国古代叙事诗短小精巧，两者呈现出截然不同的美学风貌。以《诗经》为开端的史诗性作品往往寥寥几百字，甚至不足百字就简略清楚地叙述完一个完整的事件，如《大雅》中的《生民》、《公刘》、《绵》、《皇矣》、《大明》等，以截取片断、渲染场面的方式歌颂周王朝的功业，体现中国早期叙事诗以点代面、以静见动、以小观大的浓缩型结构特征。

在创作技巧上，西方叙事诗强调动作，关注情节，而中国叙事诗由于受抒情文学传统的影响，述事以寄情居多，对叙事情节相对忽视，故事性不强，“情”在叙事诗中的地位较为突出。通过截取横剖面式的场景片段来进行叙事是中国古代叙事诗的主要特征，大部分汉魏叙事诗往往集中描述生活

---

① 参见王荣：《发现与重估：中国古典叙事诗艺术论析》，《陕西师范大学学报》2001 年第 2 期。

② （汉）班固：《汉书》卷三十《艺文志》，中华书局 1962 年版，第 1756 页。

③ （唐）白居易：《与元九书》，见郭绍虞主编：《中国历代文论选》第二册，上海古籍出版社 2001 年版。

中的某一场景或事件发展过程中的一个断面，不追求故事的完整性，略去情节的进展过程，也很少展示事件发生发展的广阔背景。这种独特的表现方式旨在以事寄情，托事述理，“在形式上虽是叙事的，而基本语调仍是抒情的。”①

造成以上中西叙事观念分歧的原因无外乎中西两大文学传统的差异。中国古代的文学传统以抒情诗为核心，而古代地中海传统以叙事文学为核心②。先秦时代，中国抒情诗理论已经高度发达，而叙事诗理论则相对滞后，直到南宋刘克庄的《后村诗话》才提出“叙事体”的概念。中国诗学中的“叙事”往往与乐府相联系，“盖乐府多是叙事之诗，不如此不足以尽倾倒，且轶荡宜于节奏，而真率又易晓也。”③汉代乐府诗不同于古诗，多以明白晓畅的语言进行叙事。“乐府之异于诗者，往往叙事。诗贵温裕纯雅，乐府贵遒深劲绝，又其不同也。”④“乐府往往叙事，故与诗殊。”⑤可见，中国诗歌叙事是一种有别于诗歌传统的表达形式。古代叙事诗既不是纯粹的抒情，又不是通篇的叙事，往往情感缘事而生又逸出事外，“以情挟事，以事抒情，而不重视叙事的连贯、情节的铺排和人物的刻画，有别于纯粹的客观叙事的诗作。”⑥从汉到唐，叙事诗中呈现的多是戏剧情境而不是戏剧情节，《病妇行》、《孤儿行》、《连昌宫词》等叙事诗是典型的“情景叙述”体的叙事作品，而不是“戏剧呈现”型的诗篇。

中国古代叙事诗的美学特质“不在于单纯地表现主观现实，而是或者即事抒怀、缘事感叹，或者即景会心、咏物寄意。”⑦作为抒情主体的诗人往往就是情节的主体，客观情节的发展与诗人主观情绪的发展是相统一的，客观行动的戏剧性与抒情主体心态的戏剧性是一致的。主体抒情式的叙事是

① 葛晓音：《汉唐文学的嬗变》，北京大学出版社1990年版，第8页。

② 参见[美]浦安迪：《中国叙事学》，北京大学出版社1996年版，第47页。

③ (明)许学夷：《诗源辩体》，人民文学出版社1987年版，第67页。

④ (清)郎廷槐：《师友诗传录》，文渊阁四库全书，第1483册，集部，诗文评类，上海古籍出版社2003年版，第887页。

⑤ (明)徐祯卿：《迪功集·谈艺录》，文渊阁四库全书，第1268册，集部，别集类，上海古籍出版社2003年版，第780页。

⑥ 陈来生：《中国传统叙事诗不发达原因探析》，《复旦学报》2004年第1期。

⑦ 韩经太：《诗学美论与诗词美境》，北京语言文化大学出版社2000年版，第36—37页。

中国古代叙事诗独特的叙事形式,完全不同于西方。

三、叙事诗与叙事因素

什么是叙事诗?诗人艾青曾经说过,"没有采用形象思维的方式,只是叙述的方式。虽然看来很格律化,其实也还是散文化。杜甫的《石壕吏》,'暮投石壕村,有吏夜捉人',整个是叙述的,是押韵的散文。"①也就是说,叙事诗是一种特殊的有诗歌韵味,有节奏韵律的散文,"是在一定用意的支配下,用押韵的语言将事件安排得具有一定顺序、头绪的文学作品。"②。《辞海·文学分册》对"叙事诗"的定义是:"有比较完整的故事情节和人物形象"的诗歌,对"抒情诗"的定义是:"通过直接抒发诗人的思想感情来反映社会生活,没有完整的故事情节和人物形象"。严格意义上,判断叙事诗需要考虑两大要件:(1)是否具备传达诗人意念的故事情节;(2)是否刻画出鲜明的人物形象,具备这两大要件的为较纯粹的叙事诗。这样的界定是符合人们的一般认识的。但是,在我国诗歌史上,真正具有像《孔雀东南飞》、《长恨歌》这样完整故事情节和人物形象的作品很少。在古代诗歌中,叙事往往成为一种表现方式,诗人对诗歌所要表现的事件不做全面的、有头有尾的叙述,而是恰当挑选能充分显示生活矛盾的侧面集中描绘。因此,中国古代叙事诗必定具有抒情意味,只要诗歌的主题以事件本身为主,人物形象被作为事件逻辑链条中的必要环节的,便可以成为一首叙事诗。要判断一首诗究竟是抒情诗还是以叙事为主兼有抒情功能的叙事诗,往往"剪不断,理还乱"。在中国古代诗歌史上,"'抒情地叙事'与'通过叙事来抒情'是极为常见的文学手段,叙事作品中掺杂一些抒情成分几乎是不可避免的事情,叙事诗更是两者珠联璧合的产物。"③可见,广义的叙事必定会覆盖抒情,中国古代不存在纯粹的叙事诗,诗歌中叙事与抒情的重迭往往会遮蔽叙

---

① 艾青:《与青年诗人谈诗》,见《艾青谈诗》,花城出版社1982年版。

② 程相占:《中国古代叙事诗研究》,广西师范大学出版社2002年版,第6页。

③ 傅修延:《先秦叙事研究》,东方出版社1999年版,第10页。

事诗的叙事脉络。古代叙事诗是杂而不纯、具有中国特色的杂体叙事诗。朱光潜提出“抒情叙事诗”论，认为诗性叙事中的“事”是“通过情感的放大镜的，它绝不叙完全客观的干枯的事”①，这一观点比较切合古代诗歌史的实际。

中国古代叙事诗分为说唱型和传统型两种体式。说唱叙事诗包括叙事鼓子词、诸宫调、叙事道情、叙事莲花落、单弦牌子曲、八角鼓等“乐曲系”的诗歌和俗赋、词文、弹词、鼓词、子弟书、快书、板书等“诗赞系”的诗歌②。传统型叙事诗是乐府系统和文人系统的叙事诗，乐府系统的叙事诗是指汉乐府民歌和后代文人以乐府体创作或具有乐府精神的现实主义诗歌，诗歌情节往往源于史实或真实故事，如《孔雀东南飞》、《木兰辞》等叙事因素相当显著的叙事作品。在唐代，文人系统的叙事诗往往以男女艳情或神仙历史故事作为题材，以七言歌行、五言古诗、五言排律或律诗、律绝组诗形式叙述，故事较为完整，带有浓厚的抒情色彩，如白居易的《长恨歌》，元稹的《连昌宫词》、《杂忆》，刘禹锡的《伤秦姝行》等。文人系统与乐府系统叙事诗的风格是截然不同的，前者偏重于娱情、消遣，继承的是《诗经》国风情歌的表现方法，后者偏重于讽谕时事、干预政治，继承的是《诗经》的“美刺”精神③。

中国古代诗歌最突出的特征就是既具有强烈的叙事性，又具有浓郁的抒情性，叙事与抒情水乳交融。中国古代从《诗经》、《楚辞》开始就确立“重抒情轻叙事”的诗歌传统，历代的文人诗多为抒情诗而少叙事诗。叙事诗的发展得益于汉乐府民歌，然而汉乐府民歌并非单纯的叙事诗，在叙事中依然蕴含浓重的抒情基调。《辞海》所定义的“叙事诗”是当代中国人在借鉴西方叙事学理论之后形成的一种观念，套用它对中国古代诗歌进行分类研究，不符合中国古代叙事诗的实际特点，确立符合中国古代诗歌史实际的界定标准必须借助中国古代的叙事理论。

---

① 朱光潜：《替诗的音律辩护》，见朱光潜：《诗论》，北京出版社2005年版，第281页。

② 参见陈来生：《说唱叙事诗与中国古代叙事诗不发达状况的辩证考察》，《南京社会科学》2003年第12期。

③ 参见刘丽文：《简谈我国古代叙事诗的形成原因及其特点》，《求是学刊》1984年第6期。

中国古代叙事诗的艺术形式与结构模式具有多元混杂的形态。叙事诗范围的限定可以宽泛也可以狭窄,关键在于如何使我们的界定符合中国古代诗歌史的实际。要明确叙事诗的界定标准,不得不考虑叙事因素在诗中所占的比重问题,要对叙事、抒情和议论的比例做出科学的认识。叙事因素包括:时间,地点,对人物形象的多侧面刻画,如外貌描写、动作描写、心理描写、细节描写、事件片段、故事情节、第三者的视角、景物烘托等。抒情与叙事成分在诗歌中所占的不同比例决定一首诗的诗体形式,当一首诗中抒情、议论性成分趋于零时,诗歌是纯叙事诗,而当这些成分趋于最大值时,就是抒情诗。因此,可以根据叙事成分在诗中所占的比重确认一首诗是否成为叙事诗。如果一首诗是一个结构相对完整的故事,像杜甫的《石壕吏》、白居易的《长恨歌》、元稹的《连昌宫词》等,议论和抒情的比例极少,显然就是叙事诗。而当一首诗含叙事和抒情两个部分,多半是叙事,小半是抒情时,也是明显的叙事诗,如杜甫的《北征》、白居易的《琵琶行》、杜牧的《杜秋娘诗》等。另外,一首诗中一半是叙事,一半是抒情或者小半是叙事,多半是抒情的,也是叙事诗,如杜甫的《自京赴奉先县咏怀五百字》。大部分的古代叙事诗是抒情性很强的叙事性作品,以叙事——抒情结构为基本结构,其中多半叙事加小半抒情的结构是古代叙事诗的主要类型,这种类型恰恰体现中国古代叙事诗不同于西方的基本叙事特点。

从接受学角度来看,每位读者内心都有约定俗成的叙事诗概念,比如人们往往认定杜甫的“三吏”、“三别”、白居易的《长恨歌》、《琵琶行》是叙事诗,这是一种集体无意识。既然人们已经把部分诗接受为叙事诗,那么一定有预设的诗体知识前提存在于人们的意识之中。界定叙事诗,分析诗中叙事因素的比重并非易事,因为艺术审美研究并非科学的定量分析,阅读审美感受很难以精确的量化手段来表述,所以应采取一种更接近艺术欣赏实际的界定方法,从美感经验角度切入诗歌的审美层面。在一首诗中,当叙事因素突出并且成为决定一首诗是否富有感染力的最主要因素时,这首诗可以被认定为叙事诗。从这一理念出发进行研究,对象则更为多元,叙事诗可以包括较完全、较纯粹的叙事诗,也可以包括抒情诗中以叙事为其特色、为其精华的篇章,即叙事因素突出的抒情诗。

对叙事诗的界定可以不设死边界,可以不单单从量的角度考虑,如果一首诗中最精彩、最令人感动的语段是叙事的，叙事因素在诗中明显，就可以把它划归为叙事诗。杜牧的七言绝句《清明》“清明时节雨纷纷，路上行人欲断魂，借问酒家何处有，牧童遥指杏花村”，有时间、场景、角色、情节，有故事性，而且非常富有生活气息，富有乡野情趣。诗中清晰地叙述了冒雨赶路的诗人向田间牧童问询酒家的细节，尤其一句“牧童遥指杏花村”，极富形象性和画面感，眼前仿佛浮现牧童的身姿与手势，其中又不乏感伤的清明气氛和诗人疲惫的情绪，是一首叙事因素非常突出的诗。这首诗因其叙事因素而增强了诗歌的亲和力、画面的动感和身临其境的现场感，可以被认定为叙事诗。杜甫的《自京赴奉先县咏怀五百字》题为咏怀，显然带有极其浓烈的抒情性，但叙事因素也非常突出，有路途艰辛的记述：“天衢阴峥嵘，客子中夜发。霜严衣带断，指直不得结。凌晨过骊山，御榻在嵽嵲。”有回家所见事实的描述：“入门闻号咷，幼子饥已卒。吾宁舍一哀，里巷亦呜咽。”有典型的文学形象（诗人自己），有时间地点，有事件的前因后果，而且不止一个事件，具备了普适意义上叙事文学的基本要素，就是叙事诗。杜甫的《茅屋为秋风所破歌》是一首以抒情为主的诗歌，可是情中有叙事因素：“南村群童欺我老无力，忍能对面为盗贼，公然抱茅入竹去。唇焦口燥呼不得，归来倚杖自叹息。”人物心理活动、动作神情、事件片段非常清晰，把它作为叙事诗研究也未尝不可。

但是，诗歌中呈现的人与事并非都是叙事因素。有些诗歌虽然写了人与事，却没有时间的流动，没有故事发生发展的流程与事件的因果链条，人与事在诗中所起的作用相当于静态的一景，不能发挥叙事功能，不是叙事因素，这样的诗歌就不能划为叙事诗。李白《王昭君二首》（其二）：“昭君拂玉鞍，上马啼红颊。今日汉宫人，明朝胡地妾。”诗中的昭君形象仅仅作为激发抒情或强化抒情的影像，是诗人用于抒发今昔之感的引子，在诗歌结构中没有被纳入叙事链条，不参与事件的因果进程。王维《宿郑州》：“田父草际归，村童雨中牧。主人东皋上，时稼绕茅屋。”有田父、牧童的美好形象，但只是作为抒发田园闲适之情的背景画面，不是叙事因素。王维《辋川闲居赠裴秀才迪》中的人物形象虽然是用“倚杖柴门外，临风听暮蝉”，“复值接舆醉，狂歌五柳前”这样极具动态的画面展示的，但诗歌中寻不到有意义的事件进程，人已经在诗中景化或情化了，只具备背景化的存在意义，这样的诗歌也不能被认定为叙事诗。所以，即使整首诗中出现了叙述性的句子，但如果不能形成一个时间链、一个故事链或一个因果链，就不能成为诗中的叙事因素。

在抒情诗中，叙事手段普遍存在，如果立足于"叙事因素"角度分析古代诗歌，对唐诗进行全貌扫描式的考察，就能对传统的文人叙事诗和通常被冠以抒情诗头衔的许多诗篇进行较为客观的研究，可以对以往唐代叙事诗的研究做出补充。沿袭乐府传统并加以创造革新的唐代叙事诗是中国古代叙事诗发展历程中最为成熟和完美的丰碑，它带给读者的艺术感染力可谓"前无古人，后无来者"，那浑厚、自然的唐诗风貌把古代诗歌情景交融的审美理想鲜活地呈现于众人面前。叙事因素是唐诗的重要特点，叙事因素强化了诗歌中情、景的现场感、现实感，与抒情性特色相得益彰，共同营造了空前绝后的唐诗意境。因此，从叙事因素角度对唐代叙事诗进行研究将对中国古代诗歌的"情景交融说"起到补充、推进的作用。

四、唐代叙事诗的研究空间

唐代的文人叙事诗以其丰富的题材、巧妙的手法、众多的数量展现出空前绝后的繁荣面貌，以杜甫为鼻祖，以元白叙事诗和新乐府运动为大潮，以晚唐韦庄等诗人为集大成者，叙事之作成就斐然。中唐是文人叙事诗发展的鼎盛时期，是继汉乐府叙事诗之后的又一个高峰，涌现出一系列的名篇佳作，如元稹的《连昌宫词》、《琵琶歌》，白居易的《长恨歌》、《琵琶引》、《上阳白发人》、《江南逢天宝乐叟》、《缚戎人》、《新丰折臂翁》、《井底引银瓶》等，文人叙事诗于此时已完全成熟。在唐代，杜甫的五言叙事诗"少陵体"和白居易、元稹的歌行叙事诗"长庆体"风行一时，其中"三吏"、"三别"是叙事诗成熟的典型性标志，《长恨歌》开创了严格定义的叙事诗先河。到晚唐，韦庄《秦妇吟》的出现为唐代叙事诗添上极其亮丽的一笔。

研究唐代叙事诗必然会涉及唐诗的分期问题，分期是为了更好地揭示唐诗演进中的内在逻辑性,即“唐诗的质的形成、转化与衰变的轨迹”①。唐诗分期主要有四唐说与三唐说两种。明代高棅把唐代诗歌分为初、盛、中、晚四个时期,后代多承其说。高棅在《唐诗品汇总叙》中提出,“至于声律兴象,文词理致,各有品格高下之不同,略而言之,则有初唐、盛唐、中唐、晚唐之不同。”②但是,关于这四个阶段的时间断限并没有形成一致的意见。主张四唐说的学者一般认为,自高祖武德(618—626)至玄宗先天(712—713)间,为唐诗发展的第一个阶段,即初唐阶段。自玄宗开元(713—741)年间至代宗大历(766—779)初,为第二个阶段,即盛唐阶段,出现王维、孟浩然一派,岑参、高适一派,李白和杜甫。以王维为代表的诗歌流派长于歌咏自然,初唐的王绩被视为开山之祖。以岑参为代表的诗歌流派擅长吟咏边塞风光,在题材上虽与初唐边塞诗一致,在诗体上却不沿袭初唐律、古形式,而采用乐府形式。“以李白为代表的复古咏怀一派,源于陈子昂之追慕汉魏雅正之音……以杜甫为代表的以近体抒情并摹写现实一派,源于其祖父杜审言”③。在这四类不同风格的诗人中,杜甫创作的叙事诗最多,岑参诗的叙事性也较强。自代宗大历(766—779)至穆宗长庆(821—824)年间,为第三个阶段,即中唐阶段。自敬宗宝历(824—826)初至唐亡,为第四个阶段,即晚唐阶段。三唐说将唐诗分为三个阶段:唐前期——唐初至安史之乱(755—763)前,即成长期;唐中期——安史之乱爆发至穆宗长庆(821—824)年间,即转变期;唐后期——敬宗宝历(824—826)以下至唐末(825—907),即衰蜕期,实际上就是把盛唐与初唐合为一个时期。其中,唐中期诗还可以分为三个阶段:安史变乱时诗坛——安史之乱爆发到代宗大历(766—779)初,大历诗坛——大历初到德宗贞元(785—805)中,元和诗坛——贞元中到长庆(821—824)末。的确,唐中期是叙事诗数量多、质量高的阶段,是一个与时代盛衰息息相关的诗歌发展过程,可以相应细分为不同的时期。对杜甫应归属于盛唐还是中唐的问题看法不一,聂石樵认为杜甫是盛唐诗风的代表,他指出,“到了盛唐,王维、李白、杜甫崛起,开唐诗之伟局……中唐时期,诗人在继承盛唐诗歌之基础上进一步发展,韩愈、白居

---

① 陈伯海:《唐诗学引论》,东方出版中心 2007 年版,第 80 页。
② (明)高棅:《唐诗品汇》,上海古籍出版社 2012 年版,第 8 页。
③ 聂石樵:《唐代文学史》,中华书局 2007 年版,第 37 页。

易成功最大，其创作可为中唐诗歌之代表。”①中国社会科学院文学研究所所著的《唐代文学史》也把杜甫归入盛唐。陈伯海则倾向于将杜甫作品归入中唐时期，他认为杜甫的叙事诗之所以被誉为诗史，是因为“诗中见史”，是变乱时代的真实写照。本研究把杜甫归入盛唐。

一直以来，唐诗研究主要着眼于抒情诗，多集中于“作家个体研究，分期与分阶段研究，思想综合研究，艺术综合研究，文献资料整理与研究，唐诗学研究，境外唐诗学研究”②等，缺乏关于唐代叙事诗的系统全面的专门研究。关于中国古代叙事诗的研究专著，主要有程相占的《中国古代叙事诗研究》，是对中国古代叙事诗进行综合、历时研究的主要成果。全书分意旨、视角与结构、人物、诗体四章，运用西方叙事学的理论资源，梳理了先秦至清代的代表性叙事诗，脉络清晰。该书根据人物在作品结构中的功能，将中国古代叙事诗的人物划分为叙事者和非叙事者两大类进行研究，并提出：“中国古代叙事诗中最著名、较成功的人物形象都是非叙事者，如刘兰芝、木兰、唐明皇、杨贵妃等；而叙事者有很大一部分只以‘行人’、‘过者’、‘长者’的身份出现，自身形象十分模糊。”③这样的结论不够客观，其实很多诗篇中叙事者的形象不仅不是模糊的，而且生动、深刻，富有历史文化内涵，同时，该书对唐代部分的论述比较简略，留有一定的阐述空间。

胡根林的硕士论文《唐代叙事诗研究》是较为系统全面研究唐代叙事诗的重要成果。论文以西方叙事理论为基点，主要从故事研究、文本研究、叙述研究三个角度对唐代叙事诗做出理论阐释与细读分析，具有启示意义。论文第二章故事研究部分概括了唐代叙事诗的故事类型、人物作用、结构模式，第三章文本研究部分从叙事艺术角度概括了意象叙事、用典叙事、散点叙事这三种唐代叙事诗的特点，第四章叙述研究部分从叙述视角、叙述节奏、叙述形式这三个方面对唐代叙事诗的叙事手段做出分析。该论文的价值还体现在作者以较为符合中国古典叙事诗创作实际的

① 聂石樵：《唐代文学史》，中华书局 2007 年版，第 286 页。

② 高永年：《由先秦至唐代：汉语叙事诗之成熟》，《江苏社会科学》2002 年第 1 期。

③ 程相占：《中国古代叙事诗研究》，广西师范大学出版社 2002 年版，第 165 页。

操作尺度爬梳了《全唐诗》及《全唐诗补编》，从近5万首诗中遴选出500多首具有代表性的叙事诗，形成一个唐代叙事诗的集合，基本能反映唐代叙事诗的总体面貌。但是，该论文对唐代叙事诗的研究不够深入，有些章节的论述有待商榷，比如作者把唐代叙事诗的结构模式分为讽谕诗、言情诗、寓言诗三类，显得宽泛，而且不够准确。再比如，该论文对人物在叙事诗中的作用虽然作出较为全面有效的分析，但对于唐代叙事诗中纷繁复杂的人物形象没有作出系统的梳理，依然留有较大的研究空间。事实上，人物是体现叙事诗叙事特征的重要元素，是事件或情节的生成者、承担者，没有人的活动就不会有事件或情节的产生。衡量中国古代叙事诗艺术成就的标准虽然不同于西方，但人物形象的典型化程度无疑是同样重要的一条标准，人物是叙事诗中不可或缺的要素。因此，唐代叙事诗的人物资源具有不可限量的发掘潜力。

唐代叙事诗是一座被忽略的“高峰”，当今学术界关于唐代叙事诗全貌研究的成果相对匮乏，这种现状与唐代叙事诗在诗歌史上的重要地位极不相称，有必要进行拓展和补充。本研究根据上文论及的叙事诗界定标准和唐代叙事诗选集、相关研究成果，框定唐代叙事诗的研究范围，对唐代叙事诗的结构模式、场景类型、人物形象和艺术特色做出分析，以求全面认识唐代叙事诗的总体风貌。以下表1为《唐代叙事诗研究》①提及和分析到的全部叙事诗篇目，表2为《中国古代叙事诗研究》②分析到的全部叙事诗篇目，表3、表4、表5分别为《人生几何时——叙事·传奇》③、《历代叙事诗选》④、《历代叙事诗赏析》⑤选入的唐代叙事诗篇目，这些篇目都是本书确立唐代叙事诗集合的客观参考。本书涉及的叙事诗范围既包含以下列表中的篇目，也包括五个表格中不曾出现的《全唐诗》⑥中其他叙事因素显著的诗歌。

---

① 胡根林：《唐代叙事诗研究》，硕士学位论文，华东师范大学，2004年。
② 程相占：《中国古代叙事诗研究》，广西师范大学出版社2002年版。
③ 周啸天等：《人生几何时——叙事·传奇》，凤凰出版社2009年版。
④ 王余杞、闻国新选释：《历代叙事诗选》，贵州人民出版社1984年版。
⑤ 刘学锴等：《历代叙事诗赏析》，安徽文艺出版社2001年版。
⑥ （清）彭定求编，中华书局编辑部点校：《全唐诗》，中华书局1999年版。

表 1 《唐代叙事诗研究》叙事诗篇目

时期	诗人	篇名
初唐（618—713）	卢照邻（约 630—680）	《咏史四首》
	王勃（650—676）	《忽梦游仙》
盛唐（713—755）包括开元时期（713—741）天宝时期（742—755）	孟浩然（689—740）	《越中逢天台太乙子》
	高适（700—765）	《李云南征蛮歌》《秋胡行》《燕歌行》
	李白（701—762）	《结客少年场行》《东海有勇妇》《秦女休行》《经乱离后天恩流夜郎忆旧游书怀赠江夏韦太守良宰》《宿五松下荀媪家》《妾薄命》《长干行》《北上行》《去妇词》《梦游天姥吟留别》《下终南山过斛斯山宿置酒》《别内赴征四首》《西施》《江夏行》《相逢行》《陌上桑》
	王维（701—761）	《少年行》四首《出塞作》《李陵咏》《老将行》《桃源行》《观猎》《西施咏》《洛阳行》
	崔颢（704—754?）	《古游侠呈军中诸将》《赠怀一上人》《长干曲》《江畔老人愁》《邯郸宫人怨》《渭城少年行》《相逢行》
	杜甫（712—770）	《义鹘行》《兵车行》前后《出塞》《奉赠韦左丞二十二韵》《自京赴奉先县咏怀五百字》《彭衙行》《北征》《羌村》《逼仄行》《壮游》《茅屋为秋风所破歌》,《新安吏》《潼关吏》《石壕吏》《新婚别》《垂老别》《无家别》《戏作花卿歌》《丽人行》《忆昔》《饮中八仙歌》《悲陈陶》《哀江头》《悲青阪》《述怀》《负荆行》《哀王孙》
	岑参（约 715—770）	《轮台歌奉送封大夫出师西征》《献封大夫破播仙凯歌六首》《玉门关盖将军歌》《太白胡僧歌》《白雪歌送武判官归京》《走马川奉送出师西征》
中唐（755—824）包括大历时期（766—779）	元结（719—772）	《贼退示官吏》《舂陵行》
	顾况（约 727—820）	《从军行》《弃妇词》《采蜡》《囝》
	戴叔伦（732—789）	《女耕田行》
	张建封（735—800）	《竞渡歌》
	韦应物（约 737—792）	《逢杨开府》《马明生遇神女歌》《汉武帝杂歌三首》《学仙二首》

续表

时期	诗人	篇名
	卢纶 （748—约 799）	《腊日观咸宁王部曲娑勒擒豹歌》
	李益 （748—约 829）	《从军有苦乐行》
	孟郊 （751—814）	《织妇词》
	陈羽 （约 753—?）	《古意》
	张籍 （约 766—830）	《少年行》《筑城词》《董逃行》《猛虎行》《江南曲》《筑城词》《伤歌行》《牧童行》《促促行》《牧童词》《离妇》《学仙》《贾客乐》《野老歌》《促促词》《贾客乐》
	王建 （约 766—?）	《羽林行》《织锦曲》《当窗曲》《水夫谣》《邯郸主人》《簇蚕词》《当窗织》《寻橦歌》《邯郸主人》《新嫁娘词三首》《田家留客》《赛神曲》《田中留客》《宫词》一百首《荆门行》
	韩愈 （768—824）	《双鸟诗》《病鸱》《猛虎行》《华山女》《射训狐》
	卢仝 （约 771—?）	《感古》
	刘禹锡 （772—842）	《聚蚊谣》《贾客词》（并引）《采菱行》《泰娘歌》《飞鸢操》《伤秦姝行》《有獭吟》《百舌吟》《摩镜篇》《昏镜篇》《昏镜词》《插田歌》
	白居易 （772—846）	《和大觜乌》《琵琶行》《长恨歌》《井底引银瓶》《杜陵叟》《新丰折臂翁》《江南喜逢萧九彻因话长安旧游戏赠五十韵》《新乐府》五十首《宿紫山阁北村》《上阳白发人》《卖炭翁》《夜闻歌者》《南阳小将张彦硖口镇税人场射虎歌》《酷吏》《古冢狐》《黑龙潭》《和梦游春一百韵》《霓裳羽衣歌》《江南天宝遇乐叟》《慈乌夜啼》《燕诗示刘叟》《感鹤》《胡旋女》《秦中吟十首》《盐商妇》《海漫漫》《戒求仙》《霓裳羽衣舞》《缚戎人》《官牛》《采地黄者》《母别子》《轻肥》《胡旋女》《驯犀》
	李绅 （772—846）	《莺莺歌》《悲善才》
	柳宗元 （773—819）	《咏荆轲》《韦道安》《寄韦珩》

续表

时期	诗人	篇名
	元稹 （779—831）	《大觜乌》《估客乐》《和李校书新题五十首》《连昌宫词》《梦游春七十韵》《会真诗三十韵》《出门行》《织妇词》《雉媒》《田家词》《李娃行》《桐花落》《代九九》《和乐天示杨琼》《寄吴士矩端公五十韵》《台中鞫狱忆开元观旧事呈损之兼赠周兄四十韵》《田野狐兔行》《有鸟二十章》《和雉媒》《赛神》《乐府古题》十二首组诗《和李校叔新题乐府》组诗十二首《友封体》《缚戎人》《胡旋女》
	姚合 （782—846?）	《庄居野行》
	李贺 （790—816）	《感讽》（其一）《少年行》《嘲少年》《吕将军歌》
晚唐 （825—907）	温庭筠 （约 801—约 870）	《烧歌》
	杜牧 （803—853）	《杜秋娘诗》《张好好诗》
	陈陶 （803?—879?）	《西川座上听金五云唱歌》
	李商隐 （813—858）	《行次西郊作一百韵》《韩碑》《宣室》
	刘驾 （822—?）	《唐乐府十首》
	皮日休 （约 834—883）	《卒妻》《橡媪叹》《正乐府十篇》
	韦庄 （836—910）	《秦妇吟》
	司空图 （837—908）	《冯燕歌》
	韩偓 （844—923?）	《偶见》《厌花落》《复偶见三绝》
生卒年不详	王翰 （710 登进士第）	《飞燕篇》《饮马长城窟行》
	李颀 （？—约 751）	《郑樱桃歌》《王母歌》
	鲍溶 （809 登进士第）	《李夫人歌》

续表

时期	诗人	篇名
	李廓（？—约851，818登进士第）	《长安少年行》
	薛逢（841登进士第）	《观竞渡》《邻相反行》
	郑嵎（851登进士第）	《津阳门诗》
	唐彦谦（861登进士第）	《宿田家》《采桑女》
	吴少微（？—706）	《怨歌行》
	刘言史（？—812）	《观绳伎》
	陆龟蒙（？—约881）	《刘获》
	曹唐	《大游仙诗》十七首《小游仙诗》九十八首
	戎昱	《苦哉行五首》《从军行》
	刘采春	《罗贡曲》
	贺朝	《从军行》
	李涉	《寄荆娘写真》
	李端	《胡腾儿》
	司马扎	《卖花者》
	冯特征	《虞姬怨》
	张柬之	《出塞》
	孟简	《咏欧阳行周事》
	韦元甫	《木兰歌》
	李栖筠	《张公洞》
		《西凉妓》《群蚊》《任弘农尉献州刺史乞假归京》

表2　《中国古代叙事诗研究》叙事诗篇目

诗人	篇名
李白	《对酒忆贺监序》《古风》（其三十四）《清平调词》三首

续表

诗人	篇名
杜甫	《潼关吏》《新安吏》《石壕吏》《兵车行》《北征》《自京赴奉先县咏怀五百字》《丽人行》《羌村三首》《哀江头》
卢纶	《塞下曲》
元稹	《连昌宫词》
白居易	《初授拾遗》《七德舞》《长恨歌》《上阳白发人》《新丰折臂翁》《盐商妇》《官牛》《采地黄者》《琵琶行》《胡旋女》《新乐府》五十首
贾岛	《寻隐者不遇》
韦庄	《秦妇吟》
李商隐	《行次西郊作一百韵》

表 3 《人生几何时——叙事·传奇》叙事诗篇目

诗人	篇名
张谓	《代北州老翁答》
王维	《夷门歌》
李白	《长干行》《江夏行》《丁都护歌》《远别离》《忆旧游寄谯郡元参军》
杜甫	《兵车行》《丽人行》《自京赴奉先县咏怀五百字》《哀江头》《羌村三首》《北征》《新安吏》《石壕吏》《新婚别》《赠卫八处士》
白居易	《长恨歌》《琵琶行》《上阳白发人》
元稹	《织妇词》《连昌宫词》
杜牧	《杜秋娘诗并序》
韦庄	《秦妇吟》

表 4 《历代叙事诗选》叙事诗篇目

诗人	篇名
李白	《长干行》
杜甫	《新安吏》《石壕吏》《新婚别》
戴叔伦	《女耕田行》
王建	《羽林行》
刘禹锡	《插田歌并引》
白居易	《长恨歌》《杜陵叟》《卖炭翁》《采地黄者》《琵琶行并序》
皮日休	《橡榅叹》

表 5 《历代叙事诗赏析》叙事诗篇目

诗人	篇名
王维	《桃源行》《老将行》
李白	《长干行》《江夏行》
杜甫	《前出塞》(九首)《后出塞》(五首)《彭衙行》《石壕吏》《新婚别》《垂老别》《无家别》《佳人》《丹青引赠曹将军霸》
柳宗元	《韦道安》
刘禹锡	《泰娘歌(并引)》
元稹	《连昌宫词》
白居易	《长恨歌》《上阳白发人》《新丰折臂翁》《缚戎人》《卖炭翁》《井底引银瓶》《琵琶行(并序)》
杜牧	《张好好诗(并序)》
李商隐	《韩碑》《偶成转韵七十二句赠四同舍》
司空图	《冯燕歌》
韦庄	《秦妇吟》

以上五个列表表明,不同研究者对叙事诗的理解虽然持有各自不同的定义,但在确定叙事诗典型作品的标准方面存在一定程度的契合。

第一,唐代叙事诗主要集中于乐府体,初盛唐多是旧题乐府,中晚唐多为新题乐府。乐府诗通常以古题写旧事或写时事,新乐府常常因事立题,以新题写新事。上述列表中所选入的乐府旧题大体有《少年行》、《结客少年场行》、《从军行》、《长干行》、《渭城少年行》、《秋胡行》、《秦女休行》等,这些题目本身就规定了诗歌的叙事特征。

第二,大部分咏史诗、游仙诗、记录民间传说和传闻的诗被认定为叙事诗,因为这些诗歌的内容具有故事性。

第三,上述列表所选的叙事诗,从题目上看有一些是叙事、抒情两可的,说明人们已经认可叙事诗是兼具叙事因素与抒情性的。

这些趋于一致的研究思路为本书框定唐代叙事诗的范围提供了有益借鉴。

《中国古代叙事诗研究》涉及的唐代叙事诗篇目不到 100 首,作者较为关注吴伟业的叙事诗成就,关于唐代部分,比较重视杜甫和白居易叙事诗的成就,并且重点讨论了白居易的《长恨歌》、《琵琶行》。《人生几何时——叙事·传奇》共选古代叙事诗66首,唐代占24首;《历代叙事诗赏析》共选古代叙事诗67首,唐代占40首;《历代叙事诗选》选唐代叙事诗13首。三本选集所列入的唐代作品范围非常小,都较为重视杜甫和白居易。硕士论文《唐代叙事诗研究》涉及500多首唐代叙事诗,是相关研究中涉及诗人、篇目最多,讨论也最为充分的,然而,这项研究依然有所疏漏,比如作者试图遴选出具有代表性的叙事诗集合,但是事实上,一些叙事因素非常强的作品依然为作者所忽视。卢照邻的《长安古意》,王勃的《临高台》,骆宾王的《帝京篇》,王绩的《在京思故园见乡人问》,岑参的《奉陪封大夫宴得征字时封公兼鸿胪卿》,李白的《南陵别儿童入京》、《侠客行》、《白马篇》、《少年行》,王昌龄的《代扶风主人答》,张谓的《代北州老翁答》,崔颢的《川上女》,杜甫的《逃难》、《瘦马行》、《示从孙济》、《宾至》、《客至》,韦应物的《酒肆行》,白居易的《春日闲居三首》、《病中宴坐》、《梦仙》,韩愈的《记梦》,元稹的《江陵三梦》、《梦井》,刘禹锡的《畬田行》,韦庄的《洛阳吟》等都是叙事因素显著的叙事诗。显然,这些作者和编者对唐代叙事诗的全貌还不曾得出一个清晰、全面、完整、符合客观创作实际的结论。这种局面的形成归结于界定叙事诗所存在的难点,即叙事因素的量化问题。确立一个较为全面又真正具有代表性的唐代叙事诗集合确实并非易事,在茫茫的唐诗海洋中,叙事因素突出的诗歌为数不少,很难将它们一网打尽。唐代叙事诗必定是一个庞大的集合,唐代叙事诗研究方面的许多具体问题,如科学客观的叙事诗界定标准、唐代叙事诗情节类型的合理分类、唐代叙事诗人物类型的历时性考察、唐代叙事诗结构模式的全面归纳,等等,都有待细化和深化。

本书研究唐代叙事诗,主要从结构模式、场景类型、人物形象和艺术特色等几个方面着手。结构的重要性早在亚里士多德的《诗学》就已经阐明,亚里士多德认为,“任何由部分组成的整体,若要显得美,就必须符合以下两个条件,即不仅本体各部分的排列要适当,而且要有一定的、不是得之于偶然的体积,因为美取决于体积和顺序。”①在亚里士多德看来,艺术品就是把现实中最能表现一般的个别现象串联起来成为最能体现本质的有机整体,也就是说,艺术品之完成有赖于美的结构。亚里士多德还肯定了场景和

① [古希腊]亚里士多德:《诗学》,陈中梅译注,商务印书馆2008年版,第74页。

人物的重要性，他指出："悲剧必须包括如下六个决定其性质的成分，即情节、性格、言语、思想、戏景和唱段，其中两个指摹仿的媒介，一个指模仿的方式，另三个为模仿的对象。""戏景的装饰就必然应是悲剧的一部分。"①从中得到一个启示：场景和人物同样在叙事诗中占据着重要地位。叙事诗的人物按照或然律和必然律做可能做的事，说可能说的话，以"一个"代表"每一个"，以典型揭示群体，而场景则是人物活动赖以展开的舞台背景，是人物言辞、思想、性格、心理得以显露的磁场，它们都是叙事诗的关键元素。

历史只处理个别的事物，而诗却可以处理一般的事物，因此诗比历史更严肃、更富于哲理②。抒情诗往往通过一组事物的象征诉诸人们的想象，而叙事诗主要采用"真实模仿"的手段模仿行动。这种模仿，"不是照搬生活和对原型的生吞活剥，而是一种经过精心组织的、以表现人物的行动为中心的艺术活动……诗人应按必然或可然的原则组织情节……诗摹仿的对象不是'形'的不完善的翻版，而是经过提炼的生活"③。唐代叙事诗的创作亦以自己的方式呼应着这一原则，不仅摹写真实的具体生活，刻画人物的性格、行动与环境，而且以逼真的细节凸显艺术真实，通过对对象所作的完整、自然的模仿，揭示客观形象所包含的本质真实和理性。

唐代叙事诗主要是通过细节刻画和场面描写来展现事件、突出人物的，犹如一台台声效、光影、色彩配合谐调的短小戏剧，表现源于生活而高于生活的典型化故事。有的是主人公的独白形式，有的是主客问答形式，有的是主要角色的演绎形式，有的是背景烘托形式，它多方位调动读者的视觉、听觉、心理感觉、联想与想象，以情景再现方式达成诗歌艺术与现实时空的交融贯通，给读者以强烈的震撼。

① ［古希腊］亚里士多德：《诗学》，陈中梅译注，商务印书馆 2008 年版，第 63—64 页。

② 参见［古希腊］亚里士多德：《诗学》，陈中梅译注，商务印书馆 2008 年版，第 81 页。

③ ［古希腊］亚里士多德：《诗学》附录，陈中梅译注，商务印书馆 2008 年版，第 213 页。

第一章
唐代叙事诗的结构模式

莱辛说过，诗是时间的艺术①，那么，叙事诗就是情节的艺术，是一连串因果相系的事件顺着时间的直线向前发展的记述。叙事诗内容的存在形态是结构，结构是指诗歌中各要素之间关系的整体形态，即词与词、句子与句子、事件与事件之间的关系，叙事因素与其相关的文化背景之间的关系。唐代叙事诗一般不注重人物性格的立体塑造，人物与事件通常是为造情而设的主观化的客观载体，一切事语皆情语，诗人往往因事生情、感事叙情，情在事中、事融于情，这种美学追求呼应了唐诗对情景交融审美意境的讲求，达到语言艺术最理想的境界，是"'景语'之极致与'情语'之极致的复调式整合，是一种因双赢从而生发出多赢局面的艺术讲求。"②正是这种艺术讲求，造就了唐代叙事诗普遍的以叙生情、叙议结合的结构特色。谢朓曾说："好诗圆美，流转如弹丸。"③唐代叙事诗达到了情景事理浑然交融的完美状态，结构一如弹丸之小，起承转合亦如弹丸之美，在记述过程中，活跃着诗人强烈的自我与个性，它吸纳了抒情诗的结构特点而呈现收放自如的结构状态，与西方结构庞大的叙事诗呈现迥异的风貌。因为情在形体上是无定态的，在性质上是动而不静的，情决定诗人在表现过程中采用动态的结构。

叙事结构不仅是一种叙事技巧，更是一种负载着特定情感、哲思的叙述谋略。唐代叙事诗往往融述志抒怀、叙事绘景、纵横议论为一炉，总体上呈现情、景、事、理浑然交融的艺术风貌。事是其中最重要的元素，根据事的不同形态，可以分为四种结构模式：单轨直线型结构模式以相对完整的故事情节取胜，故事有较大的虚构成分；双轨并联型结构模式一边叙事一边抒情，有"我"的介入，故事不必"有头，有身，有尾"④；螺旋递进型结构模式以逼真反映现实生活的事见长；圆圈循环型结构模式常常叙述带有批判意味的政治性事件或讲述含有哲理的动物故事，以理取胜。

---

① 参见朱光潜：《诗论》，北京出版社2005年版，第171页。

② 韩经太：《古典诗歌研究中的语言艺术自觉》，《文学遗产》2006年第2期。

③ （宋）魏庆之著，王仲闻校勘：《诗人玉屑》卷十，上海古籍出版社1978年版，第221页。

④ 参见［古希腊］亚里士多德：《诗学》，商务印书馆2008年版，第163页。

第一节　完整叙事:单轨直线型

单轨直线型模式是一种传统、典型的叙事诗结构,它是顺流直下的“历时”的叙事,按事件发展始末的正常时间序列展开叙述,带有史官文化的纪事特征。

白居易的《长恨歌》堪称悲剧叙事情节的典范,傅雷认为《长恨歌》是“把悲剧送到仙界上去,更显得那段罗曼史奇丽清新,而仍富于人间味。”①诗歌采用典型的单轨直线结构,向读者展示一个悲剧故事的全过程。全诗按时间流程勾勒一个完整的帝妃爱情故事,因循爱情主题常见的结构模式:相遇—相爱—突变—思念—重逢。故事开始,男主人公对女子一见钟情:“汉皇重色思倾国,御宇多年求不得……回眸一笑百媚生,六宫粉黛无颜色。”故事发展,男女主人公进入爱情的春天:“后宫佳丽三千人,三千宠爱在一身……缓歌慢舞凝丝竹,尽日君王看不足。”故事突变,爱情遭遇惨重打击:“渔阳鞞鼓动地来,惊破霓裳羽衣曲……六军不发无奈何,宛转蛾眉马前死……君王掩面救不得,回看血泪相和流。”故事继续,男主人公对失去的爱情无比眷念:“蜀江水碧蜀山青,圣主朝朝暮暮情……鸳鸯瓦冷霜华重,翡翠衾寒谁与共。”故事升华,女主人公在仙界回应对方的爱情:“……唯将旧物表深情,钿合金钗寄将去……但教心似金钿坚,天上人间会相见……在天愿作比翼鸟,在地愿为连理枝。天长地久有时尽,此恨绵绵无绝期。”整个故事由多个叙事序列构成,序列之间的连接具有可续性的依据,在一定程度上体现出真实性与虚构性的合理融接,增添叙述的神异性色彩。

有人称《长恨歌》为传奇故事诗或诗体传奇,它结构有序,情节曲折,标志着长篇叙事诗在唐代的成熟。“元白之前文人叙事诗很少有曲折复杂的情节”,“等到元白登上诗坛,叙事诗才真正故事化了”②。清代赵翼盛赞

① 转引自周啸天等:《人生几何时——叙事·传奇》,凤凰出版传媒集团2009年版,第86页。

② 余恕诚:《唐诗风貌》,安徽大学出版社2000年版,第242页。

《长恨歌》:“以易传之事,为绝妙之词,有声有情,可歌可泣”,“长恨歌自是千古绝作。”①《长恨歌》的创作因受到中唐传奇思想的浸染,在情节构造上呈现出小说化的倾向,“有头,有身,有尾”,直线铺叙,故事生动离奇,仿佛是依据小说叙述策略而构造的一个爱情故事。陈鸿的《长恨歌传》清楚地说明了白居易创作这首诗的动机:“元和元年冬十二月,太原白乐天自校书郎尉于盩厔,鸿与琅琊王质夫家于是邑。暇日相携游仙游寺,话及此事,相与感叹。质夫举酒于乐天前曰:‘夫希代之事,非遇出世之才润色之,则与时消没,不闻于世。乐天深于诗、多于情者也;试为歌之,如何?’乐天因为《长恨歌》。”②诗人的创作动机是“润色希代之事”,因此对李杨的爱情故事在一定史实的基础上做出适当的虚构。诗中是这样介绍杨玉环身世的:“杨家有女初长成,养在深闺人未识。天生丽质难自弃,一朝选在君王侧。”诗句所述情况与史实不符,杨玉环在入宫以前是寿王妃的事实是后代史学家已经证实了的。“马永卿《懒真子》卷二:‘诗人之言,为用固寡,然大有益于世者,若《长恨歌》是也。明皇、太真之事,本有新台之恶,而《歌》云:杨家有女初长成,养在深闺人未识。故世人罕知其为寿王瑁之妃也。《春秋》为尊者讳,此歌真得之。’”③诚然,维护帝王尊严、委婉陈辞是历代文人所恪守的基本原则,诗人这样写既是出于“为尊者讳”的考虑,又是诗歌叙事策略的体现,实中含虚、虚中有实的创作手法有利于营造故事情节的传奇色彩。

《长恨歌》曲折情节和传奇氛围的营造得益于诗人在单轨直线型的叙事结构中巧妙地融入情节的“突转”成分,即“行动的发展从一个方向转至相反的方向”④。全诗相遇、相爱、突变、思念、重逢五个部分环环相扣,却突破现实生活的限制,增加了很多曲折,给整个故事带来浪漫的传奇色彩。显然,“马嵬之变”是诗歌情节的突转成分,尊宠至极的杨贵妃瞬间化为一介冤魂,命运发生天翻地覆的剧变,浓重的悲剧色彩跃然而出。想当年,美貌

---

① (清)赵翼著,霍松林等校点:《瓯北诗话》卷四,人民文学出版社1963年版,第37、42页。

② (唐)陈鸿:《长恨歌传》,见(唐)白居易撰,谢思炜校注:《白居易诗集校注》卷十二,中华书局2006年版,第930—931页。

③ (唐)白居易撰,谢思炜校注:《白居易诗集校注》卷十二,中华书局2006年版,第948页。

④ [古希腊]亚里士多德:《诗学》,陈中梅译注,商务印书馆2008年版,第89页。

如花的贵妃千娇百媚,“春寒赐浴华清池,温泉水滑洗凝脂”写尽骊山生活的尊贵与惬意。太平盛世,每年冬天唐玄宗都会带着大臣命妇、皇子皇孙浩浩荡荡开赴骊山,尤其到了天宝年间,玄宗差不多有两三个月都住在骊山。《明皇杂录》记载,唐玄宗于华清宫中“置长汤屋数十间”①,赐从臣、后宫嫔妃洗浴。每年十月玄宗带领大队人马到骊山泡温泉,赐浴、赐食、赐钱。他与贵妃真心相爱,真情相惜,“回眸一笑百媚生,六宫粉黛无颜色,杨贵妃是唐玄宗的至爱”。陈鸿的《长恨歌传》对唐玄宗的感情生活做过一段描述:“明皇在位岁久,倦于旰食宵衣,政无小大,始委于右丞相。深居游宴,以声色自娱。先是元献皇后、武淑妃皆有宠,相次即世。宫中虽良家子千数,无可悦目者,上心忽忽不乐。时每岁十月,驾幸华清宫,内外命妇,熠耀景从,浴日余波,赐以汤沐,春风灵液,澹荡其间。上心油然,若有顾遇。左右前后,粉色如土。”②自武惠妃病逝后,玄宗一直郁郁寡欢,直至遇到杨玉环,才重获爱情,重获新生,玄宗和贵妃在爱情上称得上是一对真正的神仙眷侣。诗人把贵妃的至美、至宠、至尊、至贵渲染到极致,又把两人的至深爱情铺垫到极致,随后毫不留情地把这极致的美、极致的爱一把撕毁,把血淋淋的伤口暴露在世人面前,通过前后的强烈对比叙述而烘托出情节的悲剧色彩。诗人不满足于写到马嵬事变就收笔,随后虚拟一座海上仙山,使情节出现令人意外的转折,记述得波澜起伏、曲折离奇,超乎常人的想象,为爱情悲剧添上一笔峰回路转、柳暗花明的亮色,让唐明皇失魂落魄的思念之情有所皈依。在仙界寻到贵妃的情节元素是一个非常关键的“突转”成分,诗人运用浪漫主义手法,引领读者随着方士“升天入地”,神游于仙山楼阁,置身于虚无缥缈的境界,使诗歌显得扑朔迷离,充满虚幻与传奇色彩。

情节是按照因果逻辑组织起来的一系列事件,唐代叙事诗由于受变文影响,与小说互相借鉴、交融,情节追求曲折,传奇性突出。《长恨歌》记述的既是一场爱情悲剧,又是一场主宰唐朝历史走向的政治悲剧。爱绵绵,恨

① (唐)郑处诲撰,丁如明校点:《明皇杂录》,见《唐五代笔记小说大观》,上海古籍出版社 2000 年版,第 963 页。

② (唐)陈鸿:《长恨歌传》,见(唐)白居易撰,谢思炜校注:《白居易诗集校注》卷十二,中华书局 2006 年版,第 930—931 页。

亦绵绵，《长恨歌》出神入化地运用顺流直下的单轨直线结构把悲剧爱情演绎得曲折、离奇，催人泪下。

杜甫的《羌村》(其三)全诗都是叙述，包含起、承、转、合，符合单轨直线型特征。诗歌写道："群鸡正乱叫，客至鸡斗争。驱鸡上树木，始闻叩柴荆。父老四五人，问我久远行。手中各有携，倾榼浊复清。苦辞酒味薄，黍地无人耕。兵革既未息，儿童尽东征。请为父老歌，艰难愧深情。歌罢仰天叹，四座泪纵横。"按时间流动序列展现农村风俗人情，充满原生态的乡野气息。

韦应物的《学仙二首》(其一)也是典型的单轨直线型结构：

> 昔有道士求神仙，灵真下试心确然。千钧巨石一发悬，卧之石下十三年。
>
> 存道忘身一试过，名奏玉皇乃升天。云气冉冉渐不见，留语弟子但精坚。

诗歌虽然短小，却"有头，有身，有尾"，时间进程清晰，道士学仙成功的过程交代得很清楚：卧石下十三年——通过考验——冉冉升天——升天寄言。

王维、刘禹锡的《桃源行》先叙渔人行船，接着叙桃源遇仙，再叙渔人返乡，最后叙重寻无路，直线型结构特征相当明显。

以单轨直线型结构设置事件进程的唐代叙事诗往往以全知视角叙事，具有较为完整的故事情节，有起因、经过、高潮、结果的铺陈，诗人只充当一个叙事人，虚构性突出。长篇数量较少，其中的经典作品《长恨歌》、《冯燕歌》出现在中唐以后。这种现象是以一定的社会文化背景为依托的，一方面源于传奇思想逐渐在中唐社会盛行的现实条件，另一方面归因于唐代叙事诗依然沿袭先秦以来诗、文各施其职的传统，诗以言志，文以传奇。

司空图的《冯燕歌》据沈亚之的《冯燕传》而作，故事在顺流直下的线性推进中出现两次突转成分，情节扑朔迷离，扣人心弦，有爱情，有暴力，有侠义。故事分为五个段落，从"此时恰遇莺花月，堤上轩车昼不绝"到"传道张婴偏嗜酒，从此香闺为我有"写的是相遇情节，冯燕巧遇张婴妻，彼此有意，冯燕成为第三者。据《冯燕传》记载,“(燕)出行里中,见户傍妇人翳袖而望者,色甚冶,使人熟其意,遂室之。其夫滑将张婴者也。”①从“婴归醉卧非仇汝,岂知负过人怀惧”到“凌波如唤游金谷,羞彼揶揄泪满衣”写的是突变情节,张婴妻指使冯燕杀夫,冯燕反杀张婴妻。张婴妻被杀是第一次突转成分。冯燕与张婴妻两情相许,情节本应顺着两人感情的升温而和谐地发展,却出人意料地发生了冯燕杀情人的惊悚场面,极富戏剧性。据《冯燕传》记载,正当冯燕与张婴妻偷情时,张婴突然返回家中,“妻开户纳婴,以裙蔽燕,燕卑脊步就蔽,转匿户扇后,而巾堕枕下,与佩刀近。婴醉且瞑,燕指巾,令其妻取。妻取刀授燕,燕熟视,断其妻颈,遂持巾去。”②在这个段落中,张婴的处境由危转安。“新人藏匿旧人起,白昼喧呼骇邻里。诬执张婴不自明,贵免生前遭考捶。官将赴市拥红尘,掉臂人来擗看人。”写出了情节的进一步发展,张婴被误抓,命悬旦夕。而当张婴被当做杀妻凶犯押赴刑场问斩之时,突转再次发生,本已藏匿的冯燕挺身而出,前来自首,真相大白,张婴于刑场获救,这是第二次突转成分。从“传声莫遣有冤滥,盗杀婴家即我身”到“已为不平能割爱,更将身命救深冤”写的就是情节再变,冯燕解救张婴。据《冯燕传》记载,“司法官小吏持扑者数十人,将婴就市,看者围面千余人,有一人排看者来呼曰:‘且无令不辜者死,吾窃其妻而又杀之,当系我。’吏执自言人,乃燕也。”③写的就是张婴的危险处境发生突变的过程。“白马贤侯贾相公,长悬金帛募才雄。拜章请赎冯燕罪,千古三河激义风。”写结局,冯燕获免。《冯燕歌》整个故事从起因到高潮到结局环环相扣,险情迭出,情节非常引人入胜。司空图根据实事安排情节,按照时间进程推动事件序列发展,同时融合两次突转,使顺向行动瞬间发生可逆,增强故事的传奇性。

单轨直线型的叙事结构适于呈现完整的故事,唐代诗人擅长以历史事件为基础,在顺序推进事件序列的过程中运用虚实相生、情节突转的叙述手段,加以适当的虚构和想象,使情节亦真亦幻,具有传奇色彩,既给人以历史的真实感,又折射出诗人的价值取向和主体特征。

---

① (唐)沈亚之:《沈下贤集校注》,南开大学出版社 2003 年版,第 73—80 页。

② (唐)沈亚之:《沈下贤集校注》,南开大学出版社 2003 年版,第 73—80 页。

③ (唐)沈亚之:《沈下贤集校注》,南开大学出版社 2003 年版,第 73—80 页。

篇幅最长的唐代叙事诗《秦妇吟》把顺流直下的单轨直线结构套入逆回式的倒叙结构外框之中，在秦妇的自叙中展开顺向的事件序列，依循着时间流程，黄巢政权和官军在长安城的暴行和丑闻被一一揭露，秦妇在唐末战乱中九死一生的苦难经历也被真实地展露出来。诗歌开篇即叙诗人遇见秦妇，听她详述生活经历："借问女郎何处来，含颦欲语声先咽。回头敛袂谢行人，丧乱漂沦何堪说。三年陷贼留秦地，依稀记得秦中事。"秦妇口中的历史顺着时间进程一步步地发展，起义军攻入长安城大开杀戒，大批女性惨死，秦妇被掳，秦妇跟随新贵在军营中生活三年。诗歌对秦妇逃离长安后的遭遇和见闻，叙述做出了完整而曲折的叙述。在秦妇的讲述过程中又套入一位老人的叙述："明朝又过新安东，路上乞浆逢一翁。苍苍面带苔藓色，隐隐身藏蓬荻中。问翁本是何乡曲，底事寒天霜露宿。老翁暂起欲陈词，却坐支颐仰天哭。"老人的口述历史又是按照顺向直线型的结构模式展开的，从黄巢军进村抢掠说到官军疯狂抢粮，一环扣一环，一波推一波，叙事进程清晰有序。比起《长恨歌》与《冯燕歌》，《秦妇吟》的叙事结构更为复杂，犹如俄罗斯的玩具"套娃"，主体结构里面套一个大结构，大结构里面再套一个小结构，把逆回式和直叙式有机融合，为叙事结构如何立体全面地表现完整故事做出了新的尝试。

第二节　叙事言情：双轨并联型

双轨并联模式在唐代叙事诗中较为多见，它是一种两条线索平行纵向发展的叙事结构，通过情节简化的故事来表现生活，同时展示人物内心独白，抒发主观情感。诗人主要采用直叙方式记述事件，不时介入插叙和倒叙，运用映衬、烘托等手法，加强环境渲染，使情节、环境、人物心理相结合。这种模式的叙事诗结构紧凑，更注重情感表现，强调抒情性和主观性，叙事因素与抒情成分相辅相成，构成诗人即事生情的今昔之叹。钟嵘提出："至于楚臣去境，汉妾辞宫；或骨横朔野，或魂逐飞蓬；或负戈外戍，杀气雄边；塞客衣单，孀闺泪尽；或士有解佩出朝，一去忘反；女有扬蛾入宠，再盼倾国。

凡斯种种，感荡心灵，非陈诗何以展其义，非长歌何以骋其情？”①臣子、宫人流落天涯，征人、武夫从军戍守，游子、怨妇思念所爱，还有美人入宫、士子贬谪，等等，都成为叙事诗逞情展义的表现内容。唐代叙事诗人往往在客观题材中发挥主观感情，把感情纳入故事结构之中，叙事兼言情，一边叙事一边抒情，这种模式成为唐代叙事诗最常见的形态。

不同于《长恨歌》的单轨直线型模式，白居易的《琵琶引》是典型的双轨并联结构，诗从送客、寻声起笔，以感慨收笔，叙事与抒情两条线索并行发展，有机融汇，以琵琶女的“漂沦憔悴”寄托诗人的贬谪之意，结构非常谨严。全诗结构可分为五个模块：铺叙时、地、景、情——描述琵琶绝响——倒叙琵琶女身世——联系诗人遭遇——抒发诗人感怀，从开篇铺叙当时当地之情开始，接着详叙当时当地之事，然后追忆往事，最后再叙当时当地之情，事与情两条线索双轨并行，贯通今昔。这首诗作于元和十一年(816)，白居易在诗序中写道：“元和十年，予左迁九江郡司马。明年秋，送客湓浦口。”诗人当时的心情如同秋天一样萧瑟，“浔阳江头夜送客，枫叶荻花秋索索。主人下马客在船，举酒欲饮无管弦。醉不成欢惨将别，别时茫茫江浸月。”这是借景叙情。有了这段感情的铺垫，诗人更易与琵琶声产生共鸣，更易把琵琶女视为知己。对琵琶绝响的深刻共鸣隐含的是诗人的沦落之情，琵琶女的不幸身世是引发诗人惺惺相惜之情的客观载体，“同是天涯沦落人，相逢何必曾相识。”诗人最后的凄凄沦落之情与最初的萧瑟之情相比，显得更为博大与深沉。全诗在结构上平行设置了情与事双轨，主体感情从由己及人到由人及己，故事发展从由眼前及以往到由以往至眼前，纵向推进。

双轨并联结构模式体现出强烈的抒情性，“我”的形象较为鲜明，但又不是单纯地抒情，情节片段与流动的感情序列相辅相成，互为依存，层层推进而水到渠成。

杜甫的《哀江头》以写时事寄情，结构上呈现“叙今事——叙往事”与“即事抒情”平行发展的双轨并联模式。

> 少陵野老吞声哭，春日潜行曲江曲。江头宫殿锁千门，细柳新蒲为

① (梁)钟嵘：《诗品》，上海世纪出版集团2007年版，第2页。

谁绿。

忆昔霓旌下南苑，苑中万物生颜色。昭阳殿里第一人，同辇随君侍君侧。

辇前才人带弓箭，白马嚼啮黄金勒。翻身向天仰射云，一笑正坠双飞翼。

明眸皓齿今何在，血污游魂归不得。清渭东流剑阁深，去住彼此无消息。

人生有情泪沾臆，江水江花岂终极。黄昏胡骑尘满城，欲往城南忘南北。

这首诗作于至德二年（757）春，杜甫重游曲江，目睹江柳、江水与荒凉的宫殿，想及马嵬之变，感赋此诗。《唐宋诗举要》认为，“一箭句叙苑中射猎，已暗中关合贵妃死马嵬事，何等灵妙？”①见出诗人在结构设置上事事相扣，即事写情的功力。首四句不仅点明时间、地点和叙述人，还抒发感伤之情。继八句倒叙，回忆帝妃行幸曲江的盛况：天子仪仗令万物生辉，第一夫人无比高贵、无比荣耀，与皇帝出入同车、寸步不离，游幸时有宫女射生的娱乐项目，以博贵妃一笑。末八句抒发今昔之叹。《读杜心解》是这样分析这首诗的结构的：“起四，写哀标意，浮空而来。次八，点清所哀之人，追叙其盛。‘明眸’以下，跌落目前；而‘去住彼此’，并体贴出明皇心事。‘泪沾’、‘花草’，则作者之哀声也。又回映多姿。”②指出这首诗事与情并行推进的结构特点。《石洲诗话》认为《哀江头》是叙中有情，情中带叙，不同于《长恨歌》的实叙，“乱离事只叙得两句，‘清渭’以下，以唱叹出之，笔力高不可攀，乐天《长恨歌》便觉相去万里。即两句亦是唱叹，不是实叙。”③杜甫的叙事诗往往寓情于景物或叙事之中，通过对景物或事件的忠实描写体现主观情感。

杜甫的《赠卫八处士》也是双轨结构，起句抒情，中间叙事，结句再

① （清）高步瀛选注：《唐宋诗举要》，上海古籍出版社 1959 年版，第 214 页。

② （清）浦起龙：《读杜心解》，见陈伯海主编：《唐诗汇评》，浙江教育出版社 1995 年版，第 946 页。

③ （清）翁方纲：《石洲诗话·渔洋评杜摘记》，见陈伯海主编：《唐诗汇评》，浙江教育出版社 1995 年版，第 946 页。

抒情：

人生不相见，动如参与商。今夕复何夕，共此灯烛光。
少壮能几时，鬓发各已苍。访旧半为鬼，惊呼热中肠。
焉知二十载，重上君子堂。昔别君未婚，儿女忽成行。
怡然敬父执，问我来何方。问答乃未已，儿女罗酒浆。
夜雨翦春韭，新炊间黄粱。主称会面难，一举累十觞。
十觞亦不醉，感子故意长。明日隔山岳，世事两茫茫。

这首诗是乾元二年(759)春诗人由洛阳回华州途中所作，叙述与阔别二十年的友人相见的情景。《读杜心解》认为这首诗的结构是全篇叙事，事中生情，"古趣盎然，少陵别调。一路皆属叙事，情真，景真，莫乙其处。只起四句是总提，结两句是去路。"①以抒情开篇与结篇，边叙事边抒情，情随着事的推进过程流动发展，双线并行，相辅相成。

在这种叙事言情双轨并行发展的结构模式中，情节被简化，故事不具备"有头，有身，有尾"的特点，只是选取典型场面和环境，使情在烘托、渲染中凸显为一条独立的主线，情与事相衬相托，实现发事中情，言情中事的叙事目的。

晚唐杜牧的《张好好诗》也是典型的双轨结构：忆昔——叙今、抒情。先倒叙张好好的身世："君为豫章姝，十三才有余……主人再三叹，谓言天下殊……自此每相见，三日已为疏……"再抒写诗人在洛阳的所见所感："洛城重相见，婥婥为当垆。怪我苦何事，少年垂白须。朋游今在否，落拓更能无……洒尽满襟泪，短歌聊一书。"主体情感依循人事的今昔之变而流动变迁，双线并行，相得益彰。

① (清)浦起龙：《读杜心解》，见陈伯海主编：《唐诗汇评》，浙江教育出版社1995年版，第922页。

第三节 纪实议论:螺旋递进型

唐代叙事诗的螺旋递进结构表现为叙事、议论、抒情的跳转结合或高度融合,交互运用直叙、插叙、倒叙等多种方式,呈往复递进的螺旋上升型构造。所叙之事既为诗人亲身经历的现实生活,也有诗人耳闻目睹的大众生活,还有历史史实,既展现人情世态,又展现诗人胸怀,没有超现实色彩,它"崇实本分地按照生活原貌进行叙写,并注入自己浓烈的情感"①。随着事件序列的层层再现,诗人对现实社会、国计民生的评判和情感喷薄而出,使诗歌叙事达到峰顶,完成事的顺序推进与情思的盘旋上升。

在唐代,人民大众获取信息在很大程度上依赖于叙事诗,叙事诗在最大范围内发挥了新闻的社会功能,在这种社会氛围中大量涌现的叙事诗自然以记录时事为己任。生活在地域辽阔、交通阻隔的大唐社会,人们迫切地渴望了解异域他乡的信息,特别是京都的要闻。当时很多叙事诗通常就是时事诗,即时记录社会生活、政治现状,征实性强,具备反映现实的功能,大至帝王废立、官员升迁、外战内乱等重大事件,小至歌女流落、村夫应征、农人耕种等民间生活,几乎无事不入诗,叙事诗在唐人的信息传播活动中起到了重要作用。这些叙事诗在情节设置上具备新闻报道的五个基本要素,即何事、何人、何时、何地、为什么发生,与当今新闻在内容上的诉求有着极大的共通性,诗中的议论相当于精辟的时事点评,是人们传播新闻信息的重要载体,在一定程度上等同于一种原始的报章文体。一首首叙事诗犹如一篇篇精彩的新闻报道,成为人们获取信息的源头,如当时人们到处传诵白居易的诗,"二十年间,禁省、观寺、邮候墙壁之上无不书,王公、妾妇、牛童、马走之口无不道,至于缮写模勒,炫卖于市井,或持之以交茗者,处处皆是……自篇章已来,未有如是流传之广者。"②通过纪实生发议论的叙事诗采用螺旋递

---

① 余恕诚:《唐诗风貌》,安徽大学出版社 2000 年版,第 259 页。

② (唐)元稹:《白氏长庆集序》,见《元稹集》,中华书局 1982 年版,第 554 页。

进结构,具有重大的社会价值。

唐代叙事诗人对国计民生表现出强烈的担当意识,叙事诗能迅速及时地反映现实生活中新近发生的种种事象,能叙写大众关心的重要事件并表露出一定的倾向性,借助叙事诗传播信息、评论时事,成为当时流行的舆论形式。在结构上,以纪实议论为特色的叙事诗往往以一问一答的人物对话形式展开叙事过程,在问答内容层层深入的过程中,对社会黑暗面的揭露和对社会现实的抨击也随之层层递进,到诗末叙事结束之时,情感与议论得到升华。诗人往往会在诗中安排一位人物,如旅途中的路遇者,由他作为事件的见证人讲述亲身经历或见闻,增强情节的客观性与可信度,为议论与抒情的力度和高度做出铺垫。杜甫的《新安吏》、《石壕吏》、《潼关吏》、《兵车行》,白居易的《江南遇天宝乐叟》,元稹的《连昌宫词》、李商隐的《行次西郊作一百韵》等都运用了螺旋递进型的结构方式。

杜甫的《自京赴奉先县咏怀五百字》作于天宝十四年(755)十一月初,记录了探亲途中的情状及归家所见,不失为具有诗史意义的纪实作品,议论在全诗中所占比重不少,诗歌呈现议论—叙述—议论—叙述—抒情的螺旋递进结构模式。诗歌开篇发表议论,评说自己的性格特征,“杜陵有布衣,老大意转拙。许身一何愚,窃比稷与契……终愧巢与由,未能易其节。沈饮聊自适,放歌颇愁绝。”接着,叙述层面展开,叙述自长安往奉先县的旅程,“岁暮百草零,疾风高冈裂。天衢阴峥嵘,客子中夜发……君臣留欢娱,乐动殷樛嶱。赐浴皆长缨,与宴非短褐。”诗人的潦倒与皇族大臣的奢侈形成鲜明的对比,由此思及天下贫富不均,发出第二次议论,“彤庭所分帛,本自寒女出……朱门酒肉臭,路有冻死骨。”诗人描述的社会现实符合当时的客观实际。天宝年间,唐玄宗采纳杨国忠搜刮百姓、充实国库的建议,官府大肆盘剥百姓的劳动,造成极度不均的社会财富分化,不再像开元年间,百姓家里有存储的粮食、布帛,人民安居乐业。杜甫的《忆昔二首》(其二)记录的就是开元时期百姓家有余粮、生活富足、社会和谐的事实。第二次议论之后,又回到叙述层面,写旅途与家庭景况,“北辕就泾渭,官渡又改辙……老妻寄异县,十口隔风雪……入门闻号咷,幼子饥已卒。吾宁舍一哀,里巷亦呜咽。”最后,诗人抒发悲己悯人之情:“所愧为人父,无食致夭折……默思失业徒,因念远戍卒。忧端齐终南,澒洞不可掇。”全诗通过两层议论、两层叙事,延伸到最后的抒情,达到事、理、情的高度融合与深化。《杜诗镜铨》认为,这首诗“首从咏怀叙起,每四句一转,层层跌出。自许稷、契本怀,写仕既不成,隐又不遂,百折千回,仍复一气流转,极反复排荡之致。次叙自京赴奉先道途所闻见,致慨于国奢民困,此正忧端最切处。蒋云:叙事中夹议论,不觉发上指冠,大声如吼,即所谓激烈愁绝也……末叙抵家事,仍归到忧黎元作结,乃是咏怀本意。”①

螺旋递进模式通常以实录社会生活为基点,发出议论,抒发情怀,一层一层盘旋上升,敲出情与理的最强音。杜甫的《彭衙行》作于至德二年(757)秋,叙述的是至德元年(756)举家逃难至彭衙道的所见所感。开篇写道“忆昔避贼初,北走经险艰。夜深彭衙道,月照白水山……”按照记忆中的时间线索实录叙事,篇末抒发感恩之情,“……誓将与夫子,永结为弟昆。……何当有翅翎,飞去堕尔前。”钟惺认为诗人笔端呈现的友情读来“要哭”,“自家奔走穷困之状,往往从儿女、妻孥情事写出,便不必说向自家身上矣”②。《读杜心解》认为,“追叙初起身至‘彭衙’一句以内所历之苦,正以反踡下文‘延客’‘奉欢’一段深情也”③,写事是为抒情蓄势。《杜工部诗话》指出,“少陵生平所遭,多穷饿困乏境地,残杯冷炙,到处悲辛,曾不讳言,甚至衾裯换斗米,囊空留一钱,略无顾惜。惟故人孙宰一饭,义重云天,有‘誓将与夫子,永结为弟昆’之愿,与韩侯遇漂母何异?”④全诗所叙诗人生活之困顿艰辛历历在目,生动逼真,这叙事的真是为下文要引发的强烈的抒情感怀所预先铺造蓄势的。

杜甫的《北征》作于至德二年(757)秋。全诗叙事线索很清楚,开头就明确探亲事件的发生时间及原委,“皇帝二载秋,闰八月初吉。杜子将北征,苍茫问家室……”接着写行程所见,“靡靡逾阡陌,人烟眇萧瑟。所遇多被伤,呻吟更流血……”再写回家所见、所为,“经年至茅屋,妻子衣百

---

① (唐)杜甫著,(清)杨伦笺注:《杜诗镜铨》,中华书局1962年版,第109—111页。

② (明)钟惺、谭元春:《唐诗归》,见陈伯海主编:《唐诗汇评》,浙江教育出版社1995年版,第953页。

③ (清)浦起龙:《读杜心解》,见陈伯海主编:《唐诗汇评》,浙江教育出版社1995年版,第953页。

④ (清)刘凤诰:《杜工部诗话》卷一,见张忠纲校注:《杜甫诗话校注五种》,书目文献出版社1994年版,第148页。

结……问事竞挽须，谁能即嗔喝。"《北征》的后段对家庭生活与时事进行抒怀、评议，"翻思在贼愁，甘受杂乱聒。新归且慰意，生理焉能说……煌煌太宗业，树立甚宏达。"杜甫的"诗史"作品实际上就是诗人的心路历程，"诗史更重要的是一种心史"①。诗中描述家人团聚的情景充溢着喜悦与浓郁的生活气息，天伦之乐纤微毕现。

应该说，情、景、事交融的螺旋递进结构也是杜甫大部分纪实性小叙事诗的特色，有限的篇幅承载着叙、议、抒情等多种功能，因而呈现高度浓缩的"景观"。杜甫于广德二年(764)春所作《自阆州领妻子却赴蜀山行三首》(其三)是一首纪实性较强的叙事诗，"行色递隐见，人烟时有无。仆夫穿竹语，稚子入云呼。转石惊魑魅，抨弓落狖鼯。真供一笑乐，似欲慰穷途。"穷山恶水因诗人孩童般的纯真、对美的珍爱和新萌生的希望而变得出奇的美丽。《自阆州领妻子却赴蜀山行三首》(其二)是一首哀愁中飘散着憧憬之光的诗歌："长林偃风色，回复意犹迷。衫裛翠微润，马衔青草嘶。栈悬斜避石，桥断却寻溪。何日干戈尽，飘飘愧老妻。"这些纪实的语言中饱含着诗人的深情，整首诗达到叙、议、情的高度交融。

杜甫的小叙事诗《羌村》三首以追忆的方式重现当日归家情景，达到高度的情、景、事交融。具备螺旋递进结构的叙事诗往往是"非实时性的，以回忆的方式与时事拉开一段时间距离。时事在时间的流逝中褪色和沉淀为历史，从历史学角度来看，这种经过褪色和沉淀的时事具有更充分的历史性"②。《羌村》(其一)写道："峥嵘赤云西，日脚下平地。柴门鸟雀噪，归客千里至。妻孥怪我在，惊定还拭泪。世乱遭飘荡，生还偶然遂。邻人满墙头，感叹亦歔欷。夜阑更秉烛，相对如梦寐。"先写天气、环境，再写亲人团圆，一"怪"一"惊"，诉出人生如梦之感，非常逼真，情深深融于事中。家人见面，泪中藏有喜。王夫之认为这种"以乐景写哀，以哀景写乐，一倍增其哀乐"③的笔法源于中国古诗以景衬情的传统。邻人的情态在诗中逼真地

① 杨义：《杜甫的"诗史"思维(下)》，《杭州师范学院学报》2000 年第 2 期。

② 杨义：《杜甫的"诗史"思维(上)》，《杭州师范学院学报》2000 年第 1 期。

③ (清)王夫之：《姜斋诗话》，见(清)王夫之等：《清诗话》，上海古籍出版社 1963 年版，第 4 页。

画出，谭元春认为“光景真”①，《读杜心解》认为“邻人感叹，生发好；秉烛如梦，复疑好。公凡写喜，必带泪写，其情弥挚”②。诗歌的最后两句最富情、景、事、理交融之妙，周敬认为：“知不是梦，忽忽心未稳，意味深长”③。诗歌浑然无迹地融情、景于事，再现了史，却不仅仅是史，而是比史更生动、更真切、更感人的“诗史”。妻儿的惊诧、激动，邻人的同情、关怀，呈现的逼真景象不仅具有独立的审美价值，而且让读者“在感知层面上被感染而自然共鸣”④。《羌村》（其二）写道：“晚岁迫偷生，还家少欢趣。娇儿不离膝，畏我复却去。忆昔好追凉，故绕池边树。萧萧北风劲，抚事煎百虑。赖知禾黍收，已觉糟床注。如今足斟酌，且用慰迟暮。”诗眼是一个“畏”字，把离家之事、小儿之态、父子之情逼真地画出。《杜诗镜铨》指出，诗歌“写出孩稚依依景象”⑤，《读杜心解》提出，“‘不离’、‘复却’，眼前态拈出如生”⑥，《杜工部诗话》认为，“老杜说儿女子态，似嗔实喜，极是入情”⑦。羌村生活、环境、感情融汇于全诗结构之中，情、景、事合而为一。诗源于性情，“感于物而动”，《岘佣说诗》指出，“羌村三首，惊心动魄，真至极矣。陶公真至，寓于平澹；少陵真至，结为沉痛。此境遇之分，亦情性之分。”⑧这种客观描摹历史事实，于事中显露人物心理、心情的笔法正是组构螺旋递进模式的常规笔法。

“以时事入诗，自杜少陵始。”⑨杜甫的很多新题乐府叙事诗善于捕捉社

---

① （明）钟惺、谭元春：《唐诗归》，见陈伯海主编：《唐诗汇评》，浙江教育出版社 1995 年版，第 961 页。

② （清）浦起龙：《读杜心解》，见陈伯海主编：《唐诗汇评》，浙江教育出版社 1995 年版，第 961 页。

③ （明）周敬、周珽辑：《唐诗选脉会通评林》，见陈伯海主编：《唐诗汇评》，浙江教育出版社 1995 年版，第 961 页。

④ 韩经太、陶文鹏：《也论中国诗学的“意象”与“意境”说——兼与蒋寅先生商榷》，《文学评论》2003 年第 2 期。

⑤ （唐）杜甫著，（清）杨伦笺注：《杜诗镜铨》，中华书局 1962 年版，第 158 页。

⑥ （清）浦起龙：《读杜心解》，见陈伯海主编：《唐诗汇评》，浙江教育出版社 1995 年版，第 961 页。

⑦ （清）刘凤诰：《杜工部诗话》卷一，见张忠纲校注：《杜甫诗话校注五种》，书目文献出版社 1994 年版，第 147 页。

⑧ （清）施补华：《岘佣说诗》，见（清）王夫之等：《清诗话》，上海古籍出版社 1963 年版，第 979 页。

⑨ （明）胡震亨：《唐音癸签》卷二十六。

会热点，擅长使用对话形式叙事，问答简练，真实感强，集中展现主要矛盾，凸显诗人强烈的社会责任感。“隋唐时代除了佛教徒继续其拯救众生的悲愿外，诗人、文人如杜甫、韩愈、柳宗元、白居易之伦更足以代表当时‘社会的良心’。”①著名诗篇《兵车行》真实再现公元751年唐兵大败于南诏之后朝廷强行征兵的客观事实。“道旁过者问行人，行人但云点行频”，“长者虽有问，役夫敢申恨”，是诗人询问被征兵的年轻人，年轻人说出民不聊生的社会现实。据《资治通鉴》记载，“天宝十载（751）四月，剑南节度使鲜于仲通讨南诏蛮，大败于泸南……士卒死者什八九，莫肯应募。杨国忠遣御史分道捕人，连枷送诣军所……于是行者愁怨，父母妻子送之，所在哭声震野”②。针对朝廷大肆征兵，民不聊生的社会现状，诗人着重对现场进行客观再现，便于受众最大限度地接近事实的本真状态。《唐宋诗醇》称“此体创自老杜，讽刺时事而记为征夫问答之词”③。杜甫擅长用简练的问答体记录时事，随着故事的层层推进引发议论，揭示事件本质，进行螺旋式的主题升华。

乾元二年（759）春，杜甫因贬职从洛阳赶往华州赴任，途经新安、石壕、潼关等地，目睹国力衰败、民生苦痛的现状，写下著名的“三吏”，成为记录时事的精彩篇章。“客行新安道，喧呼闻点兵。借问新安吏：‘县小更无丁？’‘府帖昨夜下，次选中男行’。”（《新安吏》）诗人路过新安时看到官府正在征兵，便诘问府吏，府吏的回答反映出违背人性、违背律法的抓丁现状。“借问潼关吏：‘修关还备胡？’要我下马行，为我指山隅。”（《潼关吏》）是通过小吏之口说出潼关备战的事实。“吏呼一何怒！妇啼一何苦！听妇前致词：三男邺城戍。一男附书至，二男新战死。”（《石壕吏》）这是石壕村老妇正在向抓丁差役哭诉自家的悲惨遭遇，杜甫通过写一个家庭的悲剧见证安史之乱给国民带来的苦难。杜甫的这些新题乐府“即事名篇，无复依傍”④，刻录的是典型环境中的典型人物与典型事件，宋人叶梦得盛赞为“穷极笔

① 余英时：《士与中国文化》自序，上海人民出版社1987年版，第2—4页。

② （宋）司马光：《资治通鉴》卷二一六，中华书局1956年版。

③ （清）高宗（乾隆）选：《御选唐宋诗醇卷之九》，光绪七年（1881）浙江书局刻本。

④ （唐）元稹：《乐府古题序》，《四部丛刊》影明嘉靖本《元氏长庆集》卷二十三。

力，如太史公纪、传”①。《新安吏》中的抓丁，《石壕吏》中的抓老妪，揭示的是无数平民百姓、征夫戍卒的共同遭遇，是安史之乱给唐朝带来的深重灾难。杜甫笔下的情节多是亲耳所闻，亲眼所见，具有即时性、新闻性和强烈的现实意义，在情节层层深入的发展过程中，诗人对社会人生的理性思考得以升华。

与杜甫一样，白居易的叙事诗也善于运用对话体层层深入，升华人生感悟。《江南遇天宝乐叟》叙写诗人与流落老乐师的对话，一问一答，在问答过程中推进世事沧桑之感悟。老乐师是天宝年间生活在梨园的演奏者，亲眼目睹唐朝从繁盛走向衰败，承当着见证历史的目击者角色，是事件的当事人，从他口中吐露的历史更为真切。诗人回应老乐师时所述的见闻："我自秦来君莫问，骊山渭水如荒村。新丰树老笼明月，长生殿暗锁青云。"反映的正是当时京都的萧条景象，与老乐师的讲述互为佐证。全诗既有历史的追溯，又有当前的写照，情节集中，结构紧凑，情感在问答终结处升华。

李白有相当多的叙事诗也以关注现实政治，同情百姓苦难为主旨，体现出强烈的民生意识。《战城南》叙述的是战争给百姓带来的深重灾难，"开元、天宝中，上好边功，征伐无时，此诗盖以讽也"②。诗歌写道："去年战，桑干源；今年战，葱河道。洗兵条支海上坡，放马天山雪中草。万里长征战，三军尽衰老……乃知兵者是凶器，圣人不得已而用之。"全诗一个场面接另一个场面，层层叙来，蕴蓄的感情越来越强烈，最后升至最高点，对天宝年间穷兵黩武提出尖锐批评。

晚唐李商隐的《韩碑》叙述了韩愈作《平淮西碑》的来龙去脉，按照历史事件发生、发展的过程进行客观叙事并生发议论。唐宪宗元和十二年(817)十月，宰相裴度统率大军讨伐淮西叛镇吴元济，韩愈任行军司马，十月十一日，唐邓节度使李愬雪夜入蔡州，擒吴元济，朝中称贺。十二月，宪宗诏韩愈撰《平淮西碑》，碑成，"碑高三丈字如斗，负以灵鳌蟠以螭"，文字与碑体均气势非凡，然而因韩愈在行文中不够突出李愬之功而被毁。《韵语

① (宋)叶梦得：《石林诗话》，见(清)何文焕辑：《历代诗话》，中华书局2004年版，第411页。

② (元)萧士赟：《分类补注李太白诗》，商务印书馆1965年版，第173页。

阳秋》如是记载："裴度平淮西，绝世之功也；韩愈平淮西碑，绝世之文也。非度之功不足以当愈之文，非愈之文不足以发度之功。碑成，李愬之子乃谓没父之功，讼之于朝，宪宗使段文昌别作此。"①全诗分两个部分，前面部分从"元和天子神武姿，彼何人哉轩与羲。誓将上雪列圣耻，坐法宫中朝四夷。淮西有贼五十载，封狼生貙貙生罴。"到"句奇语重喻者少，谗之天子言其私。长绳百尺拽碑倒，粗砂大石相磨治。"凡四十句二百八十字，叙韩愈书韩碑的前因、经过与结果。后面部分用"公之斯文若元气，先时已入人肝脾。汤盘孔鼎有述作，今无其器存其辞。呜呼圣皇及圣相，相与烜赫流淳熙。公之斯文不示后，曷与三五相攀追。愿书万本诵万过，口角流沫右手胝。传之七十有二代，以为封禅玉检明堂基。"十二句八十六字发议论，约占全诗四分之三篇幅。从叙到议的递进过程使情感层层升华，达成螺旋式上升的最后绝响。

李商隐的《行次西郊作一百韵》作于唐文宗开成二年(837)十二月诗人自梁州返京途经长安西郊时。诗歌先以十八句九十字叙西郊所见田野、村落荒败景象，接着以洋洋大篇叙写村民对贞观之治、开元盛世、安史之乱、藩镇之乱、宦官乱政的切身体会，最后以十六句八十言抒发感慨，结构为：开头叙现实景状——中间讲历史变迁——收尾抒情，呈现层层递进的螺旋结构。诗中是这样叙述眼前所见的："蛇年建午月，我自梁还秦……高田长檞枥，下田长荆榛。农具弃道旁，饥牛死空墩。依依过村落，十室无一存。存者皆面啼，无衣可迎宾。始若畏人问，及门还具陈。"田野荒芜，农事不兴，村落凋敝，人丁稀少，经历了多年战乱，忍受着苛捐杂税重负的晚唐农民生活异常穷苦。村民回顾唐王朝的治乱、盛衰经过，陈述了造成西郊村野颓败的历史与现实原因，这部分是社会纪实。诗中写道："伊昔称乐土，所赖牧伯仁。官清若冰玉，吏善如六亲。生儿不远征，生女事四邻。浊酒盈瓦缶，烂谷堆荆囷。健儿庇旁妇，衰翁舐童孙。"自贞观以来，京郊地区吏治清明，民风淳朴，父慈子孝，婚嫁如意，人们过着丰衣足食、安居乐业的生活，粮食多得吃不完，家酿的酒多得喝不完，这块土地堪称"乐土"。这样的生活事实与杜

① (宋)葛立方：《韵语阳秋》卷三，上海古籍出版社 1984 年据上海图书馆藏宋刻本影印。

甫《忆昔》所述的盛世景况一致，国富民强归功于良好的政治氛围，诗中“况自贞观后，命官多儒臣。例以贤牧伯，征入司陶钧。”说的就是朝廷以贤德之臣为相的事实。村民叙述完这段盛世历史之后，接着述说李林甫专权、武惠妃作祟、杨国忠得宠、安禄山反叛之事，把盛世转衰的历史过程与政治原因条分缕析地吐露出来，“降及开元中，奸邪挠经纶……捋须蹇不顾，坐在御榻前。忤者死艰屦，附之升顶颠。”

全诗叙事部分一层紧接一层，叙安史之乱爆发情形，“奚寇西北来，挥霍如天翻……玉辇望南斗，未知何日旋。诚知开辟久，遘此云雷屯。”叙安史之乱之后国内形势，“送者问鼎大，存者要高官。抢攘互间谍，孰辨枭与鸾……因今左藏库，摧毁惟空垣。”叙百姓生活境遇，“万国困杼轴，内库无金钱。健儿立霜雪，腹歉衣裳单……行人榷行资，居者税屋椽。”国家财用窘迫，朝廷对全国百姓进行残酷剥削，德宗建中三年，各交通要道置吏收商品税，每贯税二十文，建中四年征收房屋税，上等屋每间税二千文，中等屋每间税一千文，下等屋每间税五百文。普通百姓辛苦耕作仍得不到半年之粮，戍边士兵由于朝中克扣军饷而缺衣少食。到宪宗时代，“国蹙赋更重，人稀役弥繁。”《新唐书·食货志》记载，“元和中，供岁赋者，浙西、浙东、宣歙、淮南、江西、鄂岳、福建、湖南八道，户百四十四万，比天宝才四之一，兵食于官者八十三万，加天宝三之一，通以二户养一兵。”①可见，中唐时代人口锐减，朝廷为筹募军费开支而转嫁到老百姓头上的赋税极其繁重。最后，村民又介绍了文宗时代京西一带的吏治情况，“近年牛医儿，城社更扳援。盲目把大旆，处此京西藩……凤翔三百里，兵马如黄巾。夜半军牒来，屯兵万五千。”介绍京西百姓穷困情形，“乡里骇供亿，老少相扳牵。儿孙生未孩，弃之无惨颜。不复议所适，但欲死山间。尔来又三岁，甘泽不及春。”介绍京西治安状况，“盗贼亭午起，问谁多穷民……愧客问本末，愿客无因循。郿坞抵陈仓，此地忌黄昏。”村民的陈述以时间流程为线索，历数百年间唐王朝历史风云、百姓生活的变迁，层层叙述，叙完一层事实，感悟就往上跃一层，螺旋式盘旋，直至发出最后的感慨。

李商隐的《娇儿诗》前段叙生活小事，收尾发议论。诗歌是这样起头

---

① （宋）欧阳修、宋祁撰：《新唐书》卷五十二，中华书局1975年版，第1362页。

的:"衮师我娇儿,美秀乃无匹。文葆未周晬,固已知六七。四岁知名姓,眼不视梨栗。"之后,诗人记录了儿子在日常生活中的几件趣事,第一件是迎客,"门有长者来,造次请先出。客前问所须,含意下吐实。归来学客面,闱败秉爷笏。或谑张飞胡,或笑邓艾吃。"第二件是骑竹马,"截得青筼筜,骑走恣唐突。"第三件是自演参军戏,"忽复学参军,按声唤苍鹘。"第四件是模仿大人拜佛,"又复纱灯旁,稽首礼夜佛。"第五件是罥蛛网,"仰鞭罥蛛网"。第六件是饮花蜜,"俯首饮花蜜"。第七件是弄坏阿姊的妆盒,"凝走弄香奁,拔脱金屈戌。抱持多反侧,威怒不可律。"第八件是毁坏窗纱,"曲躬牵窗网"。第九件是唾沫擦琴,"峪唾拭琴漆"。第十件是看父亲写字,"有时看临书,挺立不动膝。古锦请裁衣,玉轴亦欲乞。请爷书春胜,春胜宜春日。芭蕉斜卷笺,辛夷低过笔。"一件一件的生活琐事被定格为盘旋上升的事件序列,一个活泼好动又天生书卷气的小男孩的形象通过层层铺叙被全部托出。诗末发表议论,诗人提出"出将入相"的愿望,指出死守经帙的报国方式与时代气氛的不协调,"儿慎勿学爷,读书求甲乙……儿当速成大,探雏入虎穴。当为万户侯,勿守一经帙。"以实录笔法叙事,一路蓄势,直至最后抒发感情、发表议论,是螺旋递进结构模式叙事诗的常见套路。

第四节　寓理于事:圆圈循环型

中唐时期,以"刺美见事"、"为民请命"为主旋律的新乐府叙事诗大量涌现,诗人既擅长立足于事又善于跳离故事情节发展的限制而自由生发议论,敞露自我心扉,这类叙事诗呈现圆圈循环结构。诗人所叙述的事件并不一定是目击身遇的,多是作为问题的例证出现的,有的是针对某一社会现象编造出一个故事来寄托讽谏之意,能反映尖锐的社会矛盾,富有强烈的政治色彩和批判意义。为了很好地说明道理,诗人常常先叙述一个故事或事实,然后发表议论,达到寓讽谏之意于事中的目的,所写之事经过概括和加工后用来作为问题的例证,有一定的征实性。这样的诗歌大部分在诗末发议论,所叙之事为诗中之"事",源于生活而高于生活,具有典型性,事件所包含的政治性与时事性成为其鲜明特征。圆圈循环结构模式的叙事诗以形象的事件为议论的起点而生发议论,再由议论反观事实或故事,在反观过程中继续思考故事中的含义,达到起点与终点循环往复、永不停息的动态效果。

白居易有172首讽谕诗,是典型的圆圈循环结构,他的《秦中吟》与《新乐府》堪称这类模式的典范。"《新乐府》李绅首唱,元稹和之,白居易再和,材料多是转手的……五十首诗,有美有刺,组织完整,体例一致……诗人自身并未直接卷入所反映的具体矛盾冲突之中。"①白居易《新乐府》的结构意旨已在诗序标明:"篇无定句,句无定字,系于意,不系于文。首句标其目,卒章显其志,《诗》三百之义也。"②试看《井底引银瓶》"兴—叙—议"的往复循环结构:"井底引银瓶,银瓶欲上丝绳绝。石上磨玉簪,玉簪欲成中央折"为起兴,以丝绳断、玉簪折来象征男女主人公的自由结合即将成功却又不幸中止。银瓶、玉簪都是美丽、娇贵的物品,用以象征私自结合的恋情的危险性很是恰切。"忆昔在家为女时,人言举动有殊姿……潜来更不通消息,今日悲羞归不得"是叙,叙述美貌女子私奔的经历。"为君一日恩,误妾百年身。寄言痴小人家女,慎勿将身轻许人"是议,以女子的亲身体会指出私奔的恶果。这是一首针对女子私奔现象所作的讽谕诗,由叙切入议,由议反观叙,循环不歇,劝谏之意生发得淋漓生动。

《杜陵叟》叙述地方官吏急敛暴征、鱼肉农民的经过,诗篇中间插入议论:"剥我身上帛,夺我口中粟。虐人害物即豺狼,何必钩爪锯牙食人肉",把横征暴敛比作豺狼,揭示官吏的丑恶嘴脸。这种由事实生发议论,再由议论反观事实的结构为圆圈式循环不止的说理模式。《卖炭翁》叙述的是卖炭翁遭受宫市制度盘剥的故事,诗歌最后发出对这桩不公交易的批判:"一车炭,千余斤,官使驱将惜不得。半匹红纱一丈绫,系向牛头充炭直。"据事说理,以理观事,起笔与收笔立足于同一件事,而收笔处位于更高的层面,构成一个封闭型的圆圈叙事结构。《上阳白发人》叙一位宫女从十六岁入宫到六十岁仍幽居宫中的寂寞历程,首尾议宫女之苦,"上阳人,红颜闇老白发新。绿衣监使守宫门,一闭上阳多少春。""上阳人,苦最多。少亦苦,老

① 余恕诚:《唐诗风貌》,安徽大学出版社2000年版,第111页。

② 谢思炜撰:《白居易诗集校注》卷三,中华书局2006年版,第267页。

亦苦，少苦老苦两如何。君不见昔时吕向美人赋，又不见今日上阳白发歌。”叙、议结合，以事刺上，前后照应，以典型之事说普适之理，循环往复，体现圆圈型结构方式。《新丰折臂翁》刻画的是一位侥幸活命的老翁形象，以“新丰老翁八十八，头鬓眉须皆似雪。玄孙扶向店前行，左臂凭肩右臂折”起笔叙事。老翁之所以能活到八十八岁的高龄，全靠当年的自残。六十年前为了逃避征兵，他自己砸断手臂，虽然痛苦，但毕竟保全了生命。“夜深不敢使人知，偷将大石槌折臂；张弓簸旗俱不堪，从兹始免征云南。”大石槌臂的情节虽然没有战场上血肉横飞的场面那么惨烈，却深刻地揭露出民不聊生的内在沉痛，具有很强的悲剧色彩。白居易于元和时代写下的这首诗再现天宝年间朝廷讨伐南诏的战争给百姓带来的灾难，战争中死伤士兵二十余万人，造成千万个家庭的悲剧，“大军徒涉水如汤，未过十人二三死。村南村北哭声哀，儿别爷娘夫别妻；皆云前后征蛮者，千万人行无一回。”诗歌体现诗人以吟唱民生疾苦为己任的积极入世的创作态度，以收笔处一句“边功未立生人怨，请问新丰折臂翁”将叙事推向起点，达成圆圈型的循环结构。

《红线毯》叙宣州百姓织毯进贡一事：“宣城太守加样织，自谓为臣能竭力。百夫同担进宫中，线厚丝多卷不得。”具体描述了织毯的艰辛、宣毯的独一无二：“红线毯，择茧缫丝清水煮，拣丝练线红蓝染。染为红线红于蓝，织作披香殿上毯。披香殿广十丈余，红线织成可殿铺。彩丝茸茸香拂拂，线软花虚不胜物。美人蹋上歌舞来，罗袜绣鞋随步没。太原毯涩毳缕硬，蜀都褥薄锦花冷，不如此毯温且柔，年年十月来宣州。”叙述的焦点集中于诗末的议论：“地不知寒人要暖，少夺人衣作地衣。”做到事有所指，达到“刺”的目的，首尾相接，构成圆圈。

《缭绫》与《红线毯》如出一辙，以主要篇幅铺叙缭绫之奇异美丽，“缭绫缭绫何所似，不似罗绡与纨绮。应似天台山上月明前，四十五尺瀑布泉。中有文章又奇绝，地铺白烟花簇雪……”诗末以讽谏收笔，“缭绫织成费功绩，莫比寻常缯与帛。丝细缫多女手疼，扎扎千声不盈尺。昭阳殿里歌舞人，若见织时应也惜。”卒章显志，首尾圆合。

《胡旋女》开篇描述胡旋舞之美：“胡旋女，胡旋女。心应弦，手应鼓。弦鼓一声双袖举，回雪飘飖转蓬舞。左旋右转不知疲，千匝万周无已时。人间物类无可比，奔车轮缓旋风迟。”以此为铺垫，指出杨贵妃、安禄山得宠及安史之乱爆发、贵妃身死马嵬坡诸事，以记述达成讽谏，篇末一句“胡旋女，莫空舞，数唱此歌悟明主”与篇首相接，完成圆圈型的叙事结构。白居易《新乐府》五十首以寓理于事、首尾圆合的圆圈结构方式叙事，“其体顺而肆，可以播于乐章歌曲也。总而言之，为君臣为民为物为事而作，不为文而作也。”①

《秦中吟十首》夹叙夹议，议中含故事，故事中寓含对不公平现状的批判，形成圆圈叙事模式。《议婚》从标题上就能看出是说婚嫁之事的议论诗，结构为：议贫富与婚嫁的关系——叙富家女与贫家女的差异（对比）——叙贫家父母的心声。贫富与婚嫁的关系是：“颜色非相远，贫富则有殊。贫为时所弃，富为时所趋。”富女与贫女的差异是：“红楼富家女，金缕绣罗襦。见人不敛手，娇痴二八初。母兄未开口，已嫁不须臾。绿窗贫家女，寂寞二十余。”贫家父母的心声是：“富家女易嫁，嫁早轻其夫。贫家女难嫁，嫁晚孝于姑。”《伤宅》先叙朱门豪宅的奢华，“一堂费百万，郁郁起青烟”，“主人此中坐，十载为大官。厨有臭败肉，库有贯朽钱。”然后提出富贵不长久的理念，“如何奉一身，直欲保千年。不见马家宅，今作奉诚园。”《重赋》批评唐德宗时新创的两税法，结构为：议济民之正道——叙生民不堪重赋的苦状与官库丰盈的盛况，自然形成对比——议官吏横征暴敛的实质。济民之正道应为：“厚地植桑麻，所要济生民。生民理布帛，所求活一身。身外充征赋，上以奉君亲。”民间困苦与官府奢侈的对比为：“幼者形不蔽，老者体无温。悲喘与寒气，并入鼻中辛。昨日输残税，因窥官库门。缯帛如山积，丝絮如云屯。”官吏横征暴敛的实质是损民利己，“夺我身上暖，买尔眼前恩”。《轻肥》全篇皆叙，但是前后对比、官民比照，前面写的是富人之奢侈，后面写的是穷人之悲辛。富人“尊罍溢九酝，水陆罗八珍。果擘洞庭橘，脍切天池鳞。食饱心自若，酒酣气益振”，穷人“是岁江南旱，衢州人食人”，全诗着力于典型场面的描述达成诗末对“是岁江南旱，衢州人食人”的现实主义批判，使情感达到峰顶，理寓于事中。《歌舞》的结构也一样全篇

① （唐）白居易：《新乐府序》，见谢思炜：《白居易诗集校注》卷三，中华书局2006年版，第267页。

为叙，但是叙中夹两句议，叙的是公侯醉暖欢乐的生活，与狱中“冻死囚”对照，“贵有风雪兴，富无饥寒忧”为议，指出公侯享乐的物质前提。这五首诗以揭露贫富矛盾、社会不公为主旨，叙与议灵活地结合与交融。《五弦》先叙贞元年间赵璧的五弦绝响，再批评俗人对音乐的无知，“嗟嗟俗人耳，好今不好古。所以绿窗琴，日日生尘土。”《买花》叙的是京城买花习俗，议的是民间疾苦，“低头独长叹，此叹无人喻。一丛深色花，十户中人赋。”《伤友》先叙友人今日富贵而忘旧友，“蹇驴避路立，肥马当风嘶。回头忘相识，占道上沙堤。昔年洛阳社，贫贱相提携。今日长安道，对面隔云泥。”后议真情难求，“近日多如此，非君独惨凄。死生不变者，唯闻任与黎。”《不致仕》先议礼法，再叙贪荣之态，最后议遵循礼法之难。礼法为：“七十而致仕，礼法有明文。”贪荣之态为：“可怜八九十，齿堕双眸昏。朝露贪名利，夕阳忧子孙。挂冠顾翠缕，悬车惜朱轮。金章腰不胜，伛偻入君门。”遵循礼法之难为：“年高须告老，名遂合退身。少时共嗤诮，晚岁多因循。贤哉汉二疏，彼独是何人。寂寞东门路，无人继去尘。”以叙—议循环相接的结构模式清晰地表述观点，劝谕世人。《立碑》议的是立碑树传的名不副实：“铭勋悉太公，叙德皆仲尼。复以多为贵，千言直万赀。”叙的是望江县令麹信陵仁政为民，百姓称颂的事实：“我闻望江县，麹令抚茕嫠。在官有仁政，名不闻京师。身殁欲归葬，百姓遮路岐。攀辕不得归，留葬此江湄。至今道其名，男女涕皆垂。无人立碑碣，唯有邑人知。”两相对比，劝谏之意非常突出。

圆圈循环模式除大量的讽谕诗之外，还有寓言诗。寓言叙事诗的故事常常是随机捏造的，故事里的“主人公”一般是人类以外的生物和事物，如虎、乌、义鹘、蚊、镜等，蕴含于诗中的往往是真理。借动物故事说明道理的寓言叙事诗主要集中于中唐时期，结构具有相似性，故事短小而完整，以故事本身显示道理，有的不再加议论与说明。

杜甫的《义鹘行》分为两个部分，先叙义鹘伸张正义之举，后发表议论，指出人类应学习鸟类急人所难的壮举。“阴崖有苍鹰，养子黑柏颠。白蛇登其巢，吞噬恣朝餐……折尾能一掉，饱肠皆已穿。”叙述动物故事。“生虽灭众雏，死亦垂千年。物情有报复，快意贵目前……人生许与分，只在顾盼间。聊为义鹘行，用激壮士肝。”议论善恶有报的自然之理，也用健鹘身上这种行侠仗义的精神激励人类。《杜诗镜铨》指出,“王仲樵曰:直目此鹘为鲁仲连辈人矣。”①以动物世界隐喻人类社会。

韩愈《猛虎行》先叙猛虎群所具有的天下无敌的威力,“群行深谷间,百兽望风低。身食黄熊父,子食赤豹麛。”再叙“孤栖”的猛虎的悲惨结局,“豹来衔其尾,熊来攫其颐。猛虎死不辞,但惭前所为。”诗歌最后发出议论,把动物界的生存之道延伸到人类社会,“虎坐无助死,况如汝细微。故当结以信,亲当结以私。亲故且不保,人谁信汝为。”诗人认为人的行为应该合乎亲亲之道。

刘禹锡的《百舌吟》描述了能随百鸟之音的百舌鸟的美妙声音:“笙簧百啭音韵多,黄鹂吞声燕无语。”可以分为叙与议两个部分。议论部分以鸟喻人,阐明世事无常、宠辱变幻之理:“可怜光景何时尽,谁能低回避鹰隼。廷尉张罗自不关,潘郎挟弹无情损。天生羽族尔何微,舌端万变乘春晖。南方朱鸟一朝见,索漠无言蒿下飞。”刘禹锡的《飞鸢操》与《百舌吟》一样都是先叙后议,先叙飞鸢虽自恃甚高,却与乌鸦一起争抢腐鼠,结果被游童一弹打死,再发出自己的见解:“天生众禽各有类,威凤文章在仁义。鹰隼仪形蝼蚁心,虽能戾天何足贵。”人与禽类同理,有品性高洁的,也有貌似威武而心地卑微的。《有獭吟》也是叙议结合,先叙水獭得嘉鱼先祭不食而被渔人捕获的故事,再叙黄金鹗捕鱼哺雏的故事加以比对,最后发议论,指出礼与自然之理之间的关系:“天意不宰割,菲祭徒虔虔。空余知礼重,载在淹中篇。”

刘禹锡的《聚蚊谣》则全篇皆叙,寓意鲜明,“我”介入故事中,群蚊成为“我”的对立面,揭示恶人作祟的道理。《磨镜篇》也是全篇皆叙,而且把“我”置于当事人地位,以“我”的视角看磨镜前后的不同效果。元稹的《雉媒》全篇皆叙,叙述了雉媒如何被驯化和如何残害同伴两个故事,以动物喻人的主旨很鲜明,两个故事分别使用不同的叙事视角,叙述第一个故事时使用以人观物的全知视角,“……都无旧性灵,返与他心腹。置在芳草中,翻令诱同族。”叙述第二个故事时转换成有限视角,“我”作为被害的同伴,从“我”的角度叙述被害过程,“远见尔文章,知君草中伏。和鸣忽相召,鼓翅

① (唐)杜甫著,(清)杨伦笺注:《杜诗镜铨》卷四,中华书局1962年版,第193页。

遥相瞩。畏我未肯来，又啄翳前粟。敛翮远投君，飞驰势奔蹙。罥挂在君前，向君声促促。信君决无疑，不道君相覆。自恨飞太高，疏罗偶然触。”元稹《大觜乌》叙述大觜乌邪恶贪婪、惑主作恶的故事，发表正必压邪的议论，“夜漏天终晓，阴云风定吹。况尔乌何者，数极不知危。会结弥天网，尽取一无遗。常令阿阁上，宛宛宿长离。”

刘禹锡的《昏镜词》说出模糊不清的镜子也能售出是因为它能迎合丑陋者自欺欺人的心理，诗歌如下：

> 昏镜非美金，漠然丧其晶。陋容多自欺，谓若他镜明。
> 瑕疵既不见，妍态随意生。一日四五照，自言美倾城。
> 饰带以纹绣，装匣以琼瑛。秦宫岂不重，非适乃为轻。

《养鸷词》则全篇夹叙夹议，以少年养鸷的方法说明“夫鸷禽，饥则为用”（诗序）的道理，诗歌开篇为议：“养鸷非玩形，所资击鲜力。”接着四句为叙：“少年昧其理，日日哺不息。探雏网黄口，旦暮有余食。”然后再议：“宁知下鞲时，翅重飞不得。”再叙：“毰毸止林表，狡兔自南北。”最后以议结尾，点出主旨：“饮啄既已盈，安能劳羽翼。”

圆圈循环结构的叙事诗常常以议论或寓意作为全诗的终点与起点，使诗歌成为某种规律、道德理念、人生价值观的载体，带有浓重的说教意味。

第二章
唐代叙事诗的场景类型

第一节　实境:广阔的生活场景

唐代叙事诗重视以场景来展现事件。场景可以是一种空间布构,人物活动的场所,也可以是某地的风俗、风情、风物和风景。场景之间不一定都有时间上的连贯性,不一定能构成有头有尾的完整故事,一个场景常常是一个片段特写,片断虽小,却能代表一个典型的事件单元,依靠它的张力呈现情节。诗人往往注重生活断面、细节描写,选取经典片段进行简练的叙事,集中表现矛盾冲突,读者则如同面对国画的"留白",需要通过合理的推测、想象,补充事实链条中的未知环节,构建情节。如果说一首叙事诗是一台戏,那么,叙事场景就是戏中一幕幕的舞台布景,它赋予自身叙事功能,艺术地再现生活的真实。

帝王后妃、边地武将、文人歌妓等各社会阶层人们的生活状貌必定是在一定的时空背景下展开的,不同地域、不同时节人物的活动场所都是承载诗歌叙事的重要符号,如京都、乡野、边塞,皇宫、府邸、青楼等。唐代叙事诗中有些篇章几乎纯粹通过展现场景的方式来实现叙事目的,场景基本承载了全诗的叙事,这种情况被称为场景叙事,是唐代叙事诗的独到之处。通过单幕场景或多幕场景的组合来完成叙述目的的叙事诗在唐代非常多见。

唐代叙事诗的现实场景包罗人们生活的京都、乡野和人们出使、从军、游历所至的边塞,有的是诗人眼见身历的,有的是在他人现实生活基础上经过艺术过滤加工而成的,具有典型性或特殊性。成功的场景叙述会营构一种逼真的现场感,既能反映人类社会的现实生活,又能在艺术上达到真实效果,让人仿佛身临其境,这种场景被称为现实场景,它体现的是艺术真实。朱光潜说过,"每首诗都自成一种境界,无论是作者或是读者,在心领神会一首好诗时,都必有一幅画境或是一幕戏景,很新鲜生动地突现于眼前"①。叙事诗的场景常常超出它的空间性限制,成为独立自足的完整天地。

---

① 朱光潜:《诗论》,北京出版社2005年版,第54页。

一、边塞

唐代叙事诗的边塞场景大部分出现在边塞诗中。边塞诗是一个比较宽泛的概念，是以边塞为题材的诗歌，有的反映军旅生活，有的反映边塞与中原的交流往来，有的描述戍边将士的事迹与情感，有的描写自然与人文景观。边塞诗派在盛唐形成，以高适与岑参为代表，在边塞诗派出现以前，不少初唐诗人已经写出了数量可观的边塞诗。秦汉至魏晋，诗人对战争怀有不同程度的恐惧心理，诗人笔下的边塞场景带有明显的感伤情调，如著名的汉乐府《战城南》反映汉武帝时期对匈奴的一次战争，叙述的战地场景极其凄惨恐怖。然而，北朝的边塞诗一改以往格调，变得激昂高亢，主要不是表现边塞生活的危险与艰苦，而是充满战胜困难的喜悦，这种豪迈气概影响了初唐诗人的边塞诗风①。边塞不仅仅是疆界与战场，还是各民族交汇的多元文化场所，更是诗人实现人生抱负的辽阔空间，唐代诗人在边塞捕捉历史、文化、政治、军事等种种印迹，叙写边塞场景，从不同侧面反映唐代民族融合背景下诗人的心灵感受。任文京的《唐代边塞诗的文化阐释》一书根据《全唐诗》、《唐诗纪事》、《唐才子传》、新旧《唐书》及周祖譔主编的《中国文学家大辞典》(唐五代卷)作出了一个“唐代边塞诗人籍贯与出塞游边情况统计表”，他认为唐代共有 172 位诗人到过边塞，既有出塞经历又有边塞诗作，其中初唐 21 人，盛唐 39 人，中唐 61 人，晚唐 51 人②。本研究讨论边塞场景参考任文京所提供的这项成果，重点考察这些既有出塞经历又有边塞诗作的诗人，旨在全面揭示作为唐代叙事诗中最重要的现实场景之一的边塞场景在时代变迁中的相应变化。

(一)唐代叙事诗描述边塞场景的特色意象

唐代叙事诗中出现很多边塞地理名称，有的是泛指，有的是实指，这些名称在诗中不仅具有区域性的地理意义，而且成为具有文化意义的地理意象，是最为重要的边塞场景。余恕诚认为，“秦、汉、隋、唐等王朝的战争，主

① 参见李炳海、于雪棠：《唐代边塞诗传》，吉林人民出版社 2000 年版，第 5—13 页。

② 参见任文京：《唐代边塞诗的文化阐释》，人民出版社 2005 年版，第 111—119、127—128 页。

要发生在从东北到西北沿长城和丝绸之路两侧展开的地带。中国古代的边塞意识是和这些地方的山川寨堡、风土民情相结合的，边塞之作多以这些地方为背景，因此边塞诗反映的范围，从地域上看主要是从东北至西北边疆"①。本研究讨论的边塞场景符合这一范围。

根据"唐代边塞诗人籍贯与出塞游边情况统计表"，最早写到边塞场景的应该是初唐诗人陈子良（575—632），他是吴地人，曾游边到过塞北。他的《于塞北春日思归》写道："我家吴会青山远，他乡关塞白云深"，"关塞"是不确定的泛指意象，最突出的特点是"白云深"。用"深"写白云，颇具陌生化的审美效果，它能令人联想到天很高远，风很清朗，白云一朵一朵很立体地挂在天上。这是一种细节叙事的方式，通过云的特点反映边塞环境。苏颋的《边秋薄暮》写道："边风思鞞鼓，落日惨旌麾"，用"边风"两字点出边塞场景，用"鞞鼓"、"旌麾"写出战地气氛。像刀、剑、戈、矛等兵器，马、鼓、旌、旗、金甲等战具都是具有特定指向性的特色事物，还有一些特殊的光、色、音效、兵阵等，都是能指征战争的事物，能渲染场景氛围，起一定的叙事作用。崔融的"兵气腾北荒，军声振西极"（《西征军行遇风》）就是直接用"兵气"、"军声"体现北部边塞的战争气氛。盛唐诗人徐九皋的"塞北狂胡旅，城南敌汉围。巉岩一鼓气，拔利五兵威"。（《战城南》）没有写出确切的地点，着力刻画兵阵围城的画面，并用弓、矢、矛、戟、剑、戈等多种兵器引发的联想空间来发出叙述，使战斗场景骤然呈现。常建的《塞上曲》也用到"兵阵"在场景中的叙事作用，"塞云随阵落，寒日傍城没"。李颀的《塞下曲》写道："戎鞭腰下插，羌笛雪中吹"，"戎鞭"是战具，"羌笛"是军中乐器，都是特色事物，用来渲染战地场景。王维曾经奉使出塞，他的《使至塞上》写道："大漠孤烟直，长河落日圆"，非常逼真又充满诗意地再现了边塞的自然风貌。

中唐刘得仁的《塞上行作》写出边塞的特殊气候，"生人居外地，塞雪下中秋"，"外"字写出边塞环境在中原人心理上引发的陌生感，"雪"字把这种陌生感具象化，中秋时节边塞已经降雪，与熟悉的中土风候截然不同。马逢的《从军》极好地体现了运用战具、兵阵的叙事能力勾勒战争场景的套式，

① 余恕诚：《唐诗风貌》，安徽大学出版社2000年版，第216页。

“汉马千蹄合一群，单于鼓角隔山闻”，庞大的马群、纷乱的马蹄、嘹亮的鼓角声，组合成一幕激烈厮杀的场景。卢纶的“醉和金甲舞，雷鼓动山川”（《和张仆射塞下曲》其四）以耀眼的金甲，具有北方少数民族传统特色的战具刻画西北边塞庆功场面。雷鼓即“八面鼓”①，据《周礼·地官·鼓人》记载，“以雷鼓鼓神祀”②。晚唐黄滔的《塞上》更是逼真地反映当时当地的那次战斗，场景颇具个性化特征，“掘地破重城，烧山搜伏兵”，山火熊熊燃烧，兵阵悄然入山，是一幕声势暗藏的战斗场景。于濆的“紫塞晓屯兵，黄沙披甲卧”（《塞上曲》）用兵阵、金甲和自然物黄沙一起组构场景。紫塞，泛指边塞，据晋代崔豹《古今注·都邑》记载，“秦筑长城，土色皆紫，汉塞亦然，故称紫塞焉”③。“战鼓声未齐，乌鸢已相贺”（《塞上曲》）用乌鸦、老鹰争食腐肉的场景渲染战场残酷氛围。“燕然山上云，半是离乡魂”（《塞上曲》）用传统地理意象的文化含义写场景。燕然是现今蒙古国境内的杭爱山，东汉窦宪大破北单于，登燕然山勒石纪功而返④。在唐代，燕然这一意象成为一种历史文化的象征，不是实指杭爱山，而是泛指边塞。

在上述诗中，场景叙述具体生动，以细节反映客观，具有逼真的现场感。诗人往往使用“汉马”、“汉鼙”这一类以汉代唐的战争意象塑造极富文化内涵与情绪感染力的战地环境，不仅赋予读者广阔的联想空间，而且具有深沉的历史感。唐代叙事诗中不确指的边塞地理名称有北地、北荒、关塞、边塞、塞上、塞下、边上、塞北、塞外、紫塞等，有的并不是诗人亲历的，而是基于某种客观真实的艺术想象，却让我们感到似曾相识，像某一处又不是那一处，因而成为典型化的意象，它们与确指的地理意象共同构建真实的边塞场景。

（二）唐代叙事诗中的西域场景

西域之地是唐代诗人较为集中反映的场景，如交河、铁关、天山、轮台、楼兰、火山、热海、葱山等。河西走廊也是叙事诗经常提及的地方，如临洮、

---

① 陈贻焮主编：《增订注释全唐诗》第二册，文化艺术出版社2001年版，第838页。

② （清）孙诒让：《周礼正义》卷二十三，十三经清人注疏，中华书局1987年版，第899页。

③ 王云五主编：《丛书集成初编》之《风俗通义·古今注》，商务印书馆1935年版，第7页。

④ 陈贻焮主编：《增订注释全唐诗》第四册，文化艺术出版社2001年版，第351页。

金城、河湟、凉州(武威)、甘州、酒泉、玉门关、阳关、萧关、敦煌等,是关中通往西域的交通要冲,有的与西域一同作为一首诗的叙事场景。到过西北边塞并有相关诗作的诗人数量很多,一些没有亲历西北边境的诗人也在当时的时代气氛下写下许多带有西北边塞场景的叙事诗,这一现象与唐代军事矛盾集中于西北部、国防重点安置于西北部的社会现实密切相关。

1.初唐叙事诗中的西域场景

初唐诗人骆宾王、虞世南、唐太宗李世民较早提到西域场景。骆宾王是同时期文人中创作边塞诗最多的,堪称唐代第一位有成就的边塞诗人。他到过西北、西南和北部边塞,在西北边塞创作的诗歌为最多,他的西北之行是在高宗咸亨元年(670)①。《晚度天山有怀京邑》写的就是天山的场景,“交河浮绝塞,弱水浸流沙。”交河是今新疆吐鲁番西的水系,源出天山,流经交河城下。据《西域水道记》记载,“车师前国,王治交河城。河水分流绕城下,故号交河。去长安八千一百五十里”②。用“绝”写出交河地区天远地偏的特色,透露出唐人对边塞环境的一种理解,即边塞就是绝路,就是天地之尽头。弱水是今甘肃的张掖河,据《尚书·禹贡》记载,“导弱水至于合黎,馀波入于流沙”③,据《西域水道记》记载,“条支有弱水”④。流水、沙漠,一派逼真的荒远图景,非亲历者岂能勾勒得如此真切?在初唐,撷取大量的边塞意象入诗已经蔚然成风,很多时候,诗人并没有亲身经历,却利用丰富的想象把传统的边塞文化意象纳入诗中。李世民的《饮马长城窟行》写道:“塞外悲风切,交河冰已结。瀚海百重波,阴山千里雪。”有确指的“交河”、“阴山”,也有不确指的塞外、大漠,《岘佣说诗》在谈及岑参诗“瀚海阑干百丈冰”时指出“瀚海即大漠,即戈壁”⑤。诗人提取典型的边塞场景并置,构成一幅壮阔豪迈的画卷。虞世南《出塞》写道:“雪暗天山道,冰塞交

---

① 傅璇琮主编,陶敏、傅璇琮著:《唐五代文学编年史·初盛唐卷》,辽海出版社1998年版,第207页。

② (清)徐松:《西域水道记》(外二种),中华书局2005年版,第494页。

③ (清)孙星衍撰:《尚书今古文注疏》卷三,十三经清人注疏,中华书局1986年版,第186页。

④ (清)徐松:《西域水道记》(外二种),中华书局2005年版,第431页。

⑤ (清)施补华:《岘佣说诗》,见(清)王夫之等:《清诗话》,上海古籍出版社1978年版,第984页。

河源”,冰雪气候是西部边塞的典型特征,“暗”字极写环境之恶劣,“冰塞”两字形象地体现交河的地貌特色,“源”字起到确指作用,指明塞外之地处于交河之源。虞世南的《从军行二首》写道:“烽火发金微,连营出武威”,金微山在现今中蒙边境的阿尔泰山脉,武威在甘肃省,地理位置非常确切,烽火和营帐就是边塞场景的核心意象。

最早出现玉关场景的大概是来济的《出玉关》,“敛辔遵龙汉,衔凄渡玉关”。玉关,即玉门关,故址在甘肃敦煌西北的小方盘城①。卢照邻的《上之回》写到萧关,“回中道路险,萧关烽候多”,烽堠、险道构成萧关的战地气氛。萧关在今宁夏固原县东南,为自关中至塞北的交通要冲,回中古道南起汧水河谷,北出萧关。陈子昂的《和陆明府赠将军重出塞》写道:“始返楼兰国,还向朔方城。黄金装战马,白羽集神兵。星月开天阵,山川列地营……”楼兰是汉代西域的一个小国,唐代已消失,故地在今新疆若羌县一带。据《西域水道记》记载,“鄯善国,本名楼兰,王治扜泥城,去阳关千六百里,去长安六千一百里。户千五百七十,口万四千一百,胜兵二千九百十二人……民随率牧逐水草,有驴马,多橐它。”②朔方城在今内蒙古杭锦旗西北。在唐代诗人笔下,出现楼兰意象,常常蕴含着汉代傅介子计斩楼兰的典故,渲染一种军伍精神。历史意象楼兰和确指地理意象朔方,还有兵阵、战马、金鞍等一起组建成一幅阔大的战地场景,非常有气势。

2.盛唐叙事诗中的西域场景

盛唐王昌龄的《塞下曲四首》写道:“蝉鸣空桑林,八月萧关道。出塞入塞寒,处处黄芦草。”八月的萧关,桑叶已经落尽,芦草枯黄,显得辽远而悲凉,与中原物候大相径庭。李颀的《古从军行》写道:“白日登山望烽火,黄昏饮马傍交河……野云万里无城郭,雨雪纷纷连大漠。胡雁哀鸣夜夜飞,胡儿眼泪双双落……年年战骨埋荒外,空见蒲桃入汉家。”雨雪、大漠、烽火、胡雁、蒲桃、战马、白骨,构成空旷、悲凉的西北边塞场景。吕敞的《龟兹闻莺》描述的是西域的春天景象,“边树正参差,新莺复陆离。娇非胡俗变,啼是汉音移。绣羽花间覆,繁声风外吹。人言曾不辨,鸟语却相知。”龟兹是

---

① 陈贻焮主编:《增订注释全唐诗》第一册,文化艺术出版社2001年版,第231页。

② (清)徐松:《西域水道记》(外二种),中华书局2005年版,第403—405页。

西域城国,在今新疆库车,唐初内附。绿树、莺声、各民族的语言,构成和平时期胡汉杂居的和谐气氛。春天的气息是不易捕捉到的,因为边塞的春天稍纵即逝,这么清美的边塞场景既是边地特有的,又是不含丝毫杀伐之气的。陶翰游边到过萧关,他的《出萧关怀古》写道:"驱马击长剑,行役至萧关。悠悠五原上,永眺关河前……大漠横万里,萧条绝人烟。孤城当瀚海,落日照祁连。"五原是今内蒙古五原县。大漠、孤城、落日构成富有历史感的典型的边塞场景。陶翰的《燕歌行》写道:"雪中凌天山,冰上渡交河",交河成冰,天山降雪,西域之地气候严寒,征人远在天涯,边塞的荒寒、悲壮气息油然而生。李白的《胡无人行》写道:"天兵照雪下玉关,虏箭如沙射金甲",《从军行二首》写道:"从军玉门道,逐虏金微山",《战城南》写道:"去年战桑乾源,今年战葱河道。洗兵条支海上波,放马天山雪中草。万里长征战,三军尽衰老。"条支是汉代西域的国名,濒临波斯湾,在诗中泛指西域,葱河位于今新疆。《旧唐书・王忠嗣传》记载,天宝元年,王忠嗣率师北讨契丹,战于桑乾河,三战三胜。据《李嗣业传》记载,李嗣业曾讨伐勃律,打通了去葱岭的道路①。李白把这两次战役发生的地点与西域的其他地名并置,场景十分阔大。李隆基的《平胡》写道:"雾扫清玄塞,云开静朔方",别有一番气象。

盛唐诗人岑参两度出塞,天宝八年(749)冬至天宝十年(751)三月在安西节度使高仙芝幕中任职,天宝十三年(754)夏秋之际到至德二年(757)春夏之间在北庭节度使封常清幕下任职。岑参的边塞足迹之广是唐代诗人中不可多得的,诗人从长安出发,到过陇山、临洮、金城、武威、敦煌、玉门关、天山、轮台,深入西域,直抵中亚②。他在边塞生活长达六年之久,出塞地域东起陇右、西至中亚伊塞克湖附近,这是别人无法企及的。因此,岑参写出了七十多首边塞诗,较为全面地反映了西域场景,不仅把西域边疆的地理、气候特色原原本本地呈现出来,而且生动地展示了当地的风土人情。"岑参的七十多首边塞诗出现'沙碛、沙、碛'37 次,轮台 18 次,火山 11 次、白草 11

① (后晋)刘昫等撰:《旧唐书》卷一百三《王忠嗣传》、卷一百九《李嗣业传》,中华书局 1975 年版,第 3197—3200、3297—3300 页。

② 《岑参年谱》,见(唐)岑参撰,廖立笺注:《岑嘉州诗笺注》,中华书局 2002 年版,第 851—941 页。

次,热海 4 次,雪海 3 次。胡虏 29 次"①。诗人甚至把未亲身经历的某些场景也纳入诗中,使空间覆盖面更为辽阔。在岑参诗的场景中,极冷与极热的两极对立得到了深刻的体现。

《天山雪歌送萧沼归京》有描写场景的句子,"天山有雪常不开,千峰万岭雪崔嵬。北风夜卷赤亭口,一夜天山雪更厚。能兼汉月照银山,复逐胡风过铁关。交河城边飞鸟绝,轮台路上马蹄滑。""天山"、"赤亭口"、"银山"、"铁关"、"交河"、"轮台"都位于现在的新疆,赤亭口位于鄯善县。银山位于托克逊县,地处自西州通往焉耆、安西的唯一要道上,据《新唐书·地理志》记载,"……经礌石碛,二百二十里至银山碛"②,银山碛就是银山。铁关又称铁门、铁门关,位于焉耆,《明一统志》记载,"自焉耆西五十里过铁门关"③。这些地理名称的并置集中体现一个"冷"字,用"卷"写北风,用"厚"写雪,用"绝"写飞鸟,用"滑"写马蹄,都是为了突出天山地区艰苦的作战环境。《白雪歌送武判官归京》作于天宝十四年(755)八月,也是写天山的冷,"北风卷地白草折,胡天八月即飞雪。"白草是西域的一种植物,据《汉书·西域传》师古注,"白草,似莠而细,无芒,其干熟时正白色,牛马所嗜也"④。八月飞雪和白草体现天山地区的气候、植被特色。天山的雪很美,"忽如一夜春风来,千树万树梨花开",这种飞雪如春的景象具有真实的现场感,令人如临其境。岑参亲历了这些寻常人看不到的场景,刻画出细节的真实。诗中写道:"将军角弓不得控,都护铁衣冷难着。瀚海阑干百丈冰,愁云黪淡万里凝。中军置酒饮归客,胡琴琵琶与羌笛。纷纷暮雪下辕门,风掣红旗冻不翻。轮台东门送君去,去时雪满天山路。山回路转不见君,雪上空留马行处。"完全通过场景塑写来叙事。首先写"冷",用战地兵器的冰冷来具体描绘那种透心彻骨的感受,弓冷,盔甲冷,在万里旷野之中,血肉之躯接触着这些铁器,那是人类与自然的极度对立。再用天上的水汽凝冻、地上的河流结冰来状写冷,那是一种让人无处可逃的极冷。接着写营帐中的热烈气氛,

---

① 郭院林:《唐诗中的西域意象及其文化意蕴》,《兰州学刊》2009 年第 7 期。

② (宋)宋祁、欧阳修:《新唐书》卷四十,中华书局 1975 年版,第 1046 页。

③ (明)李贤:《明一统志》卷八十九,文渊阁四库全书,第 473 册,史部,地理类,上海古籍出版社 2003 年版,第 885 页。

④ (汉)班固撰,(唐)颜师古注:《汉书》卷九十六上,中华书局 1964 年版,第 3876 页。

形成一种对照，酒是热的，酒宴是"热"的，演奏着胡琴、琵琶、羌笛的宴饮氛围是"热"的，那是弥漫着功业热情的盛唐人所创造的昂扬的战地氛围。然后还写"冷"，冰雪冻住了军中的红旗，在风中一动不动，一个"掣"字写出边风之急，地上的雪一片白茫茫，在白茫茫的雪地上，留下一行马蹄的印迹。西域那种与人类生存需求极度不和谐的环境在诗中取得了和谐，体现雄壮豪迈的盛唐边塞气象。可见，场景是自然原生态与情感内蕴的复合体，是地理概念与文化意义的复合体。

《轮台歌奉送封大夫出师西征》与《走马川行奉送出师西征》都作于天宝十四年(755)九月封常清西征之际①。《轮台歌奉送封大夫出师西征》写道："轮台城头夜吹角，轮台城北旄头落。羽书昨夜过渠黎，单于已在金山西。戍楼西望烟尘黑，汉兵屯在轮台北。"描述胡兵来犯的紧张场景，角声吹响，旄头星滑落，烟尘滚滚，兵阵罗列。"旄头落"是边塞特有的自然现象，预示胡兵侵犯，"旄头"是二十八星宿之一，是胡人的象征，"昴曰旄头，胡星也"②。金山又叫金岭、金娑岭，是新疆北部的博格达山。诗歌用切实、逼真又罕见的细节描写来体现西域战场的寒冷与血腥，"四边伐鼓雪海涌，三军大呼阴山动。虏塞兵气连云屯，战场白骨缠草根。剑河风急雪片阔，沙口石冻马蹄脱。"时值九月，西域已经冰天雪地。雪海指冰雪封冻的准噶尔盆地，阴山指天山东段，剑河又叫剑水，是现今西伯利亚叶尼塞河上游乌鲁克穆河。辽阔的边塞风急、雪阔、石冻，异常寒冷。敌兵的大片营帐与天边之云相接，累累白骨与残留的草根相互交错，还有擂动的战鼓、惊天动地的呐喊，诗人多方调动视觉、听觉手段来摹写战斗场面的激烈与残酷。用"脱"写马蹄受冻之状尤为逼真，通过细节把充满血腥之气的现场呈现于读者眼前。

《走马川行奉送出师西征》写道：

君不见走马川行雪海边，平沙莽莽黄入天。轮台九月风夜吼，一川碎石大如斗，随风满地石乱走。匈奴草黄马正肥，金山西见烟尘飞，汉

① 参见陈贻焮主编：《增订注释全唐诗》第一册，文化艺术出版社2001年版，第1619页；乔象钟、陈铁民主编：《唐代文学史》上，人民文学出版社1995年版，第380—381页。

② (汉)班固：《汉书》卷二十六《天文志》，中华书局1964年版，第1278页。

家大将西出师。将军金甲夜不脱，半夜军行戈相拨，风头如刀面如割。马毛带雪汗气蒸，五花连钱旋作冰，幕中草檄砚水凝。虏骑闻之应胆慑，料知短兵不敢接，车师西门伫献捷。

与上述诗歌一样，这首诗整首就是接续的场景叙事。“走马川”是唐代轮台附近的玛纳斯河，《西域水道记》称此河“冬则尽涸，入夏盛涨，急流汹涌，每闻旅人有灭顶之虞”①。九月的轮台，地上一片雪色，天空黄沙莽莽，夜间大风怒吼，把干涸的河道里斗大的碎石卷起，随风四处乱飞，现实场景被刻画得如此生动逼真，历历在目。诗中除了用地理风貌、气候特色体现场景以外，还调用战具、兵器的叙事能力烘托环境氛围。比如战马这一典型意象，它在边塞场景中常被置于背景布构，马蹄扬起的烟尘渲染的是排山倒海的征杀之气。用“肥”写马烘托的是气势，用“汗气蒸”、“旋作冰”写马毛体现的是细节的真实。“金甲”、“戈”与割面的夜风意象配合在一起，共同营造寒冷的环境气氛和冷酷的战争气息，这种冷蕴含的是盛唐军队无畏之气。诗人还以“刀”来喻指“冷”，“风头如刀”，在兵器与自然之间建立一种确证关系，渲染战争氛围。“金甲”、“戈”、“刀”、“马”等战具、兵器表现出超常的能动作用，再现历史真实，体现西北边塞的极冷环境，以环境写战争，气势蕴于诗中。

岑参诗中的另一番西域场景却是奇异的“热”。《火山云歌送别》通过送别场景把火山的极热环境叙写出来，“火山突兀赤亭口，火山五月火云厚。火云满山凝未开，飞鸟千里不敢来。”火山，就是新疆吐鲁番东边的火焰山，山体由红砂岩构成，远远望去，满山皆为红色，犹如凝滞的火云，千里之内飞鸟不近，非常干热。《使交河郡郡在火山脚其地苦热无雨雪献封大夫》也写到火山一带的气候，“暮投交河城，火山赤崔巍。九月尚流汗，炎风吹沙埃。何事阴阳工，不遣雨雪来?”如上述诗中所述，西域大部分地区的八月、九月已经寒不可当，而崔巍的火山却与众不同，那儿的风是炎热的，艰苦跋涉的行人身上淌着汗，气候之奇令人感到不可思议。《经火山》写道：“赤焰烧虏云，炎氛蒸塞空”，“烧”、“蒸”、“赤”、“炎”，以视觉、触觉乃至心

① （清）徐松：《西域水道记》（外二种），中华书局2005年版，第190页。

理感觉的协同体验状写火山。《热海行送崔侍御还京》所述场景更是令中原人士耳目一新：

> 侧闻阴山胡儿语，西头热海水如煮。海上众鸟不敢飞，中有鲤鱼长且肥。
>
> 岸傍青草常不歇，空中白雪遥旋灭。蒸沙烁石然虏云，沸浪炎波煎汉月。

热海，即伊塞克湖，在今吉尔吉斯境内。据《经行记》记载，“勃达岭北行千余里，至碎叶川，其川东头有热海，兹地寒而不冻，故曰热海”①。由此可知，所谓的“热”只是相对于当地严寒气候而言的温热。诗人发挥了想象，写热的程度使用视觉、触觉的协同体验——煮、沸、煎、蒸、燃，达成艺术的逼真感。热海的热非常奇特，海中的鲤鱼、岸旁的青草竟然适时适地而生存。这是西域特有的自然风光，极富奇异浪漫色彩，中原人士对它是陌生的，洪亮吉称岑参诗“奇而实确”，“耳闻目见得之，非妄语也”②。

岑参诗的叙事场景除了展现奇异独特的地理环境、边域风光与战争场面以外，还叙写了西域的风俗人情、各民族的交往及边塞文化多元化的现实。《玉门关盖将军歌》是岑参第二次出塞归来所作，写到玉门关的环境，“玉门关城迥且孤，黄沙万里白草枯。南邻犬戎北接胡，将军到来备不虞。”玉门关，在今甘肃安西县东。寒冷，干燥，黄沙漫漫，人烟荒芜，南邻吐蕃，北接突厥，这是作为边疆重镇的玉门关的具体地理场景。“暖屋绣帘红地炉，织成壁衣花氍毹。灯前侍婢泻玉壶，金铛乱点野酡酥。”这是幕帐中的陈设和休闲时的生活场景，屋中的红地炉、毛织的壁毯、松脆的“野酡酥”都具有边塞风情。岑参还有一首《首秋轮台》作于至德元年（756）秋，写到军中幕帐的特点，“雨拂毡墙湿，风摇毳幕膻”，大风吹来，毡帐散发出阵阵羊膻味，通过味觉、嗅觉、触觉的综合作用来叙写场景。《奉陪封大夫宴得征字时封公兼鸿胪卿》描述西域地区的一次国际性宴会，“座参殊俗语，乐杂异方

---

① （唐）杜环：《经行记》，见（清）徐松：《西域水道记》（外二种），中华书局2005年版，第90页。

② （清）洪亮吉：《北江诗话》卷五，人民文学出版社1983年版，第86页。

声”，各民族语言、音乐多元交汇，呈现特殊的人文景观。《轮台即事》写到西域语言文字异于汉族的文化现象，“蕃书文字别，胡俗语音殊”，异域文化在诗中作为场景，映照出人物在边塞的活动情况。《赵将军歌》写道，“九月天山风似刀，城南猎马缩寒毛。将军纵博场场胜，赌得单于貂鼠袍。”叙述胡汉共处的异域背景。以“刀”写风，以“缩”、“寒”写马，反衬纵博的热烈场面，展现逼真的生活现实。“貂鼠袍”这一深富西域特色的物品起到背景点缀作用。《戏问花门酒家翁》以日常生活场景叙地域特色，“老人七十仍沽酒，千壶百瓮花门口。道傍榆荚仍似钱，摘来沽酒君肯否。”花门，在今内蒙古额济纳旗北境，天宝年间是回纥人居住的地方。千壶百瓮摆于道上，以小细节写大场面，托出恢宏的气势。《北庭西郊候封大夫受降回军献上》写的是安定的边塞场景，“胡地苜蓿美，轮台征马肥……橐驼何连连，穹帐亦累累。阴山烽火灭，剑水羽书稀……”鲜嫩的苜蓿、肥壮的马匹、大队的骆驼、大片的穹帐，构成物闲人安的美好场景。

岑参多方位、多角度、深度地塑写了西北边塞场景，他的诗歌成为展现盛唐将士风采、战备实力和民族融合氛围的风俗画册，包含着浓厚的历史文化意蕴。另一位著名的边塞诗人高适也到过西北边塞，在哥舒翰幕下任职达三年之久，他的《同李员外贺哥舒大夫破九曲之作》呈现九曲战役的激战场景。九曲位于今青海巴燕，唐军于天宝十二年(753)五月打了一场收复九曲的重要战役①。诗中写道：“作气群山动，扬军大旆翻。奇兵邀转战，连弩绝归奔。泉喷诸戎血，风驱死虏魂。头飞攒万戟，面缚聚辕门。鬼哭黄埃暮，天愁白日昏……”奇兵、鲜血、人头、俘虏、黄沙……这种种意象组合成九曲之战的憾人场景。岑参和高适的西北边塞诗都是在天宝后期创作出来的，他们塑造的边塞场景具有豪迈雄壮的共同风格，又体现各自的特色，高适诗豪迈中含深沉，岑参诗雄壮中含俊逸。

3.中晚唐叙事诗中的西域场景

中唐边境线开始内缩，凉州等地逐步被少数民族控制，中原文化逐渐趋同于胡风胡俗，大有被胡文化取而代之的势头。张籍的《陇头行》描述了胡人占领边塞、改变中原习俗的场景：

① 参见乔象钟、陈铁民主编：《唐代文学史》上，人民文学出版社1995年版，第363页。

陇头路断人不行，胡骑夜入凉州城。汉兵处处格斗死，一朝尽没陇西地。驱我边人胡中去，散放牛羊食禾黍。去年中国养子孙，今著毡裘学胡语。谁能更使李轻车，收取凉州入汉家。

唐代宗广德元年，吐蕃攻陷陇右诸州，唐德宗贞元六年，吐蕃攻陷北庭都护府，从此陇外之地尽失①，边地人民过上胡人统治下的游牧生活，着胡服，学胡语。这种胡文化主宰边塞的单维文化场景不同于盛唐时代多元文化互通的热闹场景，让怀藏盛世情结的中唐人倍感凄凉。朱庆馀游边到过萧关，他的《自萧关望临洮》写出景物萧条、民生不安的边地场景，“玉关西路出临洮，风卷边沙入马毛。寺寺院中无竹树，家家壁上有弓刀。”寺院中的竹、树都已被砍完，用来做边民自卫的弓和刀。李昌符的《登临洮望萧关》写道：“渐觉风沙暗，萧关欲到时。儿童能探火，妇女解缝旗。”生动地展现了中唐社会战事频繁、边地人民全民备战的日常生活场景。郑锡的《陇头别》写道：“登陇人回首，临关马顾群”，长孙佐辅的《陇西行》写道：“阴云凝朔气，陇上正飞雪……道隘行不前，相呼抢鞍歇。人寒指欲堕，马冻蹄亦裂。”上述两首诗中，“马”的意象作为场景的表征，指向不同于盛唐的另一个维度：失落。在《陇头别》中，马在回头寻找自己的同伴，在《陇西行》中，征马畏于道隘而停滞不前。同样写严寒，在中唐已经丧失了气概，兵士、战马作为场景构造的重要元素，所体现的精神面貌已经失却了盛唐时“人定胜天”的信心，却代之以“天定胜人”的屈从。

刘希夷的《入塞》写道：“霜雪交河尽，旌旗入塞飞”，用“尽”字写霜雪覆盖交河之貌，场景缺乏骨力。耿湋的“雪下阳关路，人稀陇戍头”（《陇西行》），黄滔的“陇头冤气无归处，化作阴云飞杳然”（《塞下》），窦庠的“晓日天山雪半晴，红旗遥识汉家营”（《灵台镇赠丘岑中丞》），场景同样显得缺乏气度。章孝标的《闻角》写道：“边秋画角怨金微，半夜对吹惊贼围。塞雁绕空秋不下，胡云着草冻还飞。”以“怨”写画角，以“绕”写塞雁，以“冻”写胡云，意象蕴含失落情绪，盛唐气息渐弱。王建的《从军行》极其逼真地摹写

① 参见陈贻焮主编：《增订注释全唐诗》第二册，文化艺术出版社 2001 年版，第 1854 页。

边地受胡兵侵袭的场景，“马上悬壶浆，刀头分顿肉”，“回首不见家，风吹破衣服”，“闻道西凉州，家家妇人哭。”凄惨之状如在眼前。

上述诗歌所展现的边塞场景更多地被失落与厌战情绪笼罩，呈现出平实与懈怠的风貌，客观地反映了民生与社会。经历安史之乱的劫难之后，中唐国势沉沦难起，吐蕃、回鹘、党项、羌、獠、西原蛮、黄洞蛮、云南蛮等少数民族接连入侵，地震、风灾、饥馑不断，内乱亦四起。处身于这样的现实环境中，诗人已经无力作梦，沉郁低鸣之音显露于边塞场景的叙写之中。蒋寅在《大历诗人研究》中指出，中唐人对社会前途有一种普遍的信念危机，失望、悲观，缺乏梦想与热情①。相比之下，盛唐诗人更具有浪漫主义的人生追求与写作视野，他们尚武好功，热情地讴歌自然与时代，盛唐边塞场景的主要内涵是外在的寒冷、艰苦与残酷统摄于内在的奋发、昂扬与宏大气概之中。

晚唐诗人的地理视野比较局限，这与边境线内缩后的现状有关。他们笔下不再出现辽阔的西域腹地，边塞场景显得萧瑟、无力。晚唐王贞白的“早发长风里，边城曙色间。数鸿寒背碛，片月落临关。”（《晓发萧关》）“陇底悲笳引，陇头鸣北风”（《胡笳曲》），“陇水秋先冻，关云寒不飞”（《古悔从军行》），杨夔的“城枕萧关路，胡兵日夕临”（《宁州道中》），贯休的“塞色干戈束，军容喜气屯”，“回首陇山头，连天草木秋”（《出塞曲》），于濆的“士卒浣戎衣，交河水为血”（《沙场夜》），张蠙的“陇狐来试客，沙鹘下欺人”（《过萧关》）等，所叙场景已经失却宏阔之感，囿于中原附近。韦庄的《绥州作》清晰地点明昔日的中原国土已经沦为边境，“一曲单于暮烽起，扶苏城上月如钩。”绥州在今陕西榆林东南，到了晚唐，昔日的中原已经燃起边境的烽火。

（三）唐代叙事诗中辽河流域场景

1.初盛唐叙事诗中辽河流域场景

东北部辽河流域是一个典型的边塞地理意象，最早写到辽城场景的是唐太宗李世民（599—649）的《辽城望月》：“玄兔月初明，澄辉照辽碣。映云光暂隐，隔树花如缀。魄满桂枝圆，轮亏镜彩缺。临城却影散，带晕重围

① 参见蒋寅：《大历诗人研究》，北京大学出版社2007年版，第6页。

结。驻跸俯九都，停观妖氛灭。”光辉灿灿的明月，繁密的花树，辽城大地，构成大国初定时充满傲气的边塞场景。贞观年间，唐在辽河上游置松漠都督府，高宗、武后时期契丹势力逐渐壮大，契丹与唐既有往来又有战争①。初唐虞世南的《从军行二首》写道：“涂山烽候惊，弭节度龙城。”卢照邻的《战城南》写道：“笳喧雁门北，阵翼龙城南。”杨师道的《奉和圣制春日望海》写道：“春山临渤海，征旅辍晨装。回瞰卢龙塞，斜瞻肃慎乡。”“龙击驱辽水，鹏飞出带方。”陈子昂是初唐时期创作边塞诗较多的诗人，他第二次出塞到东北边疆是在武则天万岁通天元年（696）②，《感遇》第三十四《朔风吹海树》写道：“故乡三千里，辽水复悠悠。”以幽燕大地为背景，融入乡关之思。

盛唐自开元十八年（730）起，东北边疆战事不断。开元二十一年闰三月发生了一场大战，唐军一万人与契丹战于榆关都山下，唐军大败，六千余人战死③。到开元二十二年十二月，幽蓟边地的战乱才基本平息。高适曾三次出塞，前两次赴东北边塞，他的诗歌真实地叙写了东北边塞的场景。高适于开元十九年秋至二十二年春之间第一次赴东北边塞时写下《蓟门行五首》④，记录了当时的边塞环境。据明人方志记载，蓟门是今北京德胜门外土城关，唐代属于幽州，“边城十一月，雨雪乱霏霏。元戎号令严，人马亦轻肥。”相比之下，东北边塞没有西域之地那么风情奇异，但亦有自己的特点。由于东部海洋的影响，叙写东北地区的诗歌中出现了较多的“雨”意象，人马“轻肥”的写法也是与西部的马“肥”有所区别的。雨、雪、征人、战马，这些细节化的构景元素构成东北边塞独特的战地场景。“幽州多骑射，结发重横行……纷纷猎秋草，相向角弓鸣。”展示了侠风盛行的幽燕之地的秋猎场景，秋草、猎马、弓鸣声，构成一种强悍、奋发的环境气氛。

高适的《营州歌》写出地方风物特色，“营州少年厌原野，狐裘蒙茸猎城

---

① 参见（唐）杜佑：《通典》卷二百《边防》十六，中华书局 1988 年版，第 5485—5487 页。

② 参见傅璇琮主编，陶敏、傅璇琮著：《唐五代文学编年史·初盛唐卷》，辽海出版社 1998 年版，第 356 页。

③ 参见（宋）司马光编著，（元）胡三省音注：《资治通鉴》卷 213，中华书局 1956 年版，第 6801 页。

④ 参见刘开扬：《高适诗集编年笺注》，中华书局 1981 年版，第 33—35 页。《笺注》题《蓟门五首》，现依《全唐诗》、《乐府诗集》，题为《蓟门行五首》。

下。虏酒千钟不醉人，胡儿十岁能骑马。”营州在今辽宁朝阳，曾为唐平卢节度使所在地。诗歌从狩猎、骑马、饮酒、服饰等方面写出营州风习，构造特定的边塞场景，胡儿作为背景人物点缀于场景之中。盛唐有不少诗人写到营州这一战地场景，如崔国辅的《从军行》，“塞北胡霜下，营州索兵救。夜里偷道行，将军马亦瘦。刀光照塞月，阵色明如昼。传闻贼满山，已共前锋斗。”高适的《燕歌行》作于开元二十六年(738)，是反映东北边塞的有代表性的叙事诗，“摐金伐鼓下榆关，旌旆逶迤碣石间。校尉羽书飞瀚海，单于猎火照狼山。山川萧条极边土，胡骑凭陵杂风雨。战士军前半死生，美人帐下犹歌舞……杀气三时作阵云，寒声一夜传刁斗。相看白刃血纷纷，死节从来岂顾勋。”这首诗描绘的是都山之战的具体战争场景，饱含盛唐人特有的气魄。烽烟燃起，鼓声擂动，旌旆逶迤，战马奔驰，注定将要发生的是一场激战。与这种紧张气氛非常不协调的是军营中歌舞宴乐的场景，然而，正是这样的细节叙写逼真地反映出客观现实环境。诗中体现的激烈厮杀场景也非常真实，“白刃”、“血”、“杀气”、“寒声”，都是战争场面的直接反映。

崔颢到过幽燕之地，今存的边塞诗有七首，《辽西作》是亲历之作，“燕郊芳岁晚，残雪冻边城。四月青草合，辽阳春水生。胡人正牧马，汉将日征兵。露重宝刀湿，沙虚金鼓鸣。”这是辽西边城春天备战的场景。残雪凝冻，天气依然寒冷，然而，春的消息已经传来，草色开始变青，融化的雪水荡漾着春意。这是和平美丽的边塞场景，不含一丝杀伐之气，有序、有备的军事训练展示的是国力的强盛、政治的安定。崔颢的《赠王威古》以河东与边塞两处场景的对照实现叙事功能，“春风吹浅草，猎骑何翩翩。插羽两相顾，鸣弓新上弦。射麋入深谷，饮马投荒泉。马上共倾酒，野中聊割鲜。”春草、猎骑、深谷、鸣弓，这是河东狩猎场景。“相看未及饮，杂虏寇幽燕。烽火去不息，胡尘高际天。”烽火、胡尘，这是东北边塞场景。两处场景的飞速转换体现出盛唐人的精神精髓：侠气。

崔颢的《雁门胡人歌》写道：

> 高山代郡东接燕，雁门胡人家近边。解放胡鹰逐塞鸟，能将代马猎秋田。山头野火寒多烧，雨里孤峰湿作烟。闻道辽西无斗战，时时醉向酒家眠。

幽燕之地，胡鹰、塞鸟、猎骑、野火、酒家、雨，构成与充满剑气血光的战斗场景相异趣的另一番休闲场景。而实质上，这番场景是通过以静衬动的悬念型构造方式呈现的。一旦辽西发生战事，场景又会与《赠王威古》一样，飞速切换到马蹄飞烟的边塞。王维曾使边，作《出塞》，"居延城外猎天骄，白草连山野火烧。暮云空碛时驱马，秋日平原好射雕。"王昌龄作《塞上曲》，"秋风夜渡河，吹却雁门桑。遥见胡地猎，鞴马宿严霜。"《从军行二首》，"秋草马蹄轻，角弓持弦急。"东北边塞在盛唐诗人的心目中，已经消泯了与故土的对立，充满亲和力。

2.中晚唐叙事诗中辽河流域场景

中唐场景的气象与盛唐有所不同。王建的《辽东行》写道：

辽东万里辽水曲，古戍无城复无屋。黄云盖地雪作山，不惜黄金买衣服。战回各自收弓箭，正西回面家乡远。

场景叙事中已经浸染上一股中唐人的厌战情绪。他的《渡辽水》写道：

渡辽水，此去咸阳五千里。来时父母知隔生，重着衣裳如送死。

亦有白骨归咸阳，营家各与题本乡。身在应无回渡日，驻马相看辽水傍。

同样透露消沉、厌战的信息。司空曙的"冰开不防虏，青草满辽阳"（《塞下曲》），戎昱的"擒生黑山北，杀敌黄云西"（《从军行》）等不乏失落之感。大历、贞元以后，"边塞诗中浪漫豪情进一步让位给现实主义精神……从边塞这个侧面反映唐帝国的没落"①。

晚唐王贞白的《出自蓟北门行》写道："蓟北连极塞，塞色昼冥冥。战地骸骨满，长时风雨腥。"窦巩的《奉使蓟门》写道："自从身属富人侯，蝉噪槐花已四秋。今日一茎新白发，懒骑官马到幽州。"晚唐诗人已经不具备盛唐诗人那种外向、张扬的心理倾向，边塞场景不能指向外在、宏大的向度，没落

① 余恕诚：《唐诗风貌》，安徽大学出版社2000年版，第217页。

时代的边塞气象自与盛唐大别。

(四)唐代叙事诗边塞场景的特色与成因

唐代叙事诗的边塞场景呈现如下总体特色:

第一,场景叙述中包含着心理空间与物理空间对立统一的双重内涵。人们一般认为边塞就是人类生活空间的边界,远离故土的诗人投身边塞,心理空间是压抑的。比如孤城瀚海的场景,一眼望去,渺无人烟,使人感到似乎置身于天地之尽头,孤立与无助之感自然会涌上心头。人与环境的这种矛盾反映于诗歌的场景表达中,却以反向的高远辽阔的意象客体承载,形成客观物理空间与主观心理空间的对立统一。

第二,场景表述包含陌生化与熟悉化的双重性。诗人往往在构筑边塞场景时捕捉自己熟悉的与故土相似的事物,与它们构成肯定、协调的关系,以它作为中原文化的载体,对异域他乡的陌生事物加以观照。比如“马”的意象在边塞场景的叙写中较为普遍,它是一条连结中原与边塞的纽带。一是由于马作为运输工具本身所具备的象征意义,它是缩短空间维度的标志;二是因为唐代朝臣百姓以马代步的风习,马会给从军者似曾相识之感。对于远离故土的从军者来说,战马是陌生的,又是熟悉的,以它为基点对异域风物加以观照,使异域风物具有亲和力。因此,边塞场景的叙述往往离不开战马的点缀,以它作为依托,得以有效观照雨、雪、黄沙、斗大的碎石、火山等带有异域风情的陌生事物。以熟悉的意象写陌生的环境,表达的是心理定势与对家乡的眷恋,在熟悉与陌生的比较中,以倍增其哀。产生这种场景叙写方式的心理基础是诗人对所接触的游牧文化有着天然的排斥感,它是民族融合过程中诗人复杂心态的折射。诗人往往有自觉的化胡意识,试图以中原文化同化周边少数民族。然而,当地少数民族文化往往以强势形态存在着,不知不觉地参与了诗人各种感觉的发展演变过程,使诗人的感觉趋于胡化,从衣食住行到道德、审美都产生与边塞文化的融合趋向①。这种心理现实导致场景表述陌生化与熟悉化的对立趋同。

第三,兵器战具在场景描述中具有极强的叙事能力。诗人往往把自然

① 参见郭院林:《唐诗中的西域意象及其文化意蕴》,《兰州学刊》2009 年第 7 期。

景物比作兵器战具，或把兵器战具比做自然景物，以兵器战具与自然景物的共通点和两者的交互作用显示军威，或者渲染恶劣的战争环境，使边塞场景更具军事化色彩。同时，兵器战具作为一种重要的媒介，在一定程度上克服了异域风物对诗人的疏远感，淡化了胡汉界限，使边塞场景具有普遍意义。

唐代叙事诗边塞场景的生成具有如下背景：

第一，从初唐至晚唐，对外战争一直较为频繁，“北方的突厥，西北的吐谷浑，西南的吐蕃、南诏，东北的奚和契丹，都曾和唐王朝发生战争”①。这是边塞场景在叙事诗中频频出现的前提。初盛唐时期，帝王为了扩大疆域，雄心勃勃地进行开边战争，如唐太宗征高丽，西北、东北边塞烽烟时起。中唐时期，边防兵力薄弱，致使外族纷纷作乱，边塞烽火久久不息，如广德元年吐蕃入侵，大历七年回纥入侵，大和三年南诏入侵。据《新唐书》记载，“及唐稍弱，西原、黄洞继为边害，垂百余年，及其亡也以南诏”②。在这种历史场域中，边塞自然成为唐代社会的热点话题。

第二，大量文人投笔从戎、供职幕府是边塞场景大量出现于唐代叙事诗中的重要条件。在这种时代气氛感召下，很多诗人游历边塞，写下自己的经历。高适、岑参是边塞生活体验最为丰富的诗人，还有很多诗人涉足边塞，如骆宾王 52 岁从军西域，足迹踏遍天山南北，后赴幽燕再投戎幕，张宣明出使至三姓咽面，雍陶从长安出发，经晋州、阴地关、汾州、太原、代州、蔚州，渡桑干河而奔幽州。张说到过北方边塞，李益曾出塞从军③，王维于开元二十五年出使凉州，任过短时间的判官。崔颢于开元后期，可能在河东军幕一度任职。张谓于天宝末从事封常清幕，早年曾有蓟州之行。李白出川后，东北到过幽州，西北仅至邠、坊。王昌龄到过泾州、萧关一带。王翰家居并州，宦游至魏州，又似曾客游河西。王之涣足迹曾及蓟门④。

第三，建功立业的价值追求、荣华富贵的人生理想及报答知遇之恩的道德范畴是唐人投身边塞的精神支柱。在唐代，士人除了参加科考改变自身

① 任文京：《唐代边塞诗的文化阐释》，人民出版社 2005 年版，第 11 页。

② （宋）宋祁、欧阳修：《新唐书》卷二百二十二《南蛮列传》下，中华书局 1975 年版，第 6332 页。

③ 参见任文京：《唐代边塞诗的文化阐释》，人民出版社 2005 年版，第 10、57、86、122、128、131 页。

④ 参见余恕诚：《唐诗风貌》，安徽大学出版社 2000 年版，第 225 页。

命运之外，从军边塞是另一条可供选择的理想途径。“从全唐诗中出现70余次‘王霸’、‘王侯’来看，唐代诗人的王霸心态显然具有普遍性”①。很多初唐诗人就有从军经历，如骆宾王、陈子昂、乔知之、王无竞等，诗人们对边塞的真实感受为边塞场景的生成奠定了最为直接的基础。

第四，初盛唐强盛的国力、广阔的领土为诗人们提供了开阔的地理视野，这是边塞场景生成所恃的得天独厚的条件。诗人们极目于千里之外，豪情万丈地把边塞场景纳入诗中，以渲泄帝国凌厉昂扬的气势。唐代广阔的疆域为诗人们的活动提供了有力的保障。疆土所及，足迹皆可到达，诗人们的眼界豁然大开。“古今疆域，始大于汉，最阔于唐……唐全有汉地，分天下为十道、十五采访使，南北万里，东西万七千里，州府三百五十八，县一千五百五十一，又有通四夷羁縻路，一曰营州，入安东；二曰登州，海行入高丽、渤海道；三曰夏州，塞外通大同、云中道；四曰中受降城，入回鹘道；五曰安西，入西域道；六曰安南，通天竺道；七曰广州，通海夷道。故东至安东，西至安西，共府州八百五十六。”②唐代叙事诗主要描述辽阔的北方边境线特殊的风光、战事、人情与习俗，场景范围涵盖西北、北部、东北各处边塞。这些场景多为诗人所亲历，叙事手法多为纪实型。但是，在唐代叙事诗中，边塞概念因时代变化而变化。一般来说，长城以北是边塞，陇山、陇水、玉门关、阳关，雁门关、云中以外是边塞，而安史之乱后，吐蕃占领河西走廊，凤翔、原州一带也成了边塞。白居易的《西凉伎》形象地说明了边境内缩的情况：“自从天宝兵戈起，犬戎日夜吞西鄙。凉州陷来四十年，河陇侵将七千里。平时安西万里疆，今日边防在凤翔。”边境线内缩反映唐朝江河日下的趋势。

第五，经历充分民族融合之后建立起来的唐朝继承了北朝的游牧文化风尚，尚武好功。从士大夫到庶民百姓，一般都骑马出行，“在于他事，无复乘车，贵贱所行，通用鞍马而已”③。在这样的文化氛围中，一批能文能武的诗人傲然崛起，他们投身戎旅、书剑相伴，书写目之所见、耳之所闻的边塞场景。初盛唐边塞场景的英雄主义气息很大程度上来源于游牧文

① 任文京：《唐代边塞诗的文化阐释》，人民出版社2005年版，第5页。

② （明）王士性：《广志绎》卷一，中华书局1981年版，第2页。

③ （后晋）刘昫：《旧唐书》卷一百二《刘子玄传》，中华书局1975年版，第3172页。

化的遗风。

二、京都

(一)初盛唐叙事诗中的长安城场景

唐太宗李世民是一位有代表性的宫廷诗人,他的诗作中出现的皇宫场景是天子视角中的城池,与大臣、寒士眼中的京城呈现别样的面貌。《春日玄武门宴群臣》写道:“九夷簉瑶席,五狄列琼筵。娱宾歌湛露,广乐奏钧天。”天下太平,九夷、五狄归附中原,天子大宴群臣,气象壮观,这是太平盛世的代表性场景。《元日》所写的宫廷场景也表现出盛大的帝王气象:“高轩暧春色,邃阁媚朝光。彤庭飞彩旆,翠幌曜明珰。恭己临四极,垂衣驭八荒。霜戟列丹陛,丝竹韵长廊。”朱红的宫廷建筑、威严的御林军、典雅的音乐,昭示着天子以尧舜之德治理天下。唯盛世方能有如此阔达的宫廷场景。宫廷诗人虞世南的《门有车马客》把注视视角延伸到宫门之外的长安城内,“曲台临上路,高门抵狭斜”。这是长安城的建筑风貌,大道两边矗立着富家豪宅,小街曲巷聚集着娼家妓馆。“赭汗千金马,绣毂五香车”写的是街道上穿行的名贵香车和骏马。“危弦促柱奏巴渝,遗簪堕珥解罗襦”写的是自由开放的生活方式,男女杂坐,行酒稽留,放荡不羁。初唐的长安城如初升的朝日,欣欣向荣,经济繁盛,文化多元,富豪权贵横行,各地寒士云集。

以展现京都场景见长的诗歌尤以初唐卢照邻的《长安古意》最为突出,得天独厚的京城人文环境在以赋法为叙的笔触中得以尽情展示,“长安大道连狭斜”,“南陌北堂连北里,五剧三条控三市。”这是一幅发达大城市的场景图,有宽广的街道,也有曲径通幽的小路,街陌纵横交错,集市繁多,娼妓业兴盛。

唐代的长安城人口一百多万,面积约 84 平方公里,分为三重。最北边是宫城,占地面积约为 4. 2 平方公里,宫城的东面、西面和南面是皇城,像一个“凹”字,占地面积约为 5. 2 平方公里。皇城的东、南、西三面再形成一个大“凹”字,是外城,占地面积约为 74 平方公里,南到曲江,划分为 110 坊,是市民居住、贸易之处。外城南北有 11 条大街,东西有 14 条大街,朱雀大街位于南北中轴在线,从皇城的朱雀门贯穿至外城的明德门,将外城坊市分为东西两个街区①。长安的道路横平竖直，据“唐长安道路系统宽度分析”表，宫前横街宽达 220 米，朱雀大街宽 155 米，通向城门的二级干道宽 100—150 米，一般三级干道宽 40—70 米，坊内十字大街宽 15 米，巷、曲宽 2 米左右②，“大道”、“狭斜”的道路网井然有序。城市建筑呈现整齐划一、高低错落的立体轮廓，建筑的高度、大小、院落进深、房屋跨度等都与政治身份和地位尊卑相关。

“北里”就是长安城北门内的妓女聚居之地，因靠近北门而得名，也叫平康里或平康坊，是长安最著名的“红灯区”。据《开元天宝遗事》记载，“长安有平康坊，妓女所居之地，京都侠少萃集于此，兼每年新进士以红笺名纸游谒其中，时人谓此坊为风流薮泽”③。里坊制度是长安城市建筑的基本单位，普通民居建造在里坊深处的巷、曲之内，由坊墙间隔。坊墙“墙基宽 2.5—3 米……坊内分成四个区，每区又有十字形小巷，小巷在当时成为‘曲’”④。青楼所在一般都是弯曲的小巷，幽深狭窄，有隐秘之感，所以北里之游又叫“狭邪游”。据唐代孙棨的《北里志》记载，“平康里入北门东回三曲，即诸妓所居之聚也。妓中有铮铮者，多在南曲、中曲。其循墙一曲，卑屑妓所居，颇为二曲轻斥之。其南曲、中曲门前通十字街，初登馆阁者，多于此窃游焉。二曲中居者，皆堂宇宽静，各有三数厅事，前后植花卉，或有怪石盆池，左右对设，小堂垂帘、茵榻帷幔之类称是。”⑤私妓自唐代开始盛行，青楼作为独立的第三产业为长安城增添了无限魅力，当时的两京是青楼最发达的地区。

《长安古意》写道：“复道交窗作合欢，双阙连甍垂凤翼。梁家画阁天中起，汉帝金茎云外直。”长安建筑有严格的等级制度，帝王、公侯、外戚、将相等权贵的豪华府第非常巍峨。从古到今，高楼一直是城市文明的第一象征，

① 参见史向军：《唐长安城市文化特征探究》，《扬州大学学报》2006 年第 4 期；宁欣：《街：城市社会的舞台——以唐长安城为中心》，《文史哲》2006 年第 4 期。

② 刘继、周波、陈岚：《里坊制度下的中国古代城市形态解析——以唐长安城为例》，《四川建筑科学研究》2007 年第 6 期。

③ （五代）王仁裕：《开元天宝遗事》卷上，见《开元天宝遗事·安禄山事迹》（唐宋史料笔记丛刊），中华书局 2006 年版，第 25 页。

④ 杨宽：《中国古代都城制度史研究》，世纪出版集团 2003 年版，第 247 页。

⑤ （唐）孙棨：《北里志》，载《唐五代笔记小说大观》，上海古籍出版社 2000 年版，第 1404 页。

“城垣门阙、宫殿楼阁、离宫行馆是唐长安的主流建筑……大明宫含元殿左右以飞廊连接的东翔鸾、西栖凤两座阙楼，高出地面 15 米……始建于唐高宗龙朔二年（662）的大明宫含元殿，其遗址经考古测量推定为面阔 11 间，进深 4 间，横架结构，带有周围行廊的重檐建筑，是 3.2 平方公里宫城中的最高点”①。然而，城南的寂寞一隅却有诗人的清贫住宅，“寂寂寥寥扬子居，年年岁岁一床书。独有南山桂花发，飞来飞去袭人裾。”这正是城市生活多元化的写照。“青牛白马七香车”写的是宫中的车时常在街道上穿行，皇公贵族的车马仪仗是京城异于其他城市的亮点。一般唐代公主出行，乘七香步辇，四面垂玉香囊，车贮辟邪香。“龙衔宝盖承朝日，凤吐流苏带晚霞”写的是香车上有华美的雕成龙形的车篷，有五彩羽毛制成的流苏和刻成凤头的钩子。长安的春意也是最浓的，“百丈游丝争绕树，一群娇鸟共啼花。啼花戏蝶千门侧，碧树银台万种色。”长安城独一无二，中原的物质、自然之美似乎都汇聚于此。偌大的长安城人来人往，本地人、外地人熙熙攘攘，“楼前相望不相知，陌上相逢讵相识。”这就是大城市的特点，人与人如同匆匆过客。诗歌把人物活动的主要场景定格于长安城的娼家：“北堂夜夜人如月，南陌朝朝骑似云。”功名富贵、醉生梦死几乎是各色人等的生活主流。正是由于唐初经济大发展，国家走向富强，各行各业的人才可以安然享受城市的物质文明。

卢照邻的《行路难》同样写出京城春天的美丽，富贵人的富贵以及公子哥儿的豪奢：“春景春风花似雪，香车玉舆恒阗咽”、“娼家宝袜蛟龙帔，公子银鞍千万骑”，街道被香车玉舆堵塞，娼妓打扮得妖妖娆娆，无数的公子哥儿骑着宝马出入娼家，这样的景致唯有在长安这个大都会才会出现。这个大都会正是天下富豪、侠少、娼妓荟萃之地，在这样的城市氛围中，市民阶层必定在悄然兴起。

骆宾王的《帝京篇》气势豪迈，“不睹皇居壮，安知天子尊”，一个“壮”、一个“尊”就是皇城长安的气象。骆宾王把关注视野延伸到长安城外，“皇居帝里崤函谷，鹑野龙山侯甸服。五纬连影集星躔，八水分流横地轴”，说的就是长安城周围的地理环境。崤山、函谷关、龙首山、甸服、侯服是长安城外围的

① 史向军：《唐长安城市文化特征探究》，《扬州大学学报》2006 年第 4 期。

广阔土地，还有八水绕着长安，这就是不同凡响的“壮”与“尊”。长安城“三面临水，南浸中南子午谷，北踞渭水，东临灞水，西面是隆起的龙首原，东西17公里，南北40公里的开阔平原以龙首原作为自然分界线，形成东南高、西北低和北部平展、南部起伏的地势……其间六条高岗此起彼伏，自东南向西北延伸；‘八水’环绕城外，‘五渠’流经城内”①。长安城内既有流溢皇家气派的殿庑，又有市井的住宅，“桂殿嵚岑对玉楼，椒房窈窕连金屋。三条九陌丽城限，万户千门平旦开。复道斜通鳷鹊观，交衢直指凤凰台。”皇宫建筑的壮观自不必言，城内纵横交错的街道、上下两层的空中走廊更是城市文明高度发达的体现。诗人的视野由外及内，由远至近，把场景定格于“戚里”，“平台戚里带崇墉，炊金馔玉待鸣钟。小堂绮帐三千户，大道青楼十二重。宝盖雕鞍金络马，兰窗绣柱玉盘龙。”“戚里”是外戚聚居之地，“崇墉”是高高的围墙，诗句写出外戚的宅邸之豪、生活之奢、出行之贵。沈佺期的《长安道》同样写出城市的旖旎风光与繁荣盛况：“秦地平如掌，层城出云汉。楼阁九衢春，车马千门旦。绿柳开复合，红尘聚还散。日晚斗鸡回，经过狭斜看。”

王勃的《临高台》建构了一幅独立于高台之上俯瞰所见的长安场景，高楼大道，绿树香车，一派富丽堂华的初兴气象，发达的娼妓业点缀着城市文明。高楼、高台的意象是城市文明的典型象征，是与表征农耕文化的茅屋、蓬门相对立的。诗歌开篇就显示盛世来临的洋洋大气，“临高台，高台迢递绝浮埃。瑶轩绮构何崔嵬，鸾歌凤吹清且哀。”高楼华丽崔嵬，空气清新，乐声优美，诗人以孤高之态俯视整个长安，所见皆为俗世气象。诚然，京城场景是世俗的，但又是意气风发的，两者相辅相成，展现生的热烈、生的快乐。诗中写道：“高台四望同，帝乡佳气郁葱葱。紫阁丹楼纷照耀，璧房锦殿相玲珑。东弥长乐观，西指未央宫。赤城映朝日，绿树摇春风。”长乐宫、未央宫紫气郁郁葱葱，呈现帝王之乡特有的气度、品位。据《三辅黄图》记载，未央宫“黄金为璧带，间以和氏珍玉，风至，其声玲珑然也”②。不仅皇宫如此华贵，外戚聚居之地的上等宅第鳞次栉比、高而精美，形成长安特有的迷人景观，它们因承沾皇恩而焕发着皇家霸气。生活在天子脚下的市民不仅熏

① 史向军：《唐长安城市文化特征探究》，《扬州大学学报》2006年第4期。

② (清)孙星衍、庄达吉校订：《三辅黄图》，嘉庆十九年重刊本，平津馆藏书第三集。

染了皇家气息，而且被激发出浓厚的商业意识，酒楼、商铺相继开张，市场极其繁荣。诗中是这样表述的：“旗亭百隧开新市，甲第千甍分戚里。朱轮翠盖不胜春，迭榭层楹相对起。”在商业高速发展的城市化进程中，娼妓业很快成为各行各业的魁首，由它而生的“多米诺”效应极大地推动了市场经济，比如制酒业、酒市的发达，而且形成京都特殊的政治文化氛围，官员、士人的一些社交活动、学术活动乃至政治阴谋很多都是在青楼进行的。诗中是这样传达的：“复有青楼大道中，绣户文窗雕绮栊。锦衾夜不襞，罗帏昼未空。歌屏朝掩翠，妆镜晚窥红……尘间狭路黯将暮，云间月色明如素。鸳鸯池上两两飞，凤凰楼下双双度……银鞍绣毂盛繁华，可怜今夜宿娼家。”青楼的车马昼夜不息，歌舞床帐，城市的繁华浓缩于红袖含香的青楼文化之中。京都长安的青楼比其他地方更具政治甚至学术色彩。

据孙棨《北里志序》记载，“诸妓皆居平康里，举子、新及第进士、三司幕府但未通朝籍未直馆殿者，咸可就谐。如不吝所费，则下车水陆备矣。其中诸妓，多能谈吐，颇有知书言话者，自公卿以降，皆以表德呼之。其分别品流，衡尺人物，应对非次，良不可及。”①唐代的青楼可以说是历史上最为风雅的，帝王将相、卿士公侯皆好歌舞声妓，狎妓表露的是士大夫高雅的审美趣味。享四十年太平盛世的玄宗皇帝“既知音律，又酷爱法曲”②，除宫中盛设乐妓以外，还在长安、洛阳设宫外左、右教坊。官吏也盛行妓乐，凡宴饮必召妓侑酒。整个上流社会狎妓冶游的强烈爱好催生培育了大量高素质的青楼女子，艺妓的修养和高品位亦使青楼焕发出无比诱人的魅力。士与妓两者进行良性互动，形成一个良性循环圈。整个社会的物质、精神财富都已经积累到相当高的程度，长安城充盈着一派富贵气象。

盛唐诗人崔颢的《渭城少年行》叙写了长安城的春日场景，“长安道上春可怜，摇风荡日曲江边。万户楼台临渭水，五陵花柳满秦川。”亭台楼阁、曲江流水、花红柳绿，长安城美不胜收。长安是得天独厚的，任何地方都比不过皇帝所在的政治文化中心。通常，求仕奋进、图谋发展的每一个人都会对长安城情有独钟，贬居外地的朝官无不对长安生活流露出最深的眷恋。

---

① （唐）孙棨：《北里志》，见《唐五代笔记小说大观》，上海古籍出版社2000年版，第1403页。

② （宋）宋祁、欧阳修：《新唐书》卷二十二《礼乐志》，中华书局1975年版，第476页。

在崔颢的《长安道》中有一句“长安甲第高入云”，只用“高入云”三字写出长安头等豪宅的非凡气势，充满着霸气。李颀的《送康洽入京进乐府歌》写出歌舞升平的康乐京都，“长安春物旧相宜，小苑蒲萄花满枝。柳色偏浓九华殿，莺声醉杀五陵儿。”

王维《赠吴官》所述的客舍场景与上述诗歌叙述的京城士族惬意的生活场景迥然不同，“长安客舍热如煮，无个茗糜难御暑。”客舍暑热难挡，不堪忍受。这幅小小的客舍暑热图画出了长安城繁华背后的另一面，即为求仕进的外地庶族的艰苦生存环境。可见，长安城是复杂多面的，繁华背后必有酸楚，喧嚣背后亦有落寞。杜甫的《夏日李公见访》写出长安城南近似农村的居住环境，“贫居类村坞，僻近城南楼。”这是城市的贫民区，居室简陋，却可以闹中取静，体会到城市生活中的另一番趣味，“巢多众鸟斗，叶密鸣蝉稠。苦道此物聒，孰谓吾庐幽。”

（二）中唐叙事诗中的长安城场景

人们常说物极必反，久盛必衰，随着盛唐政治军事局势的急转而下，如日中天、蒸蒸日上的长安城在安史之乱中陷入一片萧条。岑参的《行军诗二首》叙述了这样的悲惨场景，“胡兵夺长安，宫殿生野草”，昔日歌舞升平的皇宫如今空空如也，只有野草在生长着。城里到处都是胡兵，城外田野荒败，“干戈碍乡国，豺虎满城堡。村落皆无人，萧条空桑枣。”

安史之乱以后的长安城再度呈现繁华景象，但比之于初盛唐，自有不同的气象。中唐诗人韦应物的《酒肆行》专叙酒肆场景，“豪家沽酒长安陌，一旦起楼高百尺。碧疏玲珑含春风，银题彩帜邀上客。回瞻丹凤阙，直视乐游苑。四方称赏名已高，五陵车马无近远。”这个酒肆建得非常高峻，甚至能够直视皇宫，远近闻名，车马不绝。这是一个奇怪的现象，唐代长安城的建筑必须遵循高下有度、等级森严的建造原则，朝廷规定官员、庶人宅舍的营造等级，“其士庶公私第宅，皆不得造楼阁，临视人家”①。这就从一个侧面反映中唐京城纲纪失常的政治面貌。孟郊的《长安道》写出中兴时期的繁华，“长安十二衢，投树鸟亦急。高阁何人家，笙簧正喧吸。”刘禹锡的《百花

① （宋）王溥：《唐会要》卷三十一《杂录》，中华书局1997年版。

行》写出春天的场景,“红焰出墙头,雪光映楼角。繁紫韵松竹,远黄绕篱落。”百花齐放,姹紫嫣红,自然环境极美。王建的《长安春游》写道:“桃花红粉醉,柳树白云狂”,“牡丹相次发,城里又须忙”。

杨巨源的《长安春游》也写出中兴气象:

凤城春报曲江头,上客年年是胜游。日暖云山当广陌,天清丝管在高楼。

茏葱树色分仙阁,缥缈花香泛御沟。桂壁朱门新邸第,汉家恩泽问酂侯。

春日的京都草木葱茏,丝竹声声,高层人物汇集于曲江,新建的朱门府邸昭示着权势,太平气息犹如飘缈的花香弥漫着整个京城。

刘禹锡的《城西行》写的是长安西城西市的刑场。唐宪宗元和年间平息了几次藩镇之乱,西川、镇海等节度使被斩于此地:“城西簇簇三叛族,叛者为谁蔡吴蜀。中使提刀出禁来,九衢车马轰如雷。”这样的场景在中唐以前的长安诗中是不曾见到的。唐长安城内的刑场,记载比较明确的有子城西南隅独柳树、东西两市、朱雀街、崇仁坊、京兆府前街、街东安国寺前街等。唐中后期,朝廷对重要案犯往往采取徇街与徇市的惩戒手段,比如“先在皇城内左献庙,右告社,然后出皇城经主要街道游行(徇)到两市示众,再押回皇城到西南隅刑场问斩”①。朝廷选择在最具公众效应的人流熙攘的地段斩首,以达到杀一儆百的效果。

长安城对于仕途起伏的士人来说,具有安抚心灵的政治含义。在长安为官的士人出长安的原因大部分是被贬,回长安几乎是每个士人的梦想,回长安意味着回到朝廷,回到皇帝身边,回到政治中心。长安的美人也成为具有政治含义的代名词,只要有到青楼饮酒听歌的从容与闲适,就意味富贵与权力已经握在手中。《江南喜逢萧九彻因话长安旧游戏赠五十韵》记录的就是白居易与友人当年在长安为官时嬉游狭斜之事,诗歌展示平康里前后的客观环境:

---

① 宁欣:《街:城市社会的舞台——以唐长安城为中心》,《文史哲》2006年第4期。

忆昔嬉游伴，多陪欢宴场。寓居同永乐，幽会共平康。
师子寻前曲，声儿出内坊。花深态奴宅，竹错得怜堂。
庭晚开红药，门闲荫绿杨。经过悉同巷，居处尽连墙。

平康里就是北里，位于长安的外城，是著名的文学游戏场所，孙棨《北里志》有详细记载。长安的外城有三个相对独立的地域区划，“一是由街道划分出的坊区，即城市居民居住区；二是市区，属东市与西市，即商品交易区；三是街道构成的区域空间（可简称为“街区”），即城内公共交通与公共活动区”①。诗人幽游之地是众妓聚集的坊区，在皇城的信光门、丹凤门、安上门一带。“当高宗龙朔到睿宗景云年间，以大明宫为中枢，丹凤门以南各坊所住达官贵人较多”②。平康里的东门对着东市的西门，属于闹中辟静的处所。平康里有弯弯曲曲的胡同，叫“曲”，屋宇连着屋宇，并非都是妓院，也有普通市民的住宅。诗人所写平康里环境最重要的一个特点就是“幽”，传神地道出了青楼的隐秘之美、清雅之趣。从史籍记载中可以看出，青楼的位置很有特点，既处于市区，又不能太嘈杂，地点幽僻，能给人安全舒适之感。妓人所居院落环境幽雅，如同美妙的仙境，在唐人的很多记述中把妓院写成仙境，把游妓院幻化成游仙，把妓人写成神仙姐姐。上述诗中就展示了平康里院落的闲雅情调：花深、竹错、杨绿，门闲，深深庭院飘散的是绵长的唐诗情韵，怎能不令人心旷神怡？

白居易的《长安正月十五日》、《长安早春旅怀》刻写了拥挤、喧闹的场景，“喧喧车骑帝王州，羁病无心逐胜游。明月春风三五夜，万人行乐一人愁。”（《长安正月十五日》）“轩车歌吹喧都邑，中有一人向隅立。”（《长安早春旅怀》）一个是僻静的院落，一个是喧嚣的闹市，坊内小世界与坊外大长安城形成强烈的反差，实际上也是社会现实与诗人理想的二元对立。通过两类不同场景的互相对照，不难发现，平康里非常吻合唐代士人的审美趣味，成为仕进之人寻求心灵寄托的理想港湾。

---

① 宁欣：《街：城市社会的舞台——以唐长安城为中心》，《文史哲》2006年第4期。
② 杨宽：《中国古代都城制度史研究》，世纪出版集团2003年版，第249页。

（三）晚唐叙事诗中的长安城场景

晚唐诗中的长安城已不再有繁华、富贵之气，晚唐的贵族们似乎预感到唐王朝的末日即将来临，过着极度奢靡的生活。唐懿宗咸通（860—874）年间，社会混乱，贵族们采铜铸钱，争豪比富，韦庄的《咸通》写到这样的场景："破产竞留天上乐，铸山争买洞中花。诸郎宴罢银灯合，仙子游回璧月斜。"《长安旧里》描绘的长安满目疮痍、一派衰败："满目墙匡春草深，伤时伤事更伤心。车轮马迹今何在，十二玉楼无处寻。"长安城没有了盛世的车轮马迹，没有了豪华的宅第、高大的楼宇，只剩颓败的墙围，今非昔比。在晚唐人的诗中，体现长安繁华的不再是昔日的"五剧三条控三市"、"万户楼台临渭水"，而只留下六条大街的车水马龙。曹松的《长安春日》写道："浩浩看花晨，六街扬远尘"，韦庄的《长安春》写道："长安二月多香尘，六街车马声辚辚。家家楼上如花人，千枝万枝红艳新。"京城暂时呈现安详的承平气氛，这是时人深切企盼的，他们渴望时光倒流、盛世重来。韦庄的《长安清明》写道："内官初赐清明火，上相闲分白打钱。紫陌乱嘶红叱拨，绿杨高映画秋千。游人记得承平事，暗喜风光似昔年。"名贵的骏马在街道中嘶鸣，节日气氛浓郁，风光似乎与盛世相同。事实上，这表面的"同"中包含着本质的天壤之别。贯休的《长安道》写出京城碌碌红尘的状貌，"憧憧合合，八表一辙。黄尘雾合，车马火热。名汤风雨，利辗霜雪。"车来人往，争名夺利。司空图的《剑器》写道："楼下公孙昔擅场，空教女子爱军装。潼关一败吴儿喜，簇马骊山看御汤。"星移斗转，盛世已去，叛军横行跋扈，繁华消失殆尽，京都留存的文化印迹传达的只是盛世已去的悲凉。

关于黄巢军入长安的场景，诗人韦庄在《秦妇吟》中做了真实的叙写。唐僖宗广明元年（880）十二月，黄巢率起义军攻入长安，自称齐帝，僖宗李儇仓皇逃往成都。韦庄因应试被困在城中，耳闻目睹了官军、起义军的种种劣行和长安城遭受的战火创伤。中和三年（883）四月，李克用击败黄巢军，收复长安，韦庄得以脱身东行，在洛阳写成长篇叙事诗《秦妇吟》，再现长安三年的悲惨事件①。诗歌是以新型的乐府套式塑造人物、展现场景、诉说故

---

① 参见刘学锴、赵其钧、周啸天：《历代叙事诗赏析》，安徽文艺出版社2001年版，第249页。

事的，诗人在洛阳城外路遇一名从长安逃出来的美丽女子，见证了三年间京城所遭遇的悲剧。女子的叙述展现了一幕幕发生在长安城内的劫难场景，实际上，女子的见闻遭遇正是韦庄本人的经历。

第一幕，战事突来场景。诗中写道："忽看门外起红尘，已见街中擂金鼓。""适逢紫盖去蒙尘，已见白旗来匝地。"平静的京城突然烟尘滚滚、金鼓擂动，城里瞬间插满黄巢军的白旗，战争已到眼前。历史惊人地相似，安史之乱中京城蒙难的场景再次重演。

第二幕，全城混乱场景。诗中写道："扶羸携幼竞相呼，上屋缘墙不知次。南邻走入北邻藏，东邻走向西邻避。北邻诸妇咸相凑，户外崩腾如走兽。"这是人群纷乱杂沓的景象，以音效突出混乱场景。老人的呼叫、孩子的哭喊、女人的尖叫、病人的呻吟；急切的、紧张的、恐惧的、惊讶的；脚步的声音，翻墙的、进门的；还有兵马驰突的声音；如在耳边。诗歌进一步以光色配合音效来显示大难来临前的京城景况："轰轰昆昆乾坤动，万马雷声从地涌。火迸金星上九天，十二官街烟烘焗。日轮西下寒光白，上帝无言空脉脉。阴云晕气若重围，宦者流星如血色。紫气渐随帝座移，妖光暗射台星拆。"十二官街烟火冲天，紫气迁移，三台星拆裂。天象混乱，市民混乱，兵马混乱，总之，长安城混杂着烟光、火光、刀光、寒光、妖光、血光、车声、马声、兵戈声、人的呼唤声、奔跑声……一场血光之灾笼罩全城，晚唐的京都已经走投无路。诗中关于紫气、星光、十二官街的背景描述突出京都的重要地位，起着预示性的叙事功能，预示城市文明的衰败。关于诗人对这一幕场景叙写的真实性问题，学界持有不同的意见。有学者认为，韦庄持李唐王朝仇视农民起义的立场，夸大了农民军初入长安所引起的全城骚动场景。理由是据《旧唐书》记载，黄巢军进京时"遇穷民于路，争行施遗，既入春明门，坊市聚观，尚让慰晓市人曰：'黄王为生灵，不似李家不恤汝辈，但各安家'"①。这一条怀疑韦庄叙事真实性的信息却从另一个角度证实了上述场景的真实性。因为农民军憎恶官吏，而长安城又是各层官吏云集荟萃之地，他们显然是农民军的攻击对象，上自皇帝、下至小吏，无不惶惶出逃，全城岂能不出现骚乱、恐慌？对于普通市民来说，他们耳闻目睹中唐以来各种政治

① （后晋）刘昫：《旧唐书》卷二百下，中华书局1975年版，第5393页。

风波，心中留存太多的杀戮阴影，面对兵灾能不惊慌失措？而且农民军队伍庞大、鱼龙混杂，能无烧杀抢掠之举？《新唐书·逆臣》有这样的记载，“巢以尚让为平唐大将军……贼酋阅甲第以处，争取人妻女乱之，捕得官吏悉斩之，火庐舍不可计，宗室侯王屠之无类矣”①。因此，韦庄所记录的黄巢进长安场景具有较强的可信度，是了解唐代京都历时变迁的一条有力线索。

第三幕，全城遭屠场景。诗人以扫描式的叙事视角写道：“家家流血如泉沸，处处冤声声动地。舞伎歌姬尽暗捐，婴儿稚女皆生弃。”滚烫的、喷溅的血柱，震天的哭喊，诗人根据当时的传闻营构全城遭屠的血腥场面和恐怖氛围，建构强烈、逼真的视听联想空间，最后把视线聚焦于妇幼群体受难的场景，暗捐，生弃，最是一个“惨”字。

第四幕，军营“日常生活”场景。诗人通过被掳掠女子的切身感受写出黄巢军营的瘆人气氛：“夜卧千重剑戟围，朝餐一味人肝脍。”在刀剑丛中睡觉，把人肝当成家常便饭，刀光剑影，血雨腥风，这是文明人的生活环境吗？只要战争发生，人性就会泯灭，黄巢统治下的京城显得阴森恐怖。

第五幕，“拉锯”场景。韦庄诗中的战争场景不仅仅停留于气势汹汹的快攻快杀，还表现于两军僵持的紧张局面。诗中写道：“一朝五鼓人惊起，呼啸喧呼如窃议。”以鼓声的骤然、人声的惊惶渲染起义军陷入危境。黄巢军占据长安期间，常处于三面包围之中，与官军进行拉锯战。诗句所述事实为官军收复赤水镇、逼近京城时，黄巢军中各色人等出于各自不同的目的而发生骚动，场景叙述简略，含义却很丰富。“逡巡走马传声急”、“簸旗掉枪却来归”塑造的是紧张的战斗气氛。这是中和二年(882)二月的夺城之战，当时两万官军攻入京城，黄巢率部逃离，但是官军入城后大肆奸淫抢劫，黄巢军趁机从灞上分几路反攻，官军溃败②。

第六幕，生灵涂炭。每一次战争，无论是正义还是非正义的，结果必定是生灵涂炭、满目疮痍、文明衰败。诗中是这样叙述京城被困的悲惨场景的：“四面从兹多厄束，一斗黄金一斗粟。尚让厨中食木皮，黄巢机上刲人肉。东南断绝无粮道，沟壑渐平人渐少。六军门外倚僵尸，七架营中填饿

---

① （宋）宋祁、欧阳修：《新唐书》卷二百二十五下，中华书局1957年版，第6458页。

② （宋）宋祁、欧阳修：《新唐书》卷二百二十五下，中华书局1957年版，第6459—6460页。

殍。”官军与起义军的长久僵持导致城中缺粮，米价飞涨，树皮、人肉上了黄巢、尚让的餐桌，市民、军人一批批地饿死，坟多人少，沟壑渐平。这惨不忍睹的场景背后还隐藏着更为惨烈的史实。据《旧唐书·黄巢传》记载，“时京畿百姓皆砦于山谷，累年废耕耘。贼坐空城，赋输无入，谷食腾踊。米斗三十千。官军皆执山砦百姓鬻于贼为食，人获数十万。”①官军没粮吃，吃山寨百姓；黄巢军没粮吃，吃官军卖过去的百姓。官军缺金银，不缺人源；黄巢缺口粮，不缺财物；正好以其所有易其所无，官军大得暴利。人间犹如地狱，皇宫府库被焚，公卿贵族的骸骨遍布京城的街道：“内库烧为锦绣灰，天街踏尽公卿骨。”长安城血痕累累、一片死寂。“长安寂寂今何有，废市荒街麦苗秀。采樵斫尽杏园花，修寨诛残御沟柳。华轩绣毂皆销散，甲第朱门无一半。含元殿上狐兔行，花萼楼前荆棘满。昔时繁盛皆埋没，举目凄凉无故物。”这种死寂酝酿的是战争过后另一种更不祥的恐怖气氛，也许将要爆发的是一场瘟疫。八街九市长出了麦苗，杏园中的花木、御沟旁的杨柳皆已砍尽，含元殿、花萼楼荆棘丛生、狐兔横行，朱门甲第破败，华车骏马消散，从坊市到宫室，从树木到建筑，都遭兵火践踏。鼎盛王朝的城市文明被彻底摧毁。

韦庄的《秦妇吟》以怵目惊心的笔触叙述了京都长安走向没落的场景。一度以登峰造极的繁盛气象标志着璀璨城市文明之巅的京都在唐末内战的凌辱下呈现出斑斑血痕，长安城终于走到了繁华的终点。

（四）唐代叙事诗中的洛阳城场景

唐代的东都洛阳同样经历了时代盛衰的洗礼。从初唐起洛阳就是一个繁华热闹、富豪聚集、名士荟萃之地，张祜的《捉搦歌》写道：“洛阳大道徒自直”，大道已经成为发达大城市的标志物。王维的《洛阳女儿行》展现的东都场景与长安有着同样的富贵气，诗中的思妇居住在富人区，“画阁朱楼尽相望，红桃绿柳垂檐向。罗帏送上七香车，宝扇迎归九华帐。”满眼是豪宅、香车和日夜进出娼家的富人，“城中相识尽繁华，日夜经过赵李家。”

中唐诗人韦应物的《登高望洛城作》状写了洛阳城的地势地貌，“雄都

① （后晋）刘昫：《旧唐书》卷二百下，中华书局1975年版，第5394页。

定鼎地，势据万国尊。河岳出云雨，土圭酌乾坤。”洛阳地居天地中心，自周平王迁都洛邑后，逐渐成为繁华胜地。盛世的洛阳帝宅别有一番气派，“帝宅夹清洛，丹霞捧朝暾。葱茏瑶台榭，窈窕双阙门。”皇宫坐落于清清的洛水两岸，树木葱茏，环境幽静。十年的兵戈动乱使肥沃的土地变成灌木荆棘，美丽的城市变成残垣断壁，而中兴之主扶危济困，洛阳城重新恢复生机：“平明四城开，稍见市井喧。”

刘禹锡的《和乐天洛城春齐梁体八韵》描述了洛阳春日的闲适场景：“帝城宜春入，游人喜意长。草生季伦谷，花出莫愁坊。断云发山色，轻风漾水光。楼前戏马地，树下斗鸡场。白头自为侣，绿酒亦满觞。潘园观种植，谢墅阅池塘。”洛阳城有山有水、有草有花，生活节奏比长安慢，一般是不得重用、不居要职的士人在那儿过着半官半隐的生活。在那儿，为官清闲，乡野趣味浓郁，闲极时看看斗鸡、戏马，看看池塘、果园。东都洛阳之所以具有这样的安逸气氛，跟唐代皇帝的行踪有关，这一点在张籍的《洛阳行》中做了解释：“洛阳宫阙当中州，城上峨峨十二楼。翠华西去几时返，枭巢乳鸟藏蛰燕。御门空锁五十年，税彼农夫修玉殿。”洛阳犹如一位受过皇帝宠幸的妃子，皇帝的恩泽依然留存，封号、待遇不减当年，但显然，它是受冷落的。张籍的这首诗作于贞元初，据《新唐书·玄宗纪》记载，开元间玄宗五次如东都，最后一次是开元二十四年(736)，距贞元初五十多年。自开元二十五年以后，玄宗不复东幸洛阳。① 显而易见，玄宗对骊山温泉的情有独钟必然产生的副反应就是对洛阳的冷淡。昔日的宏伟建筑仍在，昔日的温暖记忆仍在，却时过境迁：“六街朝暮鼓冬冬，禁兵持戟守空宫。百官月月拜章表，驿使相续长安道。上阳宫树黄复绿，野豺入苑食麋鹿。陌上老翁双泪垂，共说武皇巡幸时。”然而，“盛世情结”依然以极强的魔力锲入人们的心底，激励人们去憧憬隐隐约约的“中兴之象”。现实场景与理想蓝图的差距极易引发人们的感伤。

到了晚唐，诗人笔下的洛阳城再也没有中兴以后的悠闲与繁盛了，充满着焦虑、无望、空虚，如王贞白的《洛阳道》：“喧喧洛阳路，奔走争先步。唯

---

① 参见(宋)宋祁、欧阳修：《新唐书》卷五《玄宗纪》，中华书局1957年版，第119—154页。

恐着鞭迟，谁能更回顾。覆车虽在前，润屋何曾惧。贤哉只二疏，东门挂冠去。”贯休的《洛阳尘》写道：“昔时昔时洛城人，今作茫茫洛城尘。我闻富有石季伦，楼台五色干星辰。乐如天乐日夜闻，锦姝绣妾何纷纷……伊水削行路，冢石花磷磷。苍茫金谷园，牛羊龁荆榛。”往日繁华皆消散，洛阳古城变颓垣。

韦庄的《洛阳吟》作于“大驾在蜀，巢寇未平”之际，晚唐人的“盛世情结”流露得更为浓郁：

> 万户千门夕照边，开元时节旧风烟。宫官试马游三市，舞女乘舟上九天。胡骑北来空进主，汉皇西去竟升仙。如今父老偏垂泪，不见承平四十年。

诗歌是对和平安乐的盛世场景的怀念。四十年承平岁月是唐王室的骄傲，也是盛唐人的福运，对盛世的怀念是唐末乱离时代的返照，也是晚唐人厌世、谦退、失落情绪中的几许自我安慰。郑振铎认为，中华民族“不长进的怕事的风尚”①与士大夫阶层及民间所流行的谦退之风不无关系。实际上，这种风尚无可厚非，是一种全身、全心的生存智慧，实现这种智慧的理想场所就是乡野。

（五）唐代叙事诗京都场景的生成背景

唐代叙事诗京都场景的生成具有如下背景：

第一，唐代权力版图以京都为中心，京都作为政治文化中心，在盼望仕途有为的诗人心目中具有崇高神圣的地位，京都场景常常萦于诗人胸怀。诗人在京都的生活、活动自然反映于叙事诗中，构成京都场景的风貌。这是以中央政治为主流的观念在叙事诗中的自觉流露。

第二，初盛唐如日中天的国力、富庶安定的社会环境是京都场景频繁出现的重要条件。商业经济发展，歌舞宴乐成为城市生活的象征。私妓盛行，以娼妓业为轴心的相关产业发达，“青楼文化”成为城市文明的一大象征，

---

① 郑振铎：《中国俗文学史》上，团结出版社2006年版，第106页。

诗人的相关经历流露于笔端，构成京都场景的一大景观。《资治通鉴》记载唐玄宗开元年间的物质水平与社会治安情况："西京东都米斛直钱不满二百，绢匹亦如之。海内富安，行者虽万里不持寸兵。"①唐代自贞观、永徽，经开元至天宝初，全国物质发达，州县殷富，京都的繁华更是不言而喻。这种社会现状极易激发诗人以夸张凌厉之势讴歌京都，尤其是骆宾王、卢照邻等诗人，在大国初定的欣欣向荣中萌发出不可遏制的激情，将京都的魅力诉诸笔端。

第三，中晚唐时代，战祸罹及京都，激发诗人哀婉之情。大历、贞元以后，藩镇势力膨胀，频频叛乱，甚至占据京都，如德宗时河北诸镇联叛，占据长安，德宗出奔奉天。晚唐，黄巢起义军占据长安。京都所代表的皇权与盛世气象的瓦解激发出诗人对现实的伤悼、对昔日的追怀，构成京都场景的另一侧面。

三、乡野

唐代叙事诗出现大量的乡野场景，有的是诗人隐逸生活的反映，是相对于仕朝的自由状态，有的是诗人行迹所至的见闻，是自然的农村风俗图卷。唐代诗人对自然山水、田园乡野的审美观照源于东晋士人自觉确立的自然山水审美意识。陶渊明式的躬耕实践和精神风范深深影响着唐代诗人，他们记述的乡野场景隐含着"士不遇"的个人情怀与特殊的哲学追求，展示了唐代的社会习俗、地域文化以及村野百姓的生活原生态。

（一）初盛唐叙事诗中的乡野场景

盛唐时期以王维、孟浩然为代表的流派以写山水田园风光见长，他们的叙事诗呈现比较典型的乡野场景，这一流派的先驱是初唐的王绩。

王绩的《在京思故园见乡人问》写道：

① （宋）司马光编著，（元）胡三省音注：《资治通鉴》卷二一四，中华书局1956年版，第6843页。

旧园今在否，新树也应栽。柳行疏密布，茅斋宽窄裁。经移何处竹，别种几株梅。渠当无绝水，石计总生苔。院果谁先熟，林花那后开。

诗人家乡在今山西河津，这是典型的乡村场景：一所茅斋，一个园子，园子里开着花，种着柳树、果树、梅树、竹子。水渠流着水，石板上长着青苔。故园修葺有致，毫无贫瘠之态，颇似隐居者的乐园。

王绩的《食后》描述了田家的天然食品：

菜剪三秋绿，飧炊百日黄。胡麻山麨样，楚豆野麋方。始暴松皮脯，新添杜若浆。葛花消酒毒，萸蒂发羹香。

乡野很富饶，有季节性蔬菜、自然生长的五谷杂粮、熏肉的天然松皮，还有野果、野菜、草药，这些都是现代社会人人向往的最健康、最安全、最优质的有机食品。一系列生活细节的刻画组合成一幅安逸的乡野场景，“含哺而熙乎澹泊，鼓腹而游乎混茫”①。乡野是人之初的自然状态，它诠释了“绿色”这一概念。王绩于贞观初年托疾罢归，隐居山林，他写过一首《采药》，描述了种种山珍：茯苓、赤术、白术、肉苁蓉、薯蓣、松叶酿制的酒、人参的花蜜。诗歌写道：“……龟蛇采二苓，赤白寻双术。地冻根难尽，丛枯苗易失。从容肉作名，薯蓣膏成质。家丰松叶酒，器贮参花蜜。”贞观五年所作的《答冯子华处士书》叙述了王绩当时的生活状态：“近复都卢弃家，独坐河渚，结构茅屋……黄精、白术、枸杞、薯蓣，朝夕采掇，以供服饵”②。乡野场景反映的是诗人纵心适性、超脱世俗的精神追求。

初唐叙事诗还出现富有地域色彩的乡野场景，与中原物候形成鲜明对照，体现辽阔国土丰富多元的自然与文化风貌。如杜审言的《旅寓安南》：

交趾殊风候，寒迟暖复催。仲冬山果熟，正月野花开。积雨生昏雾，轻霜下震雷。故乡逾万里，客思倍从来。

① （晋）郭象：《庄子注序》，见（清）郭庆藩撰：《庄子集释》，中华书局1961年版，第3页。

② （清）董诰等编：《全唐文》卷一三一，中华书局1983年版，第1322页。

这是特殊地域的场景描述,是相对于中原文化的南蛮之地。安南为唐代六都护府之一,治所在今越南河内市,交趾是汉代郡名,辖地在今五岭以南至越南北部一带。“安南,《尧典》所谓‘申命羲叔居南交’是也。秦并六国,略定杨、越,置桂林、南海、象郡,以谪徙民与越杂处。迨乎秦灭南海,龙川令赵佗即击并桂林、象郡,自称南越武王,象郡即今安南地也。”“唐改交州总管府,俄复改安南都护府”①。诗人在神龙元年(705)流配峰州途中写下这首诗。中原的仲冬时节,交趾却山花烂漫、野果飘香,与诗人的故乡风候形成鲜明的对比。这样的场景隐含着中原主流文化在士人心目中的崇高地位和以京都为中心的文化圈对士人的牢固控制。比较而言,中原文化场域中的乡野场景体现的是士人主动选择人生航向的权利,而异域文化场景常常出现于贬谪诗中,场景本身就代表了“士不遇”,带有被动意味。

高适的《寄宿田家》颇富村野趣味,一般认为记述的是燕赵之地:

门前种柳深成巷,野谷流泉添入池。牛壮日耕十亩地,人闲常扫一茅茨。客来满酌清尊酒,感兴平吟才子诗。岩际窟中藏鼹鼠,潭边竹里隐鸬鹚。

野谷、流泉、小池、茅屋,柳林、竹林,鼹鼠、鸬鹚,还有十亩地、一头牛,诗人描述的场景非常真实,这是典型的农家院落、原生态的农家生活,壮牛耕地是农业生产的标志性场景,最能体现真正的田家风味。而孟浩然的《过故人庄》描述的却是隐居者的生活场景:“绿树村边合,青山郭外斜。开轩面场圃,把酒话桑麻。”这是宁静安闲的隐居之地,没有耕作的痕迹。孟浩然的《采樵作》写的是深山:“采樵入深山,山深树重迭。桥崩卧槎拥,路险垂藤接。”重迭的树、险峻的路,原生态的大自然,是隐居者的田园场景。

王维是描写乡野的能手,诗中有隐逸生活,也有风俗民情。农人的劳

① 《南夷志》卷六,见(明)陈诚著,周连宽校注:《西域行程记　西域番国志》;(明)罗日䌹著,余思黎点校:《咸宾录》,中华书局2000年版,第123、124页。

作、休闲、娱乐在王维笔下呈现得惟妙惟肖。《田家》写道：

旧谷行将尽，良苗未可希。老年方爱粥，卒岁且无衣。雀乳青苔井，鸡鸣白板扉。柴车驾羸牸，草屩牧豪豨。夕雨红榴拆，新秋绿芋肥。饷田桑下憩，旁舍草中归。

秋天的山谷生机勃勃，火红的石榴熟透了，翠绿的芋头长得正肥硕，井上布满青苔，鸟雀在井沿上哺着幼雏。柴门、土鸡、猪群、简陋的牛车、羸弱的母牛、桑树、耕田、穿着草鞋的山民，组合成充满农村生活气息的劳作场景。它不同于隐逸者的田园，它是农业文化的真实写照。历代诗人中，真正进入农人角色的只有晋代的陶渊明，在他的诗中出现大量的耕作场景。王维只是隐居者，但长期的山野生活使他对田家有着真实的了解，并且积累了丰富的乡野经验，流溢于笔端，栩栩如生。

王维年青时曾在淇上隐居，中年又隐于终南，后得宋之问辋川别业，经常悠游其间，远离京都的喧嚣。辋川别业的居住场景唯美而富有禅意，如《山居即事》：

寂寞掩柴扉，苍茫对落晖。鹤巢松树遍，人访荜门稀。绿竹含新粉，红莲落故衣。渡头烟火起，处处采菱归。

近的是柴扉、松树、鹤巢、红莲、绿竹，远的是渡头、落晖、烟火，还有采菱女成群归山的嬉笑，构成静中有动的深远画境。天人和谐，寂寞就是美丽。《辋川别业》写道："雨中草色绿堪染，水上桃花红欲然"，浓绿和深红，桃花和草色，令宁静的乡野充满活泼泼的生机。

积雨辋川庄作

积雨空林烟火迟，蒸藜炊黍饷东菑。漠漠水田飞白鹭，阴阴夏木啭黄鹂。山中习静观朝槿，松下清斋折露葵。野老与人争席罢，海鸥何事更相疑。

诗人在山中居住，与白鹭、黄鹂为邻，与朝槿、露葵为友，坐斋参禅，天人相亲，心灵虚静而自由。怀一份无争无求之心，坦然“从鸥游”①。

王维于开元二十五年赴河西节度使幕为监察御史兼节度判官，《凉州郊外游望》描述的是中原农村的祭祀场景：

> 野老才三户，边村少四邻。婆娑依里社，箫鼓赛田神。洒酒浇刍狗，焚香拜木人。女巫纷屡舞，罗袜自生尘。

凉州是唐时河西节度使幕府驻地，治所在今甘肃武威。诗中以虚词“才”、“少”写村落之小，以动词“依”、“赛”、“洒”、“浇”、“焚”、“拜”、“舞”、“生”写祭祀的隆重、热闹。

杜甫在上元元年(760)已经到达成都，他居住的江村山清水秀，诗中的场景流淌着浓郁的乡俗乡情。《南邻》写道：“秋水才深四五尺，野航恰受两三人。白沙翠竹江村暮，相对柴门月色新。”秋水、野航、白沙、翠竹、月色、柴门，草堂环境非常怡人。应该说，杜甫有一段时间的生活几乎与真正的农人无异，自己种树、种菜、种药。《客至》写道：“舍南舍北皆春水，但见群鸥日日来。花径不曾缘客扫，蓬门今始为君开。盘餐市远无兼味……隔篱呼取尽余杯。”分层次描述了草堂环境。外层是院落之外的远处：草堂南北流淌着春天的江水，鸥鸟日日在那儿栖息；中层是院落围墙，与邻居相隔的一道篱笆；内层是院落之内，花径、柴门、院子里的落叶。整个草堂所处的乡野大背景又与城市遥遥相隔，这是一幅美不胜收的画卷。

（二）中唐叙事诗中的乡野场景

一批中唐诗人在时代氛围的影响下更多地把目光投向民间，投向底层，具有强烈的诗史意识，笔端饱含实录精神。

刘禹锡屡遭贬谪，出京担任过朗州司马、连州刺史、夔州刺史、和州刺史、苏州刺史、汝州刺史、同州刺史等职，足迹踏及南方各地，所见所闻自与

① 《列子》卷二《黄帝篇》：海上之人有好沤鸟者，每旦之海上，从沤鸟游，沤鸟之至者百住而不止。其父曰：“吾闻沤鸟皆从汝游，汝取来，吾玩之。”明日之海上，沤鸟舞而不下也。”见杨伯峻：《列子集释》，中华书局1979年版，第67—68页。

中原不同,他的叙事诗记述了西南、东南等异域各地的风情,反映当地民俗。《插田歌》记录了连州农民的田间劳作场景,展现当地特殊的地理、气候与习俗:

　　冈头花草齐,燕子东西飞。田塍望如线,白水光参差。农妇白纻裙,农父绿蓑衣。齐唱郢中歌,嘤伫如竹枝。但闻怨响音,不辨俚语词。时时一大笑,此必相嘲嗤。水平苗漠漠,烟火生墟落。黄犬往复还,赤鸡鸣且啄。

连州是现在广东省的连县,唐代属于南蛮之地,常被朝廷用于安置被贬官员,以示惩戒。与中原地区劳作场景有别的是南方多水,田是水田。水田面积很大,田垄规划整齐,"如线"一词说的就是一块块田齐齐整整连成长片的场景。燕子在田间穿梭的景致一般不会出现在反映北方耕作生活的诗里。"白纻裙"适合在气候炎热的地方穿,而且是劳动妇女的穿着,贵族妇女、舞妓歌女一般穿绫罗绸缎。"绿蓑衣"最能体现南方多雨的天气。炊烟、黄狗、赤鸡生动逼真地组合成生活气息浓郁的村落。这一耕作场景最动人之处是村夫民妇一边干活一边"齐唱郢中歌",反映连州地区淳朴的民俗民风,颇能渲染南方农耕文明的一派美丽风光。宋玉《对楚王问》有一段精辟之言,"客有歌于郢中者,其始曰下里、巴人,国中属而和者数千人;其为阳阿、薤露,国中属而和者数百人;其为阳春、白雪,国中属而和者不过数十人。引商刻羽,杂以流徵,国中属而和者不过数人而已。是其曲弥高,其和弥寡。"①这说明地方的、民间的、真实的艺术才是受大众欢迎的。这种情形反映地方性大众文化与政治性精英文化的一种对立态势。

《畲田行》是刘禹锡居夔州时所作,反映另一个地域的耕作习俗:

　　何处好畲田,团团缦山腹。钻龟得雨卦,上山烧卧木。惊麏走且顾,群雉声咿喔。红焰远成霞,轻煤飞入郭。风引上高岑,猎猎度青林。青林望靡靡,赤光低复起。照潭出老蛟,爆竹惊山鬼。夜色不见山,孤

① 袁梅译注:《宋玉辞赋今读》附录,齐鲁书社1986年版,第140页。

> 明星汉间。如星复如月，俱逐晓风灭。本从敲石光，遂至烘天热。下种暖灰中，乘阳拆牙孽。苍苍一雨后，苕颖如云发。

夔州地区多山，田地位于山间，没有沟垄区划，农民采用传统的火耕方式，随山形择地耕种。耕地时节，要先占卜，看看是否有下雨的卦象，无雨的天气才能砍山木，晒干、放火。等到山火熄灭，农民把种子播撒到暖灰中，作物乘着阳气萌芽、生长。“青林”、“赤光”写出烧山场景，“红焰”、“远霞”写出烟灰飘散之状。在诗人眼里，南方的乡野充满着异域文化的独特魅力，农民以其智慧与幽默创造着生存的乐趣。

刘禹锡的《采菱行》写的是湖南常德白马湖的场景：“白马湖平秋日光，紫菱如锦彩鸳翔。”湖面波光粼粼，紫菱漾动如锦，彩鸳快活浮游。诗中写道：“家家竹楼临广陌，下有连樯多估客。”“携觞荐芰夜经过，醉踏大堤相应歌。”家家住的是竹楼，每家楼下卖酒又卖菱角，洋溢着南方农村特有的商业气息。

张籍的《江南曲》写出江南的特殊生活习惯，“江南人家多橘树，吴姬舟上织白纻。土地卑湿饶虫蛇，连木为牌入江住。”一些农户为避虫蛇而以船为家。诗中写道：“青莎覆城竹为屋，无井家家饮潮水。”“江村亥日长为市，落帆渡桥来浦里。”家家户户以竹建楼，饮的不是井水，而是江水，以亥日为集市。长江岸边是酒楼、倡楼：“长江午日酤春酒，高高酒旗悬江口。倡楼两岸悬水栅，夜唱竹枝留北客。”酒旗高展，娼妓清歌，别有一番温情。中唐时期，中原战火频繁，南方政局相对稳定，商业得到极大发展，很多北方人离开中原到南方谋生。

张籍的《江村行》描写江南农民在田野插秧劳作的场景：

> 南塘水深芦笋齐，下田种稻不作畦。耕场磷磷在水底，短衣半染芦中泥。田头刈莎结为屋，归来系牛还独宿。水淹手足尽有疮，山虻绕身飞扬扬。桑林椹黑蚕再眠，妇姑采桑不向田。江南热旱天气毒，雨中移秧颜色鲜。一年耕种长苦辛，田熟家家将赛神。

江南多水田、水塘，芦笋、莎草、桑树、水稻是常见植物、作物。江南水稻一年两熟,每年七八月一到收割、种田时节,农民冒着暑热在水田中插秧、移秧,山虻叮咬,手脚由于水的长期浸泡长满了疮。劳作自然是辛苦的,但辛苦中蕴含着形势的太平、农家的知足。收割时节,农户家家都设祭酬神。中唐时代,江南农村与中原战事相隔遥远,平和宁静,农民安居乐业。有史学家称,自安史之乱之后,唐朝的经济重心从中原转移到了江南。

北方农村在中唐诗人笔下呈现出安史之乱的创伤遗痕与中唐苛捐杂税的负面影响。刘禹锡的《顺阳歌》写的是现今河南方城县的衰败场景:

> 朝辞官军驿,前望顺阳路。野水啮荒坟,秋虫镂宫树。曾闻天宝末,胡马西南骛。城守鲁将军,拔城从此去。

天宝时代的辉煌消逝为历史的记忆,安史叛军的马蹄践踏了整座县城,顺阳一片荒芜。当年的宫树被虫蛀食,水流侵蚀了荒坟。两京附近经受战火洗劫的乡村展现的是死寂、创伤、遗恨。

王建长期生活在北方,晚年告归咸阳后,卜居原上,写下不少叙述乡野隐居生活的叙事诗。如:

> 林居
>
> 荒林四面通,门在野田中。顽仆长如客,贫居未胜蓬。旧绵衣不暖,新草屋多风。唯去山南近,闲亲贩药翁。

荒林、野田,草屋四面透风,一个"通"字写出隐居之地视野较为开阔。"药"的意象是很有代表性的,在很多诗人的隐居场景中出现,它是一种沟通人类与自然的媒介。

> 山居
>
> 屋在瀑泉西,茅檐下有溪。闭门留野鹿,分食养山鸡。桂熟长收子,兰生不作畦。初开洞中路,深处转松梯。

居所的附近有瀑布、泉水,溪流从屋檐下经过,野鹿、山鸡随意进出居所、与人同处，兰花随处开放，桂树自在地开花、结子。天地为房，人兽一家。《原上新居十三首》所述场景表现诗人在山村的躬耕生活："住处去山近，傍园麋鹿行。野桑穿井长，荒竹过墙生。""一家榆柳新，四面远无邻。""野羹溪菜滑，山纸水苔香。""鸡睡日阳暖，蜂狂花艳烧。""长爱当山立，黄昏不闭门。"透出平和之气。"厨舍近泥灶，家人初饱薇。""耕牛长愿饱，樵仆每怜勤。""家贫僮仆瘦，春冷菜蔬焦。""春来梨枣尽，啼哭小儿饥。""借牛耕地晚，卖树纳钱迟。""邻富鸡常去，庄贫客渐稀。"流露贫寒之状。可见，真正的田家生活是不易的。山村就在长安附近，它与京都之间的二元对立反映隐仕之间的鲜明矛盾。只有那些半官半隐或者带着入山之资追求隐逸情调的士大夫才能过上悠哉游哉的幸福日子，也只有真正的农人才能以乐观的天性、坚韧的性格创造出生命的奇迹。王建的《田家行》呈现北方农村的劳作场景：

男声欣欣女颜悦，人家不怨言语别。五月虽热麦风清，檐头索索缫车鸣。野蚕作茧人不取，叶间扑扑秋蛾生。

男男女女在田间收麦，在家中纺织，七嘴八舌地谈论年成。麦浪、缫车、野蚕、飞蛾，构成初夏农村的忙碌景象。

王建的乡野叙事诗还展现中原的祭扫、殡葬习俗：

寒食行

寒食家家出古城，老人看屋少年行。丘垄年年无旧道，车徒散行入衰草。牧儿驱牛下冢头，畏有家人来洒扫。远人无坟水头祭，还引妇姑望乡拜。三日无火烧纸钱，纸钱那得到黄泉。但看垄上无新土，此中白骨应无主。

"古城"、"丘垄"、"旧道"、"衰草"、"冢头"、"水头祭"、"纸钱"、"白骨"构成寒食节扫墓的场景。这一幕普普通通却具有典型意义，反映中唐时代的习俗礼仪，也带有中唐特殊的忧郁与沉闷。与《寒食行》所述普通百姓的坟地环境形成对照的是《北邙行》所述东都洛阳城郊的墓葬情况：

北邙山头少闲土，尽是洛阳人旧墓。旧墓人家归葬多，堆着黄金无买处。天涯悠悠葬日促，冈阪崎岖不停毂。高张素幕绕铭旌，夜唱挽歌山下宿。洛阳城北复城东，魂车祖马长相逢。车辙广若长安路，蒿草少于松柏树。涧底盘陀石渐稀，尽向坟前作羊虎。谁家石碑文字灭，后人重取书年月。朝朝车马送葬回，还起大宅与高台。

洛阳的北邙山头布满富豪权贵的坟墓，送殡的车马高悬明旌，络绎不绝地来往于城市与乡间。涧底的大石头越来越少，都被雕成石羊、石虎放置于墓前。前人的墓碑因年久而剥落了文字，就被后人拿去刻上新死者的名字。这幕场景颇能体现中唐时代价值体系的双重性，传统礼俗依然盛行，但逐渐走向失衡。

张籍也有一首《北邙行》：

洛阳北门北邙道，丧车辚辚入秋草。车前齐唱薤露歌，高坟新起白峨峨。朝朝暮暮人送葬，洛阳城中人更多。千金立碑高百尺，终作谁家柱下石。山头松柏半无主，地下白骨多于土。寒食家家送纸钱，乌鸢作窠衔上树。人居朝市未解愁，请君暂向北邙游。

与王建诗中所述情形一样，洛阳城北，高坟峨峨，挽歌声声。富人厚葬死者，不惜千金树起高大的坟碑。然而，随着岁月的流逝，这家的坟碑却变成那家的。唐代社会，上至皇公贵族，下至平民百姓，都非常重视丧葬礼俗。据《杜阳杂编》记载，“公主薨，上哀痛之……及葬于东郊……刻木为楼阁、宫殿、龙凤、花木、人畜之象者，不可胜计。以绛罗多绣络，金银瑟瑟为帐幕者，亦各千队，结为幢节伞盖，弥街翳日”①。“王公百官，竞为厚葬，偶人象马，雕饰如生”②。

王建的《荆门行》展现的是湖北荆门的风俗民情：“……岘亭西南路多曲，栎林深深石镞镞。看炊红米煮白鱼，夜向鸡鸣店家宿。南中三月蚊蚋

① （唐）苏鹗：《杜阳杂编》卷下，见《唐五代笔记小说大观》，上海古籍出版社 2000 年版，第 1396 页。

② （唐）杜佑：《通典》卷八十六，中华书局 1988 年版，第 2328 页。

生，黄昏不闻人语声。生纱帷疏薄如雾，隔衣噆肤耳边鸣……犬声扑扑寒溪烟，人家烧竹种山田……”荆门多山，山路弯弯曲曲，路旁茅店煮的是红米和白鱼，是颇具南方地域色彩的饮食。三月的黄昏，小蚊子“嗡”声如雷，隔着纱帐、衣服咬人。这又是颇能突出南方气候、地理原生态的特殊场景。农民在山上烧竹成灰的畲田耕种方式与夔州地区相同。

中唐时代，国内局势动荡，边疆战事不休，农民承担着供养军饷的沉重负担，苦不堪言，元稹的《田家词》描述的就是当时体制下田家男女的劳动场景：

牛咤咤，田确确，旱块敲牛蹄趵趵。种得官仓珠颗谷，六十年来兵簇簇，月月食粮车辘辘。

“确确”、“趵趵”、“旱”、“敲”写出土地的贫瘠，“咤咤”写出驱驾耕牛之苦，“簇簇”、“辘辘”写出兵马、粮车络绎不绝的不安场景。

（三）晚唐叙事诗中的乡野场景

晚唐的乡野时时透出不安的气息，战争的阴影、末世的恐惧莫名地笼罩着士大夫避世归隐的乡间土地。“秦妇吟秀才”韦庄亲历了黄巢军与官军交战的场面，对时世更多一分关切与理解，他诗中的乡野场景流露出晚唐人特殊的心境。《洛北村居》作于黄巢军与官军对峙的战乱年月：

十亩松篁百亩田，归来方属大兵年。岩边石室低临水，云外岚峰半入天。鸟势去投金谷树，钟声遥出上阳烟。无人说得中兴事，独倚斜晖忆仲宣。

洛阳城内外的宫苑、园林一派荒颓，隐居的乡村灰暗，没有生机，充满绝望情绪。

《秦妇吟》详尽地叙述黄巢兵乱时期洛阳、长安城郊及附近农村的凄惨场景。诗歌写道：“大道俱成棘子林，行人夜宿墙匡月。”由于战争，长安城外的车马大道已经成为荆棘丛林，路上没有旅店，行人夜晚露天睡在断墙脚下。“明朝晓至三峰路，百万人家无一户。破落田园但有蒿，摧残竹树皆无主。”“庙前古柏有残枿，殿上金炉生暗尘。一从狂寇陷中国，天地晦冥风雨黑……寰中箫管不曾闻，筵上牺牲无处觅。旋教魔鬼傍乡村，诛剥生灵过朝夕。”华阴县人烟寥落、田园破败，寺庙香火断绝，庙前古柏被毁，百姓惨遭虐害。新安县原本是富庶之地，战乱开始，农民的粮食财物被黄巢军抢去一半，而官军开进洛阳后，日日夜夜到村里抢掠，如同风卷残云，把农家一扫精光。无数难民无家可归，夜宿深山，靠吃草根度日。诗中写道：

乡园本贯东畿县，岁岁耕桑临近甸。岁种良田二百廛，年输户税三千万。小姑惯织褐绝袍，中妇能炊红黍饭。千间仓兮万斯箱，黄巢过后犹残半。自从洛下屯师旅，日夜巡兵入村坞。匣中秋水拔青蛇，旗下高风吹白虎。入门下马若旋风，罄室倾囊如卷土。家财既尽骨肉离，今日垂年一身苦。一身苦兮何足嗟，山中更有千万家。朝饥山草寻篷子，夜宿霜中卧荻花。

一派兵马横行、民不聊生的场景。战乱祸及东西两京、京郊以及广阔的中原地区：“仍闻汴路舟车绝，又道彭门自相杀。野色徒销战士魂，河津半是冤人血。”

韦庄的《纪村事》描述的是诗人流落到江南的生活场景：

绿蔓映双扉，循墙一径微。雨多庭果烂，稻熟渚禽肥。酿酒迎新社，遥砧送暮晖。数声牛上笛，何处饷田归。

这是乱世主基调下独立的温和乐章。乡村是那么美丽，农家的生活是那么安详，果实、稻粱纯任自然，牧笛声、捣衣声充满温馨，农人在田间劳作，家人往田中送饭。比起士大夫，他们多一分实在，多一分知足之心。

乡野场景从初唐走到晚唐，浸润于其中的士大夫隐逸情调越来越淡薄，凡俗的生存意识却逐渐增强。

（四）唐代叙事诗乡野场景的生成背景

唐代叙事诗乡野场景的生成具有如下背景：

首先，社会变乱促使诗人从京都走向乡野逃难谋生，从而扩大诗人的创作视野，观照点由以庙堂为中心转变为以村野为焦点。安史之乱促使大诗人杜甫进入甘肃、四川等地，产生大量的纪行叙事诗，堪称唐代由盛转衰时期的文化地理图卷。中唐时期，宦官为祸，顺宗“永贞革新”、宪宗“元和中兴”皆成泡影，君主力挽狂澜而不得。顺宗仅立一年便被迫退位，宪宗、敬宗被弑于宦官，文宗时“甘露事变”失败而使大批朝臣蒙祸。《资治通鉴》记载：“自元和之末，宦官益横，建置天子，在其掌握，威权出人主之右，人莫敢言。”①士人因此而远避乡野，他们的生活场景大量出现于叙事诗中。朋党之乱也是士人走向乡野的一大原因。牛李党争始于宪宗，盛于宣宗，长达四十年，两派士人互相倾轧，朝廷政策反复不定、朝令夕改，如李德裕、李绅、元稹一度得势，制定了一系列律文，而一旦牛党得势，李党所立律令则一律废除，李党只有左迁之命运。政局反复无常，士人踌躇于进退祸福之间，往往把乡野作为安身立命的福地。

其次，隐逸离不开深山僻壤，离不开乡野生活，对唐代士人来说，隐逸在动机与形态上都具有多元倾向。在初唐王朝新建之时，隐逸是一种智慧，是士人观时度世、以静待变的策略；在盛唐国力强盛、文化繁荣之际，隐逸是一种时尚，是高标特立的人格姿态，是反进为退以求仕出的图谋；在中唐政局动荡的情况下，隐逸是一种躲避，是明哲保身、伺机待变的行为；在晚唐国力衰微的时候，隐逸是“走为上”之计，是安身立命、图谋温饱的本能选择。《逸民列传》曾指出传统隐士的动机，“或隐居以求其志，或曲避以全其道，或静己以镇其躁，或去危以图其安，或垢俗以动其槩，或疵物以激其清。然观其甘心畎亩之中，憔悴江海之上，岂必亲鱼鸟乐林草哉？亦云性分所至而已。”②从整体上看，在整个唐代，士人与隐逸结下了不解之缘，仕宦与乡野之间体现不同诗人生存心态的差异，仕宦就是进入被动的人文社会，而选择

① （宋）司马光编著，（元）胡三省音注：《资治通鉴》卷二四三，中华书局1956年版，第7856页。

② （宋）范晔，（唐）李贤等注：《后汉书》卷一百十三《逸民列传》，中华书局1965年版，第2755页。

乡野则是进入自我设定的灵山仙境。大部分诗人归隐乡野是出于“士不遇”的避世情怀，其实质是以隐求仕，把隐逸、学道作为通向仕途的途径。

另外，隐逸思想与道家思想联系紧密，隐逸是道家寻求精神超脱的一种方式。道家思想注重个体的生命价值，在大自然中，精神摆脱羁绊，灵魂获得相对的自由，从而体道得道。魏晋玄学遗风对唐代诗人乃至整个唐代社会仍有很大影响，诗人以魏晋名士为典范，选择充满生趣的乡野体悟玄理，追求乡野之趣成为一种时尚。初盛唐诗人好漫游，常常在漫游期间写下所历山水、乡野的事迹，杜甫从开元十九年到开元二十九年曾漫游吴越和齐赵①，李白也有很长时间的漫游经历，“足迹走遍大半个中国”②，漫游经历为诗人提供自由接触山水乡野的机会。李白和杜甫的这种生活经历，在唐代文人中是具有典型性的。贬谪经历也能为诗人提供一笔宝贵的精神财富，扩大诗人的地理视野，了解京都以外地区的民间习俗，使诗歌叙事走向平民化、乡土化。唐代疆域辽阔，诗人的贬谪之地甚至远到当今的越南，足迹到达人迹罕至的偏远地区，异域生活的乡野场景被纳入诗歌叙事之中。

第二节　仙境：虚拟的理想场景

仙境是唐代叙事诗中经常出现的场景，在唐代的游仙诗中有大量关于仙境的描述，仙境是诗人在道教影响下的思想与学道行为在文学上的综合反映，为诗人提供一个精神归依的家园，现实生活中不能满足的欲望在仙境描述中得到替代性满足，成为心理缺失的一种“白日梦”式的补偿。据笔者统计，《全唐诗》中有近二百位诗人写及仙境，提到七百多个不同的神仙人物名字，有八百多首诗歌涉及，包括颜进雄统计的557首游仙诗，其中初唐68首，盛唐131首，中唐115首，晚唐243首（曹唐占一百多首）③。古代神话传说中飘渺、遥远的非现实场所往往是仙境的重要构成因素，如昆仑、瑶

① 参见莫砺锋：《杜甫评传》，南京大学出版社1993年版，第423页。

② 陈伯海：《唐诗学引论》，东方出版中心2007年版，第37页。

③ 参见颜进雄：《唐代游仙诗研究》，台北文津出版社1996年版。

台、蓬莱等。仙境环境汇集了特殊的植物、动物、建筑等非人间的珍奇，色彩鲜艳浓丽。仙境的生活形式主要是宴会、娱乐，气氛是富裕闲适、快乐无忧。仙境叙事是诗歌浪漫主义精神的体现，隐含着诗人希冀挣脱时空束缚的自由愿望，诗人将幻想中最美的一切落实到仙境这一虚构的空间，达成自我精神的无限扩张。仙境叙事在唐代达到成熟，仙境的频频出现也是当时人们乐生畏死、好异好奇心理的反映。

（一）初盛唐叙事诗中的仙境

初唐时期，社会各阶层的文士，像皇帝周围的权力核心人物、科考成名的新兴文士、隐居不仕的文人，都有涉及仙境的叙事诗作。仙境的叙写往往是非宗教式的，常常寄托脱俗归隐之心。

王绩《游仙四首》（其一）写道："三山银作地，八洞玉为天。金精飞欲尽，石髓溜应坚。""三山"指传说中的东海三神山蓬莱、方丈、瀛洲，"八洞"指神仙所居的上八洞与下八洞。神仙居住的地方有长生不死的金精和石髓。金精是一种仙药，据《汉武帝外传》，"太上之药，则有风实云子，金精玉液。"①石髓是长生药，"神山五百年辄开，其中石髓出，得而服之，寿与天相毕。"②对于生死无常的人类来说，仙境、仙药着实令人神往，这首诗实际是诗人在故乡的东皋和北山游息时想象的一幅仙境图。《游仙四首》（其三）写道："斜溪横桂渚，小径入桃源。玉床尘稍冷，金炉火尚温。心疑游北极，望似陟西昆。"诗中的仙境仿佛就是东晋陶渊明所述的桃花源，是人类居住的理想国，又仿佛北极和昆仑，有仙人的白玉床、炼丹炉。《博物志》记载，"昆仑山广万里，高万一千里，神物之所生，圣人仙人之所集也。"③由此可知，诗人所到之处并非真正的仙境，是酷似仙境的道士隐居之地。

孟浩然的《越中逢天台太乙子》把人迹罕至的自然山水认做仙境："登陆寻天台，顺流下吴会"，"鸡鸣见日出，常觌仙人旆。往来赤城中，逍遥白

① （宋）苏轼撰，施元之原注：《施注苏诗》卷三十六，文渊阁四库全书，第1110册，集部，别集类，上海古籍出版社2003年版，第606页。

② （宋）李昉：《太平广记》卷九引《神仙传》，中华书局1961年版，第62页。

③ （晋）张华：《博物志》卷一，见《汉魏六朝笔记小说大观》，上海古籍出版社1999年版，第184页。

云外。莓苔异人间，瀑布当空界。”赤城山是神仙洞府，是道教“十大洞天”之一，诗人把深林高山中道士的修炼场所看做仙境。这样的仙境观反映出文人的隐逸思想，认为隐就是道，道就是仙，仙境是人类可以触及的。卢照邻的《怀仙引》写出仙境的可望而不可及：“曲复曲兮烟庄邃，行复行兮天路长。修途杳其未半，飞雨忽以茫茫。”诗人想拜访绝顶上的仙人居所，沿路有湍流潺湲、松萝掩映，空谷下只见云雾空蒙、鸟迹不至，绝顶上只见岩石嶙嶙、猿啼相伴。“烟庄”就是仙人居处，遥望仙境，青云之中珠阙玉楼若隐若现：“回首望群峰，白云正溶溶。珠为阙兮玉为楼，青云盖兮紫霜裘。”李白《来日大难》所述仙境饱含着诗人的理想：“海凌三山，陆憩五岳。乘龙天飞，目瞻两角。授以神药，金丹满握。”这是诗人想象中可以上天入地、长生不死的状态，处于这样的状态中，三山五岳随时可达，整个大自然就是仙境了。这是诗人变天地自然为仙境的同化思维方式，只要“我”是仙，“我”的世界就成为“我”的仙境。

王维的《桃源行》化用陶渊明《桃花源记》的诗意，描述盛唐士人心中追寻的仙境。陶渊明描述的理想国：“土地平旷，屋舍俨然，有良田美池桑竹之属。阡陌交通，鸡犬相闻。其中往来种作，男女衣着悉如外人，黄发垂髫，怡然自乐。”“桃花源”后来成为仙境的代名词。在王维诗中，桃源已经变成仙人的家园：“山口潜行始隈隩，山开旷望旋平陆。遥看一处攒云树，近入千家散花竹。”“春来遍是桃花水，不辨仙源何处寻。”王维诗中与陶渊明最不同的就是这个“仙”字，反映出两者不同的隐逸风度。自古以来的隐士有两种：一种是完全遗弃世事，或者出于全身的目的，或者为了追求神仙。《庄子·刻意》指出这一类隐士的特征：“就薮泽，处闲旷，钓鱼闲处，无为而已矣；此江海之士，避世之人，闲暇者之所好也。”①另一种是以隐求仕，或者先隐后仕，或者边隐边仕，王维就是这种隐者。而陶渊明的隐居与上述二者皆不同，他热爱自然田园，追求回归之旨，这是一种求“真”的隐逸风度。十九岁的王维描述的桃源仙境显然是全篇模仿化用陶诗，然而他并没有真正走进陶渊明的思想深处，没有那种深刻的隐逸怀抱，所以在年轻的王维笔下，陶氏的人生境界演变成一种人间可及的仙境。

---

① （清）郭庆藩撰：《庄子集释》卷六，中华书局1961年版，第535页。

（二）中晚唐叙事诗中的仙境

以桃花源作为叙事场景的诗在《全唐诗》中除了上述王维的《桃源行》，还有中唐刘禹锡的《桃源行》、《游桃源一百韵》、武元衡的《桃源行送友》。刘禹锡的《桃源行》以陶渊明的桃源理想国为蓝本，叙述了与桃源理想国同中有异的仙境。与理想国相同的场景是渔人误入武陵源，武陵源里"鸡声犬声遥相闻"，生活气息很浓，与理想国不同的是刘禹锡所述场景里的人是仙人，吃的是仙药石髓，生命不会逝去："因嗟隐身来种玉，不知人世如风烛。筵羞石髓劝客餐，灯爇松脂留客宿。"刘禹锡的《游桃源一百韵》是诗人谪居朗州期间所作，在他想象中有一个与桃花源相似的仙境："清猿伺晓发，瑶草凌寒坼。祥禽舞葱茏，珠树摇玓瓅。羽人顾我笑，劝我税归轭。霓裳何飘飖，童颜洁白皙。重岩是藩屏，驯鹿受羁靮。楼居弥清霄，萝茑成翠帟。"与上述两位诗人不同，武元衡的《桃源行送友》描述的是与碌碌奔走的官场不同的隐居静地，虽然用了"仙"字写的却不是仙境。

白居易的《长恨歌》描述"临邛道士"意念中的蓬莱仙境："忽闻海上有仙山，山在虚无缥缈间。楼阁玲珑五云起，其中绰约多仙子。"显然，仙境是道士虚拟的，是道士看透了玄宗的心思，虚构一个能迎合玄宗愿望的场景。因为道士捏造的"仙境会贵妃"的场景能抚慰玄宗的心灵，孤独的玄宗渴望他和贵妃能像牛郎织女一样在鹊桥相会。这种叙述方式显示出白居易在仙境叙事中投注的理性态度。

中唐李益《入华山访隐者经仙人石坛》所写的仙境是在青山深谷之中觅得的："仙人古石坛，苔绕青瑶局。阳桂凌烟紫，阴罗冒水绿。"这幽僻之处是仙子所居的"玉清洞"。诗人把仙境定位于传说中有仙人遗迹的洞府，这洞府仙境是道教的产物，既有宗教的神秘性，又是现实的、物质的。韦应物《马明生遇神女歌》记述的仙境似乎与人类更为亲和："石壁千寻启双检，中有玉堂铺玉簟。"千仞石壁中隐藏着两个洞门，石洞内有玉堂、玉簟，非常高洁。然而，他的《王母歌》所述仙境却是在神秘的天空："众仙翼神母，羽盖随云起。上游玄极杳冥中，下看东海一杯水。"仙境高高在上。这反映诗人对仙境认识的双重性。

晚唐王贞白的《游仙》诗写道："我家三岛上，洞户眺波涛。醉背云屏卧，谁知海日高。露香红玉树，风绽碧蟠桃。"写的是想象中的三座仙山，传说中蓬莱、方丈、瀛洲三座仙山皆在大海中，以黄金白银为宫阙，诸仙人与不死药都在那儿。诗人把三山写成“我家”，似幻似真。曹唐《小游仙诗九十八首》描述的仙境往往是被人们普遍接受的自然山水。

比如蓬莱：

> 净扫蓬莱山下路，略邀王母话长生。
> 青龙举步行千里，休道蓬莱归路长。
> 怪得蓬莱山下水，半成沙土半成尘。

比如昆仑：

> 宫阙重重闭玉林，昆仑高辟彩云深。
> 昆仑山上自鸡啼，羽客争升碧玉梯。
> 昆仑山上桃花底，一曲商歌天地秋。
> 海上风来吹杏枝，昆仑山上看花时。
> 从此百寮俱拜后，走龙鞭虎下昆仑。
> 八景风回五凤车，昆仑山上看桃花。

比如十洲三岛：

> 去住楼台一任风，十三天洞暗相通。
> 洞里烟深木叶粗，乘风使者降玄都。

仙子的住处：

> 冰屋朱扉晓未开，谁将金策扣琼台。
> 云陇琼花满地香，碧沙红水遍朱堂。
> 洞里烟霞无歇时，洞中天地足金芝。

曹唐笔下的仙境优美绮丽，渗透着浓郁的人境气息。

唐代不同时期对仙境的构想并不完全相同，初唐诗人更多借仙境寄托理想，盛唐的仙境与仙药、长生有关，反映人们对生活的热爱、对生命的留恋。中唐以后，对神仙的怀疑与批判意识较为浓厚，仙境带有更多的尘俗气息，把人境改写成仙境是人们有感于江河日下的社会现实而逃避现实、抚慰心灵的一支麻醉剂。仙境塑写的演变反映了人们的生活观念、神仙观念、道教观念受时代变迁的影响而发生了变化。

（三）唐代叙事诗仙境的生成背景

唐代叙事诗仙境的生成具有如下的背景：

第一，唐代社会将近三百年，儒道佛三教并存，而道教被奉为国教，居三教之首，始终受到尊奉。唐高祖李渊"与老子叙家谱，尊老子为其先祖"，唐太宗李世民"于贞观十一年（637），继李渊之后再次下诏规定道士、女冠在僧、尼之上，也就是道教高于佛教。"唐高宗李治"尊封老子为'太上玄元皇帝'，并立祠庙加以祭祀"。唐玄宗李隆基"诏令天下诸州普遍修建玄元皇帝庙……设置崇玄馆，规定道举制度……规定以《道德经》为诸经之首，亲为之作注，颁示天下……唐玄宗的种种举措和行为，一方面，使初、盛唐以来的奉道之风发展到极致，在社会上造就了非同一般的奉道风气。"①

第二，唐代政权对宗教进行操控，宗教解神圣化，一些象征神化意识形态的神仙意象被附会于社会生活之中，人间被复制为世俗的仙界。长安城不少宫殿的名称就透露出附会神仙意象的倾向，西内太极宫有"鹤羽殿"，东内大明宫有"望仙门"、"九仙门"，南内兴庆宫有"飞仙殿"、"瀛洲门"，龙朔二年（662）曾把大明宫改为"蓬莱宫"等②。自上而下的神仙意象成为社会普遍流行的生活概念，自然而然流溢于诗人的叙述中，达成丰富的仙境叙事内容，内中潜藏的是诗人对出仕腾达的神仙般生活的渴望。神仙文化深入到庶民的日常生活，如长安大慈恩寺，即现今西安城南的大雁塔，是贞观二十一年（647）唐高宗李治当太子时为母亲文德皇后所立，故以"慈恩"为名，也是当时"俗讲"、"俗戏"的经常性演出地点。宗教走向世俗化的风气

---

① 参见卿希泰、唐大潮主编：《道教史》，江苏人民出版社 2006 年版，第 91、93、96、101—107 页。

② 参见肖爱玲：《隋唐长安城》，西安出版社 2008 年版，第 63、68、69、77、78 页。

由此也可见一斑。另外,唐玄宗“大力倡导斋醮和制作道教乐曲……开元二十九年(741)二月,玄宗还亲制《霓裳羽衣曲》、《紫微八卦舞》荐献于太清宫。天宝四年(745),又自制《降真召仙之曲》、《紫微送仙之曲》。天宝十年(751),在内道场亲自教诸道士步虚声韵。”①民间形成一种对宗教乐舞进行世俗审美的文化氛围。世俗引导下的宗教追求的是感官享受、人性需求,这种具有民间亲和力的宗教形态不再神秘,不再高高在上,诗人将它纳入日常叙事中,自由地参入世俗理解,有效地宣泄情感,描述理想,体现超越宗教意识的世俗愿望。

第三,道家向往的境界与神仙境界很相似,隐居之乐如同登临仙境。道家栖居乡野、追求精神自由的隐逸形态赋予乡野仙境意味,仙境成为足迹可达的美好人境。诗人把道山写成仙山,把道观写成仙洞,把道士写成仙人,把游山当做游仙,游山与游仙的融合使虚无的仙界有了现实依托,使仙境真实可感。先唐的游仙诗通常将仙境与人间、凡人与仙人做有效的区隔,并在这种区隔形成的差异间凸显仙境的神圣性。与先唐相比,唐代叙事诗仙境描述的现实化倾向逐步明显,仙境与人间的空间分隔被打破,神仙与凡人的身份区分也得到弥合,人间境界被幻化为仙境。因此,仙境变得很寻常,成为人类随时可达之处,几乎与人间混同,然而,它是更高级、更美好,经过了艺术升华的人间。对仙境的向往成为诗人精神超越的依据,学道求仙的行为又为他们提供物质超越的过程,从而使身体和灵魂都实现超脱与释放。

仙境叙事与唐代求仙风气的盛行有关。渴望长寿是唐人的普遍心理,唐人受汉魏以来生命苦短意识的影响,追求永恒长生,上至帝王,下至平民,都想从思想和行为两方面实现这种愿望。唐代很多皇帝热衷于炼金丹服药,据清代赵翼《廿二史劄记校证》记载,“唐诸帝多饵丹药”,“是太宗之崩实由于服丹药也”,“是又宪宗之以药自误也”,“是穆宗又明知之而故蹈之也”,“是武宗又为药所误也”,“是宣宗又为药所误也”,“统计唐代服丹药者六君。穆宗昏愚,其被惑固无足怪。太、宪、武、宣皆英主,何为甘以身殉之?实由贪生之心太甚,而转以速其死耳”②。唐代士人追求封侯拜相、甘

① 卿希泰、唐大潮主编:《道教史》,江苏人民出版社2006年版,第106页。

② (清)赵翼:《廿二史劄记校证》卷十九《新旧唐书》,中华书局1984年版,第398—399页。

旨声色、攀结荣族、高寿终老的人生幸福，而只有在仙境，才能逃脱生命终老的阴影，才能永远沉迷于极乐，长寿之欲吸引士人去创造仙境幻影。

第四，仙境是一种遥远的梦想，若近若远，吸引着人们去想象，去实践，让人们的心灵有所归附。作为一种古已有之的仙境观念，并不纯粹属于宗教范畴，它具有深层的社会心理基础，是先民集体意识中梦想和平富裕的美好生活的影像。“古代社会的人要遵从古代社会的伦理、规范，但他们也向往着能够超越这些羁縻”①。仙境叙事具有不可替代的心理意义，使人们在现实世界中受礼教禁锢的欲望在仙境游历中得到满足。尤其在中晚唐充满矛盾、苦痛的时代，更多的士人从关心国事转向关心个体，寻求精神的伊甸园。末世的焦虑、对自我命运不可掌控的忧虑通过仙境叙写得到抚慰，这是仙境带来的积极意义。唐代仙境叙事中异于人间的特殊现象充满人类的各种情结，如时间差异是人们对生命流逝的本能恐惧的体现，不死药是人们乐生畏死心理的体现。仙境的描写消解了人们对死亡的恐惧，把某种特殊的走向死亡的过程美化为升入仙界，通过激发人们对仙境极乐世界的憧憬与期待来美化死亡过程。

第三节　梦境:亦真亦幻的特殊场景

弗洛伊德指出，“梦，它不是空穴来风、不是毫无意义的、不是荒谬的、也不是一部分意识昏睡，而只有少部分乍睡少醒的产物。它完全是有意义的精神现象。实际上，是一种愿望的达成。它可以算是一种清醒状态精神活动的延续。它是由高度错综复杂的智慧活动所产生的。”②显然，梦境是既不同于现实又不同于虚拟的特殊场景，它既有生存现实的影子，也有理想的投射。很多时候，梦成为人们用以稀释痛苦，缓解内心焦虑的手段。《列子·周穆王篇》记载:“周之尹氏大治产，其下趣役者侵晨昏而弗息。有老

---

① 孔庆东:《青楼文化》，世界知识出版社 2008 年版，第 103 页。

② ［奥地利］弗洛伊德:《梦的解析》，赖其万、符传孝译，作家出版社 1986 年版，第 37 页。

役夫筋力竭矣，而使之弥勤。昼则呻呼而即事，夜则昏惫而熟寐。精神荒散，昔者梦为国君。居人民之上，总一国之事。游燕宫观，恣意所欲，其乐无比。觉则复役。人有慰喻其懃者。役夫曰：'人生百年，昼夜各分。吾昼为仆虏，苦则苦矣；夜为人君，其乐无比。何所怨哉？'"①老役夫在梦中达成了人生的顶级享受。然而，梦境亦包含了希望与绝望之间的痛苦感情，当人们突破现实的封锁，感受梦境的同时会进一步返观人生的凄苦，梦带来的只是暂时的心理自慰，遗留的却是更深的痛苦。透过形形色色的梦境，可以看到更为真实的人生。

唐代诗人写梦，有的是真正在睡梦中出现的场景，有的是以记梦的形式叙事、叙情。"人类的梦就有很强烈的叙述性，梦中的事件在大部分情况下不是孤立地出现，而是组成一定的时间、空间或因果的序列。人类有意识的叙述活动利用了人的意识中这种潜在能力，把它变成人际交流的一个重要工具。"②搜索《全唐诗》，标题或诗句中出现"梦"字的共有746首，但大部分是作为诗句的一个意象出现，如"醉后不知天在水，满船清梦压星河"（唐温如《题龙阳县青草湖》），"天涯孤梦去，篷底一灯残"（李中《寒江暮泊寄左偃》），"心如岳色留秦地，梦逐河声出禹门"（韦庄《柳谷道中作却寄》），"闲移秋病可，偶听寒梦缺"（陆龟蒙《奉和袭美酒中十咏·酒床》），"夜阑更秉烛，相对如梦寐"（杜甫《羌村》），"萤飞木落何淅沥，此时梦见西归客"（高适《送别》）等，真正记录完整梦境的叙事诗数量不多。这与梦的特点有关，梦境不易记录，一般人们梦醒之后再去回忆、捕捉梦境比较困难。唐代记梦叙事诗是否纯客观地记录梦境并不是要在此解决的问题，本研究要探讨的是梦境作为一种叙事场景，它是如何真实地反映诗人的生活与思想状态的，即使是诗人假托梦境叙事，它折射的也是诗人的灵魂，因此本研究把没有明显假托迹象的梦境叙事都作为真正意义上的梦来探讨。

---

① 严北溟、严捷：《列子译注》，上海古籍出版社1986年版，第75页。

② 赵毅衡：《当说者被说的时候——比较叙述学导论》，中国人民大学出版社1998年版，第1页。

一、梦中游仙

唐代记梦叙事诗中有很大一部分是梦游仙境的诗，梦境与仙境合二为一，这反映出诗人们对仙境的认知态度：他们认为仙境是虚无缥缈的，是可想象而无法抵达的，但是他们对仙境又无比向往，潜意识中对仙境的理解常常以梦的形式表达出来。梦中访仙的过程是被抑制的欲望、理想在失去主观意志的有效监控下自发出现的现象，它让凡人体验极度的荣华富贵与逍遥自由，体验超人的力量，并获得启迪。很多诗人把梦中遇仙当做神灵与自己的心灵感应，是一种可遇而不可求的机缘，所以常常记录下来，作为珍贵的经历。

王勃的《忽梦游仙》记录一次梦中的仙游："寤寐霄汉间，居然有灵对。翕尔登霞首，依然蹑云背。电策驱龙光，烟途俨鸾态。乘月披金帔，连星解琼佩。"诗人腾云驾雾，披星挂月，在云端翱翔，俨然一位身轻如燕，来去自如的仙人，这才是诗人的本色，这梦中的仙境才是诗人理想的归宿。王勃在诗中既写了梦，也释了梦：他在追寻心灵的自由。梦是念想所致，梦境反映的是诗人潜意识深处的欲望。这个游仙梦的象征意义就是，诗人内心渴望挣脱俗境的羁绊。梦，具有突破一切现有束缚，最大限度地超越现实的可能。梦的虚幻性使它拥有通向绝对自由的超常能力，成为诗人在艰难的人生境遇中通向自由意志的一扇门，这扇门使虚拟的仙境变得切实可感。

李白的《梦游天姥吟留别》叙述一个非常奇异美丽的游仙梦境："洞天石扉，訇然中开。青冥浩荡不见底，日月照耀金银台。霓为衣兮风为马，云之君兮纷纷而来下。虎鼓瑟兮鸾回车，仙之人兮列如麻。"诗人登上天姥山，山天相接，仙宫、楼台熠熠生辉，仙人驾鸾驭虎纷纷出现。这场梦境实现了诗人潜意识中游历天姥山的欲望。诗人自己在诗中提到梦境出现的心理学基础——倾慕天姥山："海客谈瀛洲，烟涛微茫信难求。越人语天姥，云霓明灭或可睹。天姥连天向天横，势拔五岳掩赤城。天台四万八千丈，对此欲倒东南倾。我欲因之梦吴越，一夜飞度镜湖月。"天姥山的高峻与神秘色彩是深受道教文化浸染的诗人向往已久以致最终入梦的缘由。白居易的《和微之诗二十三首・和送刘道士游天台》不仅记叙了游仙梦境，也提出诗人对于佛、道观念的思考，梦中的仙境与其他诗人所述无异："阆宫缥缈间，钧乐依稀闻。斋心谒西母，暝拜朝东君。”诗人认为佛才是仙中之大仙。

晚唐项斯的《梦仙》描述了诗人梦游蓬莱仙境的见闻：“昨宵魂梦到仙津，得见蓬山不死人。云叶许裁成野服，玉浆教吃润愁身。红楼近月宜寒水，绿杏摇风占古春。次第引看行未遍，浮光牵入世间尘。”仙境绿树红楼，仙人以云朵为衣、以玉浆为饮料，非常美好。贯休的《梦游仙四首》（其三）：

车渠地无尘，行至瑶池滨。森森椿树下，白龙来嗅人。

（其四）写道：

宫殿峥嵘笼紫气，金渠玉砂五色水。守阁仙婢相倚睡，偷摘蟠桃几倒地。

昆仑山上的瑶池仙境有“以八千岁为春，八千岁为秋”的椿树，这是异于人间的特殊事物。西王母的宫殿紫气峥嵘，金渠、五色水、蟠桃，构成绚丽、神异的梦中仙境。

韩偓的《梦仙》写道：“紫霄宫阙五云芝，九级坛前再拜时。鹤舞鹿眠春草远，山高水阔夕阳迟。”天上仙宫长着五色灵芝，仙鹤轻舞，神鹿安眠，安闲的气象异于人间。李沇的《梦仙谣》写道：“银蟾半坠恨流咽，六鳌披月撼蓬阙。”这是海上仙山的场景，传说中天帝派十五巨鳌背负随海潮飘动的仙山使之固定，鳌分三班，六万年一交替。王毂的《梦仙谣三首》（其一）（其三）叙写的瑶台仙境非常令人着迷：
其一：

前程渐觉风光好，琪花片片粘瑶草。有人遗我五色丹，一粒吞之后天老。

其三：

瑶台绛节游皆遍，异果奇花香扑面。松窗梦觉却神清，残月林前三两片。

奇异的仙草、玉花、果树，构成昆仑山的瑶台仙境，这是比人间更美好的地方。廖融的《梦仙谣》写道：

> 琪木扶疏系辟邪，麻姑夜宴紫皇家。银河旌节摇波影，珠阁笙箫吸月华。
>
> 翠凤引游三岛路，赤龙齐驾五云车。星稀犹倚虹桥立，拟就张骞搭汉槎。

梦境是华丽热闹的，仙岛、仙人、仙驾、仙景、仙乐，还有仙宴充溢其间，这是晚唐诗人向往的人间乐园。

祝元膺的《梦仙谣》写出梦中到达仙境的情景："蟾蜍夜作青冥烛，螮蝀晴为碧落梯。好个分明天上路，谁教深入武陵溪。"月为烛、虹为梯，天上路、武陵溪，扑朔迷离。武陵溪，即东汉刘晨、阮肇入天台山遇仙处。

应该说，游仙梦境是飞翔梦的特殊版本，它是人类被压抑的原始欲望的勃发，某种程度上，梦中的景象就是梦者自己的内心世界。人类似乎天生就具备飞翔的本领，在梦中，可以与动物一起飞，与某种载体一起飞。梦能给人带来极大的愉悦，带来生命力无限可能的激情，它是一种狂欢化的酒神精神。

二、梦中游山

白居易的《禁中寓直梦游仙游寺》是诗人元和初年任翰林学士、在宫中值班时梦见的场景："西轩草诏暇，松竹深寂寂。月出清风来，忽似山中夕。因成西南梦，梦作游仙客。觉闻宫漏声，犹谓山泉滴。"梦境中出现长安西南盩厔城的仙游寺，还有滴滴答答的山泉声。梦境记得相当简约，梦前与梦后的环境与心理活动却描述得很细致。这是沉淀在诗人潜意识中生活记忆与深层渴望协同作用所产生的反映，所思成所梦。现代梦理论认为，梦者的生活环境、心理状态、身体状况与梦的内容有一定的相关性。白居易梦中听到的山泉声实际上就是外部的漏声，外部刺激入梦并与梦中的情景配合得天衣无缝。梦境中的声、色、味、动作、情感常常是由于外部因素对大脑的刺激而形成的。梦者的大脑虽然接收到了刺激，但神经中枢同时会产生某种抑制，防止肌肉从大脑接收到相关刺激而产生动作，因此梦者不会因梦中的刺激而活动，常常有想跑跑不动、想喊喊不出的梦中感觉。

白居易的《梦上山》作于会昌二年(842)，他的梦境是对缺憾现实的弥补，是真实愿望的虚幻实现。诗中写道："夜梦上嵩山，独携藜杖出。千岩与万壑，游览皆周毕。梦中足不病，健似少年日。"诗人在诗题上写了"时足疾未平"，渴望健康的愿望在梦境中实现了。弗洛伊德认为，梦是人们压抑已久的本能和渴望的所在之处。梦的虚幻性给人以自由，现实生活中不能实现的事情在梦中却异乎寻常地变为现实。实现愿望的美梦能给人带来快乐，使人体回到愿望得到满足后那种难以抑制的激动。

三、梦中怀人

乾元二年(759)秋，杜甫因得知李白获罪的消息而得梦，写下《梦李白二首》。"曾巩《李白集》序：白卧庐山，永王璘迫致之。璘败，白坐系浔阳狱得释。乾元元年，终以污璘事，长流夜郎。至巫山，以赦得还。"①第一首诗写道："……故人入我梦，明我长相忆。恐非平生魂，路远不可测。魂来枫叶青，魂返关塞黑……"梦境很模糊，李白的魂魄在夜里从遥远的江南匆匆来到秦州又匆匆返回。第二首诗记述了具体的梦境："……三夜频梦君，情亲见君意。告归常局促，苦道来不易。江湖多风波，舟楫恐失坠。出门搔白首，若负平生志。"杜甫连续三夜都梦到李白搔首告别的场景。

梦把旧时积淀于潜意识中的记忆重新展现于梦者眼前，它是那么真实，因为它是旧日生活的重现；又是那么虚幻，因为它只发生于人的精神世界而且转瞬即逝；同时它又是那么可遇而不可求，来去随缘，不可掌控。中唐诗人元稹作于元和五年(810)的《梦井》、《江陵三梦》记录的三则梦境都是平日思虑所致。《梦井》写道："梦上高高原，原上有深井……沉浮落井瓶，井

---

① (唐)杜甫著，(清)杨伦笺注：《杜诗镜铨》，中华书局1962年版，第231页。

上无悬绠……遍入原上村，村空犬仍猛。”空旷的高原，深井，没有悬绳的井瓶，吠叫的猛犬，组构成怪异的梦境。诗人自己释了这个梦：“忽忆咸阳原，荒田万余顷。土厚圹亦深，埋魂在深埂。”亡妻是埋在咸阳原的墓穴里的，墓穴挖得很深，仿佛就是梦中的井，亡妻就是井中的瓶：“今宵泉下人，化作瓶相憬。”《江陵三梦》（其二）出现荒陇场景：“古原三丈穴，深葬一枝琼。崩剥山门坏，烟绵坟草生。”

弗洛伊德认为，梦是无意识的幻觉形式，是不能公开的动机、欲望等自然本能的达成，压抑的创伤或情感常常沉淀为个人无意识。梦有着超越现实的能量，它不是复制现实，梦境叙事具有象征性的特点，比如元稹梦中的瓶是象征意象，具有象征性。梦境中，常常会出现物体、意象变形，事件怪异，情节扑朔迷离，与充满理性法则的现实世界有些不同。有时候，梦与个人的秘史有着相当惊人的一致性。梦可能是在达成欲望，可能是对过去经历的重现，可能是一个心病的浮现，可能是现实的情感问题或情感空洞的显示，只有诗人自己对梦的解释才是最合理的。“梦是自我对话，是无意识和有意识心理状态间象征和意象的对话。”①梦境如昙花一现，却为人们打开潜意识渴望的另一个自由世界。现实中，生活的奔波让人没有时间去哀悼逝去的亲人，继续活下去的信念需要人忘却痛苦的记忆，似真似幻的梦境就会给人时间去哀悼、去怀念。

四、其他梦境

除了以上游仙、游山、怀人这几类较为主要的梦境之外，还有一些比较特殊的梦境，如韩愈的《残形操》：“有兽维狸兮，我梦得之。其身孔明兮，而头不知。吉凶何为兮，觉坐而思，巫咸上天兮，识者其谁。”韩愈的诗题写道，“曾子梦见一狸，不见其首作。”韩愈记录的就是曾子的梦境。蔡邕的《琴操》写到墨子在门外听曾子鼓琴，曲终而赞叹：“善哉鼓琴，身已成矣，而曾未得其首也。”曾子回答：“吾昼卧，见一狸，见其身而不见其头，起而为之

---

① ［英］戴维·方坦纳：《梦境世界的语言》，李洁修译，中国青年出版社2001年版，第1页。

弦。”可见，曾子从梦境中得到启迪，创作了琴曲。

中国古人认为，梦来自外部力量，是神灵的提示，传达了天的旨意，曾子对梦的践行体现历史上对梦的这种认识。很多人相信梦有预示作用，“在原始社会中梦也被认成一种预言。各国在古代常有占梦的专官，一国君臣人民的祸福往往悬在一句梦话的枢纽上。”①有时候，梦中经历的情感和梦后顿悟的深刻程度甚至超过清醒的时候。韩愈以唐代人的思维方式再创造曾子的梦，隐含唐代人对梦境的理解：梦是一种神谕，梦的神秘性是可解的，但不是凡夫俗子能解的。曾子以鼓琴的方式把虚幻的梦现实化，体现的是践行；韩愈用诗把梦境文字化，体现的是玄思。诗人记录梦使用的不是梦语言，而是经过“有意识”修改的、更符合逻辑、更连贯的清醒的语言。

元稹的《梦上天》作于元和十二年（817），当时诗人已被贬为通州司马。这是一个噩梦：“梦上高高天，高高苍苍高不极。下视五岳块累累，仰天依旧苍苍色。”“日月之光不到此，非暗非明烟塞塞。天悠地远身跨风，下无阶梯上无力。”一个在空中上不得又下不得的奇怪梦境。这个梦境其实是诗人对自己仕途风云的一个反省，生活中的思考沉积到潜意识深处，偶然从没有理性监控的梦境中喷发出来，以形象化的方式阐释潜意识。

五、假托梦境记旧事

诗人往往以营构梦境作为一种叙事手段，将自己在现实人生中的诸般不自由托之于梦，藉以缓解个体生命的焦虑，获取心灵的补偿，从而更好地直面现实。

元稹作于元和五年的《梦游春七十韵》是被贬江陵时追忆昔日爱情的叙事诗，以记梦的形式写往事。白居易的《和梦游春诗一百韵》与元稹诗应和，重叙元稹的梦境。《梦游春七十韵》写道：

> 昔岁梦游春，梦游何所遇。梦入深洞中，果遂平生趣。清泠浅漫流，画舫兰篙渡。过尽万株桃，盘旋竹林路。长廊抱小楼，门牖相回互。

① 朱光潜：《诗论》，北京出版社2005年版，第37页。

楼下杂花丛，丛边绕鸳鹭。池光漾霞影，晓日初明煦。未敢上阶行，频移曲池步。乌龙不作声，碧玉曾相慕。渐到帘幕间，裴回意犹惧。闲窥东西合，奇玩参差布。隔子碧油糊，驼钩紫金镀。

“梦”中的情景发生于贞元十九年诗人与东都留守韦夏卿之女韦丛结婚以前，距写诗之时约八九年。梦境如仙境：池光霞影、清流画舫、桃红竹绿，长廊小楼……展示了长安城内青楼的格局、环境。长安城的建筑形态是中国古代里坊制度发展到全盛时期的一种表现，也是世界建筑史上一个完美的典型。“唐长安里坊在规模尺度上已经达到了西方古代某些网络城市的规模，其中宫城、皇城两侧的坊也相当于中国古代一个县城的大小”①。一个坊往往以十字型生活大道划分出四个区域，十字街道分别称为北街、南街、东街、西街，四个区域内再设小十字街，形成十六个区块，这十六个区块内有形态曲折的巷和曲。长安里坊最重要的功能是居住，聚居制度以前代遗留的职业原则为基础，又出现一些功能混杂的区域，比如政府官署、旅馆、手工业作坊、茶肆、酒店、食品店等大量地分布在里坊中。长安城里坊的布局呈现“在空间上连属成片、整齐划一的集中内聚式布局模式”②，封闭的坊墙将市民和皇公贵族的居住区域区分开来，形成各类建筑功能明确的地理空间。这种区域层级严密、功能分区明确的里坊制度在一定程度上保证了居住环境的安静。

青楼所处的位置靠近皇城，坊区面积较大，在这种有利的建筑格局中能充分发挥其职业优势，建造成迷人的人间仙境。诗中把青楼所在的巷子叫作“深洞”，写出其悠长、隐秘的特点，而且把它等同于神仙居住的洞府仙境。坊区有大片的桃树、弯弯曲曲的竹林、清澈的湖水，水面上飘动着画舫，类似于现代的市区公园。沿着湖边是一排排小楼，一条条回廊，密密挨挨。在唐代，廊院式住宅布局依然盛行，合院式已经出现。“廊院和合院都是由门、院、屋等单体建筑群组成闭合空间的住宅形式，只是廊院式的院落四周

---

① 刘继、周波、陈岚：《里坊制度下的中国古代城市形态解析——以唐长安城为例》，《四川建筑科学研究》2007年第6期。

② 刘继、周波、陈岚：《里坊制度下的中国古代城市形态解析——以唐长安城为例》，《四川建筑科学研究》2007年第6期。

由回廊环绕而不建房屋,合院则以廊屋代替回廊。"①诗中展现的就是廊院式住宅的风貌。楼下鲜花盛开,鸳鹭栖息,楼上闺房静静地挂着帘幕。房间装饰得很华贵,用碧油糊窗格纸,用紫金镀弯曲的帘钩,房间里错落有致地陈设着各种稀罕器物。这一场景布构典型地体现唐代士人对自然山水的崇尚之风,诗人追求高雅的青楼情趣,青楼的建筑风格自然就会迎合士人的审美取向。唐代的住宅融合自然的方式主要为三种:一是以山居形式将屋宇融入山水,几近天造地设;二是将山石、园池融入宅所,构成人工山水宅园;三是在庭院内点缀竹木山池,构成富有自然之趣的庭院。② 诗人梦境中如此优美的场景必定伴随着醉人的爱情,从全诗的内容可以看出,诗人是假托梦境记旧事,不是真正来无影、去无踪的梦。

白居易的《和梦游春诗一百韵》是对好友元稹的心灵呼应,诗序写道:"微之既到江陵,又以《梦游春诗七十韵》寄予,且题其序曰:'斯言也,不可使不知吾者知,知吾者亦不可使不知。乐天知吾也,吾不敢不使吾予知。'……故广足下七十韵为一百韵,重为足下陈梦游之中所以甚感者,叙婚仕之际所以至感者,欲使曲尽其妄,周知其非,然后返乎真,归乎实,亦犹《法华经》序火宅、偈化城,《维摩经》入淫舍、过酒肆之义也。微之微之,予斯文也,尤不可使不知吾者知,幸藏之尔云。"③

白居易与元稹互为知己,心心相通。《和梦游春诗一百韵》写道:

> 昔君梦游春,梦游仙山曲。恍若有所遇,似惬平生欲。因寻菖蒲水,渐入桃花谷。到一红楼家,爱之看不足。池流渡清泚,草嫩蹋绿蓐。门柳暗全低,檐樱红半熟。转行深深院,过尽重重屋。乌龙卧不惊,青鸟飞相逐。

"深深院"、"重重屋"是唐代青楼建筑的主要特色。屋宇周围环绕着流水,

---

① 肖爱玲:《隋唐长安城》,西安出版社2008年版,第144页。

② 参见侯幼彬、李挽贞编:《中国古代建筑历史图说》,中国建筑工业出版社2002年版,第63页。

③ (唐)白居易:《和梦游春诗一百韵》序,见陈贻焮主编:《增订注释全唐诗》第三册,文化艺术出版社2001年版,第384页。

院落里树木成荫，柳树垂挂着浓密的枝条，屋檐边的樱桃半红半绿，几只青鸟在树间追逐，狗儿悄悄地卧在地上。环境氛围突出的是静和雅，能迎合士大夫的审美趣味。

以梦境形式追忆往事实际上不仅体现诗人对梦这种自然现象的认识，梦是虚无缥缈的又是自由放松的，梦境可以是真实自我的袒露，同时体现了诗人对人生的思考，人生虚幻，人生如梦。

六、梦境的生成背景

唐代叙事诗记述的梦境常常是带情感的叙事，有焦虑不安的，也有幸福乐观的，梦境中往往出现超现实的东西，比如听力、嗅觉、触觉的幻觉。它是诗人内心世界的反映，像上述的飞翔梦就是一种自由的渴望，游仙梦境是神仙观念催化的思维形式，诗人的神仙出世思想在时间进程中逐渐积淀为深层无意识。

梦境的生成往往源于现实处境与价值理想的二元对立。诗人在价值追求进程中一旦行为受阻，就会形成挥之不去的心理情结，被压抑于潜意识，有时借助梦的自由加以变态反映。王勃《忽梦游仙》所述梦境是因为诗人在现实中常常感到压抑、拘缚，在梦境中则无限释放，达成自由。白居易的《梦上天》源于诗人对足疾痊愈的渴望，向往健康与身体不适所形成的二元对立在理想的梦境中得到和谐统一。婚姻与爱情不能统一的矛盾也会反映于诗人的记梦诗中，如元稹的《梦游春七十韵》，吐诉了诗人内心对真挚爱情的渴望。

唐代士人在婚娶之事上非常重视门第，他们试图通过婚姻之道攀附豪门权贵，崔、卢、李、郑、王等高门大族的女性往往是士人梦寐以求的结婚对象，当时的七大家族博陵崔氏、清河崔氏、范阳卢氏、赵郡李氏、陇西李氏、荥阳郑氏、太原王氏，都是士人攀附的目标。在婚姻市场上，权贵利用选婿而笼络人才，士子附其羽翼而发展自身，双方互利互惠，形成时代气候。纵然士子与蓬门女或娼家女产生了刻骨铭心的爱情，他们亦会选择理智地放弃。

陈寅恪分析过唐代士人与高门望族联姻的动机："盖唐代社会承南北朝之旧俗，通以二事评量人品之高下。此二事，一曰婚，二曰宦。凡婚而不娶名家女，与仕而不由清望官，俱为社会所不齿。”①士人重官婚，时风甚炽，其根源与南北朝以来的旧俗有关，陈寅恪曾揭示唐代士人以婚姻之事作为进身之阶的社会背景：“欲明当日士大夫阶级之仕宦与婚姻问题，则不可不知南北朝以来，至唐高宗武则天时，所发生之统治阶级及社会风习之变动。请略述之，以供论证焉。南北朝之官有清浊之别，如隋书贰陆百官志中所述者，即是其例。至于门族与婚姻之关系，其例至多，不须多举。故士大夫之仕宦苟不得为清望官，婚姻苟不结高门第，则其政治地位，社会阶级，即因之而低降沦落……可知当时人品地位，实以仕宦婚姻二事为评定之标准。唐代政治社会虽不尽同于前代，但终不免受此种风习之影响。故婚仕之际，仍为士大夫一生成败得失之所关也。”②如李白的第一任夫人、第四任夫人都是相门之后，元稹的原配韦丛为太子少保韦夏卿之女，继配裴淑也是名门之后，白居易娶的是弘农杨氏，柳宗元、刘禹锡、韩愈等士人均与官家女联姻。③ 陈寅恪论及元稹人品时曾提道：“微之年十五以明经擢第，而其后复举制科考，乃改正其由明经出身之途径，正如其弃寒族之双文，而婚高门之韦氏。于仕于婚，皆不惮改辙，以增高其政治社会之地位者也。”④

当士人们的婚姻选择与感情追求并不能和谐时，便会在现实生活中寻求与其他女性的相知相爱，在反映潜意识的梦境或者假借梦境的叙述中出现理想的“两人世界”。因为梦给他们自由，让他们在人性与社会的冲突中找回迷失的真实自我。

---

① 陈寅恪：《元白诗笺证稿》，三联书店 2001 年版，第 116 页。

② 陈寅恪：《元白诗笺证稿》，三联书店 2001 年版，第 86—87 页。

③ 参见王辉斌：《李白四次结婚始末》，《元稹与薛涛的姻缘》，《白居易的婚姻问题》，见王辉斌：《唐代诗人婚姻研究》，群言出版社 2004 年版。

④ 陈寅恪：《元白诗笺证稿》，三联书店 2001 年版，第 88 页。

第三章
唐代叙事诗的人物形象

人物在叙事诗中推动着情节的发展，是不可或缺的叙事因素。唐代叙事诗呈现丰富多彩的人物形象，有多种多样的虚构人物，宗教、传说或想象中的神仙；有象征性的人物，代表着诗人的某种观念，如游侠；也有诗人欣赏或同情的历史人物；还有诗人的自我形象。士、卒、僧、妓、官，贵族、平民，不同出身、不同身份、不同阅历、不同教养的人物在唐代叙事诗中得以充分塑造。人物形象寄生于特殊的文化土壤，传达着诗人的某种意念，诗人在创作叙事诗时往往把自己的价值诉求、审美理想、人生感叹寄寓于人物形象的塑造中，使之具有喻指作用。

很多诗人的叙事诗叙写了自我事迹与自我形象，有的宛若诗人的自传，有的是诗人家庭生活的实录，有的是诗人价值追求的形象化记述。诗歌以众多诗人各具特色的人生经历与人格魅力启迪、震撼着读者的心灵。

第一节　士：仕与隐的徘徊

“穷则独善其身，达则兼善天下”（《孟子·尽心上》），唐代各阶层的士人怀抱济世之心，向往出仕立业，却常常遭遇理想与现实的激烈冲突。诗人李白的一生始终徘徊于仕与隐的矛盾纠葛之间，积极入世的社会理想与功业追求不能实现，不得不以悠游于山林的隐逸姿态寻求精神解脱。创作大量游仙诗的曹唐曾因激昂之志而投身于宦海，却始终不改隐逸之志。唐代诗人“独善其身”的价值追求之中并不曾磨灭积极的济世理想，仕与隐的矛盾诉求通过诗人自我形象的塑造得以体现。在哲学层面上，隐逸包含一种追求独立于世俗权力的倾向。

一、隐者

（一）“小隐”者

初唐王绩的《独坐》刻画了淡泊名利、自娱自足的“我”的形象，“问君樽酒外，独坐更何须。有客谈名理，无人索地租。三男婚令族，五女嫁贤夫。

百年随分了,未羡陟方壶。"用"酒"、"谈"、"独坐"隐约写出"我"的嗜好、神态,用"未羡"写出"我"的心理。确实,王绩是幸福的。现代中国的经济学研究者对"什么是幸福"给出过四个量化的指标:住房保证,收入稳定,孩子争气,身体健康。王绩的生存状态应该算符合现代社会的"幸福"标准的,他有地,有生活来源,儿女婚嫁如意,能尽情地喝酒,身体没什么毛病。隐逸山野是他的人生志向,饱饮美酒是他的个性体现,时人曾称他"斗酒学士"。陶渊明写到隐居时的资产:"方宅十余亩,草屋八九间",王绩的《游北山赋》写出了比陶渊明更为优裕的产业:"东陂余业,悠哉自宁。酒瓮多于步兵,黍田广于彭泽"。① 王绩回家乡隐居时拥地十六顷、奴仆数人,自己酿酒、种药,四处游历,生活颇为惬意。

《田家三首》(其一)写道:"相逢一醉饱,独坐数行书。小池聊养鹤,闲田且牧猪。""醉"、"饱"、"坐"、"书"四字简洁地勾勒出"我"的生活追求,大俗大雅协调地统一于"我"的身上,"养鹤"与"牧猪"写出"我"既喜爱俗常农事,又保持文士情调的包容性。这是一位真正的隐士,怀有非常悠闲、旷达的心态。

王绩《田家三首》(其二)就是这样评价自己的:"琴伴前庭月,酒劝后园春。自得中林士,何忝上皇人。"过怡然自得的隐士生活,弹琴饮酒,问心无愧。王绩擅长弹琴,他的《山夜调琴》写道:"促轸乘明月,抽弦对白云。从来山水韵,不使俗人闻。"极其高雅。吕才的《东皋子集序》是这样描述王绩的,"雅善鼓琴,加减旧弄,作《山水操》,为知音者所赏"②。王绩的不俗不仅通过琴声向世人表露,还通过独特的酒风向社会宣告,他的《田家三首》(其三)写道:"平生唯酒乐,作性不能无。朝朝访乡里,夜夜遣人酤。家贫留客久,不暇道精粗。抽帘持益炬,拔箦更燃炉。恒闻饮不足,何见有残壶。"这一生唯酒足矣,即使贫穷也要想方设法饮酒,这就是个性超然的盛唐田园诗派之祖王绩。

王绩的《春日》写出"我"作为一名男主人的快乐:"今朝下堂来,池冰开已久……遥呼灶前妾,却报机中妇。年光恰恰来,满瓮营春酒。""呼"、"报"

---

① (唐)王绩:《王无功文集》(五卷本会校)卷一,上海古籍出版社1987年版,第1页。

② (唐)王绩:《王无功文集》(五卷本会校)前言,上海古籍出版社1987年版,第2页。

两字简练而传神，写出“我”作为家中之主的言行举止，自得之态溢于言表。

《山中独坐》用行动描写突出人物心理：

> 试逐游山去，聊观避俗情。引流还当井，凭树即为楹。酒中添药气，琴里作松声。石炉煎玉髓，土釜出金精。水碧连年服，云丹计日成。还看市朝路，无处不营营。

用“游”、“观”、“看”写出隐居形态，用“添”、“作”、“煎”、“服”、“计”简洁地展现服药养生行为，勾勒出一个隐于野的文士剪影。

（二）“中隐”者

白居易五十八岁时写过一首诗叫《中隐》，为自己的人生定下了一个基本原则：

> 大隐住朝市，小隐入丘樊。丘樊太冷落，朝市太嚣喧。不如作中隐，隐在留司官。似出复似处，非忙亦非闲。不劳心与力，又免饥与寒。终岁无公事，随月有俸钱。君若好登临，城南有秋山。君若爱游荡，城东有春园。君若欲一醉，时出赴宾筵。洛中多君子，可以恣欢言。君若欲高卧，但自深掩关。亦无车马客，造次到门前。人生处一世，其道难两全。贱即苦冻馁，贵则多忧患。唯此中隐士，致身吉且安。穷通与丰约，正在四者间。

中隐之道就是白居易在纷繁复杂的政治斗争中的全身之策，他在依附王权与保持个性独立之间找到了这一个平衡的支点，主动脱离了险恶的政治环境，逍遥自在地优游洛下。

白居易有不少叙事诗描摹自己的老年形象，或写闲，或写病，通过饮食起居各项生活琐事写“我”，是中唐时期消退了政治热情的知识分子的典型形象。

白居易生于大历七年（772），卒于会昌六年（846），《喜入新年自咏》作于会昌二年（842），诗中写道：“白须如雪五朝臣，又值新正第七旬。老过占他蓝尾酒，病余收得到头身。销磨岁月成高位，比类时流是幸人。大历年中骑竹马，几人得见会昌春。”“白须”写的是面貌，“幸”写的是心情，“我”的喜来源于幸。诗人历经宪宗、穆宗、敬宗、文宗和武宗五朝而最终居刑部尚书之高位，年届七十而健在，比起那些大历年间出生的同辈人，焉能不幸？本质上，这种幸福之感来源于知足心态。现代心理学认为，人的幸福感是比出来的，当一个人觉得自己的处境比别人优越，就会产生一种厌恶领先的差异，也就是歉疚心理的基础。知足常乐的心态就是由此产生的。

白居易逝于会昌六年(846)，当年所作的《自咏老身示诸家属》写出一个耄耋之年的“我”：“寿及七十五，俸沾五十千。夫妻偕老日，甥侄聚居年。粥美尝新米，袍温换故绵……置榻素屏下，移炉青帐前。书听孙子读，汤看侍儿煎。走笔还诗债，抽衣当药钱。支分闲事了，爬背向阳眠。”高寿、享受俸禄是现实生活中造就“我”的形象的原点。“偕”和“聚”写出“我”的亲切，“尝”和“换”写出我的富足，“置”和“移”写出我的惬意，“听”和“看”写出“我”的闲适，“走笔”写出才情，“向阳眠”写出老态。诗中没有肖像描写，以深邃的笔法写行为，以行为表现心态。白居易这种安享晚年的心态在会昌年间写作的一些诗里都可以看到，如《能无愧》：“十两新绵褐，披行暖似春。一团香絮枕，倚坐稳于人。婢仆遣他尝药草，儿孙与我拂衣巾。回看左右能无愧，养活枯残废退身。”写出“我”的衣着、坐姿、体态、手势、言语，传达知足心理。会昌五年(845)作的《闲眠》写出“我”的老态：“暖床斜卧日曛腰，一觉闲眠百病销。尽日一餐茶两碗，更无所要到明朝。”

闲适是贯穿白居易晚年生活的主题，他的很多诗呈现洞达、乐观的形象，如：

婆娑放鸡犬，嬉戏任儿童。闲坐槐阴下，开襟向晚风。
沤麻池水里，晒枣日阳中。人物何相称？居然田舍翁。

（《闲坐》，会昌二年）

坐安卧稳舆平肩，倚杖披衫绕四边。空腹三杯卯后酒，曲肱一觉醉中眠。

（《闲乐》，会昌二年）

皤然一老子，拥裘仍隐几。坐稳夜忘眠，卧安朝不起。

起来无可作，闭目时叩齿。静对铜炉香，暖漱银瓶水。
午斋何俭洁，饼与蔬而已。西寺讲楞伽，闲行一随喜。
（《晚起闲行》，会昌二年）

不过，因为老来多病，诗人有时也会出现情绪波动，如《病疮》一诗写道："病销谈笑兴，老足叹嗟声。鹤伴临池立，人扶下砌行。脚疮春断酒，那得有心情。""叹嗟"两字写出"我"的形象的另一个侧面。《病中宴坐》也写出他的病态："有酒病不饮，有诗慵不吟。头眩罢垂钩，手痹休援琴。竟日悄无事，所居闲且深。外安支离体，中养希夷心……宴坐小池畔，清风时动襟。""安"和"养"直接写出"我"的神态。禅宗思想、老庄思维成为白居易养炼闲适之心的内外合力。《老子》说过，"视之不见名曰夷，听之不闻名曰希，"①道家清净无为的思维方式是白居易重要的精神支柱。

读白居易六十岁至七十岁之间所作的叙述官场生活、家庭生活的诗，可以看到这位在朝为官的花甲老人的个性形象。作于开成三年（838）的《闲适》写道："禄俸优饶官不卑，就中闲适是分司。风光暖助游行处，雨雪寒供饮宴时。肥马轻裘还且有，粗歌薄酒亦相随。微躬所要今皆得，只是蹉跎得校迟。"诗人于大和九年（835）授太子少傅，分司东都，职位做得比较高，肥马轻裘，粗歌薄酒，宴饮游乐，因人生并没有更高的追求，所以知足。

闲适一直是白居易的追求，以"闲"为题的诗比比皆是，以闲写形，以闲写神。如："时暑不出门，亦无宾客至……褰裳复岸帻，闲傲得自恣。朝景枕簟清，乘凉一觉睡。午餐何所有，鱼肉一两味。夏服亦无多，蕉纱三五事。"（《夏日闲放》，开成三年）"……睡足起闲坐，景晏方栉沐……饥来恣餐歠，冷热随所欲。饱竟快搔爬，筋骸无检束。"（《春日闲居三首》其一，开成四年）"……有时独隐几，答然无所偶。卧枕一卷书，起尝一杯酒。书将引昏睡，酒用扶衰朽。客到忽已酣，脱巾坐搔首。疏顽倚老病，容恕惭交友。忽思庄生言，亦拟鞭其后。"（《隐几赠客》，开成元年）"红粒陆浑稻，白鳞伊水鲂。庖童呼我食，饭热鱼鲜香。箸箸适我口，匙匙充我肠……唯此不才叟，顽慵恋洛阳。饱食不出门，闲坐不下堂。子弟多寂寞，僮仆少精光。衣

① 朱谦之撰：《老子校释》，中华书局2008年版，第52页。

食虽充给，神意不扬扬。"(《饱食闲坐》，大和八年)我们读到一位既甘于寂寞又乐于俗尘的极有定力的智者形象，他的"智"源于深刻的政治洞见，他的"退"源于热爱生命的人性本能。这就是他的生存智慧，唯平淡才能长久。

(三)"大隐"者

小隐隐于野，中隐隐于市，大隐隐于朝，李白追求的是仕于朝庭却能保持独立人格的大隐状态。

李白在《南陵别儿童入京》中写道：

> 呼童烹鸡酌白酒，儿女嬉笑牵人衣。高歌取醉欲自慰，起舞落日争光辉。游说万乘苦不早，着鞭跨马涉远道。会稽愚妇轻买臣，余亦辞家西入秦。仰天大笑出门去，我辈岂是蓬蒿人。

"呼"、"酌"、"歌"、"醉"、"舞"、"跨"、"辞"，何等得意，何等畅快！天宝元年(742)，唐玄宗下诏征李白入京，李白在南陵与家人告别，高歌狂饮，情绪高涨。"我"的形象浓缩了士的清高、侠的知义，"仰天大笑"四字最是李白气度！"山中"、"蓬蒿"并不是诗人的归宿，他追求的是大富大贵，以山野之心居庙堂高位。在李白的《猛虎行》中，关于樗蒲之戏的描述颇能体现"我"的豪放性格："有时六博快壮心，绕床三匝呼一掷。"这种豪放是诗人大抱负、大气概的显示，他追求的理想境界就是大隐。《门有车马客行》叙述了"我"的不得志：

> 呼儿扫中堂，坐客论悲辛。对酒两不饮，停觞泪盈巾。叹我万里游，飘飖三十春。空谈霸王略，紫绶不挂身。雄剑藏玉匣，阴符生素尘。廓落无所合，流离湘水滨。

"我"是潦倒的，徒有王霸大才却流落民间，傲气犹存却悲情满怀，颇含一番弃妇意味，与"仰天大笑"的形象判若两人。小隐不是李白的志向，大隐才是他的怀抱，追求大隐而不得的现实凝结成李白的悲哀。"我"没有改变天下，人生却改变了"我"，这是一种无助的软弱，是李白的悲哀，也是士的悲哀。

在这种理想与现实的矛盾抗争中，李白表现出性格的柔弱一面，这在他叙述流离之苦的《北上行》中可以得到印证。萧士赟指出，"此诗乃禄山初反时作也"①。诗中的"我"是那么地无助，"北上何所苦？北上缘太行。"一个"苦"字言明一切。"尺布不掩体，皮肤剧枯桑。""草木不可餐，饥饮零露浆。"形容枯槁，衣衫单薄褴褛，喝露水充饥，这种境况下的"我"不再是酒仙了，是凄惨可怜的难民，与普天下所有的难民一样。"惨戚冰雪里，悲号绝中肠"，一个"号"字写出"我"的绝望。男儿有泪不轻弹，"仰天大笑"的"我"竟然沦落到这种地步。每个人都是血肉之躯，"我"的一身傲骨是时代风云赋予的。当时代丧失了张扬个性的根基，"我"不仅没有用武之地，而且因不具备农人的吃苦能力，连生存下去都非常不易。似乎造化赋予李白的使命就是大隐，只有在大隐中，他才能实现自己的人生价值。

二、仁者

杜甫被陈寅恪称为"中国第一诗人"，他的自我形象包含穷苦生活中的奔波、身体的病弱和对天伦之爱的执着。在杜甫所处的时代，很少有诗人像他那样感怀于政治却不忘倾诉夫妻、父儿之情。在《全唐诗》收录的杜甫诗中有四十多首记录了诗人的家庭生活，倾诉了苦涩而欢愉的天伦之爱和诗人对妻儿的脉脉温情，这些家庭诗凸显了一个立体的"我"。

老年杜甫是一位难民，携妻带儿奔波逃难是安史之乱中和安史之乱后杜甫家庭生活的主旋律。代宗大历五年（770）四月杜甫避臧玠之乱时作《逃难》：

> 五十头白翁，南北逃世难。疏布缠枯骨，奔走苦不暖。
> 已衰病方入，四海一涂炭。乾坤万里内，莫见容身畔。

① （唐）李白著，（宋）杨齐贤集注，（元）萧士赟补注：《李太白集分类补注》卷五，文渊阁四库全书，第1066册，集部，别集类，上海古籍出版社2003年版，第520页。

妻孥复随我，回首共悲叹。故国莽丘墟，邻里各分散。

归路从此迷，涕尽湘江岸。

"疏布"、"枯骨"、"奔走"、"不暖"，从衣、貌、行、心理四个方面刻画出一个置身于难民行列中的"我"。"疏"和"枯"两个形容词令人联想到寒冬枝丫稀疏的枯树，"我"形销骨立，"我"衣着破烂，与树皮剥落的枯树又有何异？这是一位内心痛苦、沉郁的衰翁，饥寒交迫，苦不堪言，天底下的难民与他又有何异？"我"的形象既是"这一个"，又是每一个。想当年，"我"不仅是一位倜傥风流的青年诗人，还是一个"骑胡马、挟长弓、箭不虚发的射手"①，身上充满着盛唐的侠气，而今却碌碌"饿走"于凄惨的逃难人流中。王安石的《杜甫画像》补充写照了"我"的形象："青衫老更斥，饿走半九州岛。瘦妻僵前子仆后，攘攘盗贼森戈矛。"②

杜甫于乾元元年（758）在长安作《瘦马行》：

东郊瘦马使我伤，骨骼硉兀如堵墙。绊之欲动转欹侧，此岂有意仍腾骧。

细看六印带官字，众道三军遗路旁。皮干剥落杂泥滓，毛暗萧条连雪霜。

去岁奔波逐余寇，骅骝不惯不得将。士卒多骑内厩马，惆怅恐是病乘黄。

当时历块误一蹶，委弃非汝能周防。见人惨淡若哀诉，失主错莫无晶光。

天寒远放雁为伴，日暮不收乌啄疮。谁家且养愿终惠，更试明年春草长。

瘦马是诗人自喻、自嘲，以瘦马的遭遇显示其随缘、坚韧的性格。《杜诗镜铨》指出："虽是借题写意，而写病马寂寞狼狈光景亦尽"③。诗中以瘦马形

① 冯至：《杜甫传》，百花文艺出版社2007年版，第30页。

② （宋）王安石：《临川先生文集》，中华书局1959年版，第150页。

③ （唐）杜甫著，（清）杨伦笺注：《杜诗镜铨》，上海古籍出版社1962年版，第204页。

象表征“我”，在形、神、遭际几个方面都具有共通性。杜甫在长安谋生时的自我形象集中体现于《奉赠韦左丞丈二十二韵》，这首诗是《全唐诗》所收杜诗的第一首，颇能体现“我”恃才自傲却又能委曲求全的性格。“读书破万卷，下笔如有神。赋料扬雄敌，诗看子建亲。李邕求识面，王翰愿卜邻”写出自己的文才超凡，“致君尧舜上，再使风俗淳”写出自己的政治抱负。开元盛世，几位诗才出众的文人相继拜相，像杜甫这样才高八斗的诗人不免也怀有跻居高位、辅佐帝王的理想，然而，理想与现实的差距何其遥远，“骑驴三十载，旅食京华春。朝扣富儿门，暮随肥马尘。残杯与冷炙，到处潜悲辛”，极言困厄之状，有自嘲，有坚韧。

杜甫曾经几多豪情、几多憧憬，大历元年(766)秋在夔州所作的《壮游》叙述了一生的经历，我们从诗中看到的是一位天才的成长史、受难史：“往昔十四五，出游翰墨场。斯文崔魏徒，以我似班扬。七龄思即壮，开口咏凤凰。九龄书大字，有作成一囊。性豪业嗜酒，嫉恶怀刚肠。脱略小时辈，结交皆老苍。饮酣视八极，俗物都茫茫。东下姑苏台，已具浮海航。”开篇就极言“我”的孤傲性格。“放荡齐赵间，裘马颇清狂。春歌丛台上，冬猎青丘旁。呼鹰皂枥林，逐兽云雪冈。射飞曾纵鞚，引臂落鹙鸧。”体现的是盛唐刚健之气养育之下的“我”的形象。然而，“我”终究没有逃脱穷困潦倒、贫弱不堪的命运。尽管如此，“我”还是一贯坚韧，一贯向上。《韵语阳秋》认为，“杜子美身遭离乱，复迫衣食，足迹几半天下。自少时游苏及越，以至作谏官，奔走州县，既皆载壮游诗矣。”①

在长安，杜甫是悲苦的，他体会到世态炎凉，这种心情体现于《示从孙济》中：

> 淘米少汲水，汲多井水浑。刈葵莫放手，放手伤葵根。
> 阿翁懒惰久，觉儿行步奔。所来为宗族，亦不为盘飧。
> 小人利口实，薄俗难可论。勿受外嫌猜，同姓古所敦。

① (宋)葛立方：《韵语阳秋》卷二十，上海古籍出版社1984年据上海图书馆藏宋刻本影印。

读来令人泪下。这首诗是诗人于天宝十三载(754)在长安所作,描述的是他到族人杜济位于长安城郊的宅舍作客之事,叙述中生动映现了“我”的形象。他在园里唠唠叨叨地叮嘱晚辈怎么汲水、怎么割菜等日常琐事,这一形象多么卑微。

老年杜甫还是富有自嘲精神的慈祥老人。上元二年(761)八月杜甫在成都作《茅屋为秋风所破歌》中有“南村群童欺我老无力,忍能对面为盗贼,公然抱茅入竹去。唇焦口燥呼不得,归来倚杖自叹息。”野童欺负“我”的这幕戏剧化情景真实生动,钟惺评为“好笑!好哭。”①简洁的笔墨中展现一个宽厚的“我”。“欺”、“忍”、“盗贼”、“公然”写出“我”的怨愤心理,“老”、“叹息”写出“我”的无奈心理,这幕老少对抗的滑稽剧描绘出诗人的性格。“呼”、“倚”、“焦”、“燥”逼真地刻画“我”被儿童击败的形态。面对眼前的野蛮儿童,“我”力不从心,对自己的狼狈姿态唯以自嘲释怀。这是一种儒者的“仁”,“以亲子为核心扩而充之到‘泛爱众’的人性自觉和情感本体”②。“‘仁’作为人的基本品德不是凭空产生的,它是由爱自己的亲人出发的。有了爱自己亲人的感情;才会‘推己及人’,才能作到‘老吾老以及人之老,幼吾幼以及人之幼’。”③实际上,野童与“我”之间存在着某种内在的契合,这些淘气儿童正是“我”少年时代的影子。《百忧集行》写道:“忆年十五心尚孩,健如黄犊走复来。庭前八月梨枣熟,一日上树能千回。”

杜甫不是伪人,是一个真实的丈夫和父亲,对妻儿,他有着发自内心的真纯的天伦之爱,这是大仁大爱的心理基础。“在杜甫的作品中,私人天地首次赢得了重要性……杜甫划分出并且赞颂了家庭空间;他以诗与家庭生活应和,并且提供了典型的‘溢余’诠释。”④在成都草堂,杜甫有一段安定、温馨的时光,“靠故人和亲友的接济,一家人的生活基本上维持温饱”⑤。上元二年(761)年所作的《进艇》表现“我”的欢愉情绪:

---

① (明)钟惺、谭元春:《唐诗归》,见陈伯海主编:《唐诗汇评》,浙江教育出版社1995年版,第1019页。

② 李泽厚:《美学三书》,天津社会科学院出版社2003年版,第236页。

③ 汤用彤:《魏晋玄学论稿》,上海古籍出版社2001年版,第49页。

④ [美]宇文所安:《中国“中世纪”的终结》,三联书店2006年版,第73页。

⑤ 陈善巧:《“诗义”与“诗艺”的并进———论在蜀中时期的黄庭坚与杜甫》,《杜甫研究学刊》2008年第2期。

南京久客耕南亩，北望伤神坐北窗。昼引老妻乘小艇，晴看稚子浴清江。

闲言语见真性情，一个“引”字描摹出“我”的真挚。这是一幅生动的画面，“我”搀扶着老妻乘小艇欣赏风景。这个意象既是诗人和妻子爱情见证的瞬间，又是人类社会时常呈现的动人镜头，读之“状溢目前”，可谓“典型化的情景交融”①。诗人造语的逼真既使意象的原创性恒久生辉，又使意象的普泛性经久不衰。《韵语阳秋》指出，“‘昼引老妻乘小艇，晴看稚子浴清江。’……其优游愉悦之情，见于嬉戏之间，则又异于在秦、益时矣。”②

广德二年(764)春诗人自阆州回成都草堂，作《草堂》诗。《杜诗镜铨》认为：“以草堂去来为主，而叙西川一时寇乱情形，并带入天下，铺陈终始，畅极淋漓，岂非诗史。”③诗中间接呈现“我”的形象：“旧犬喜我归，低徊入衣裾。邻舍喜我归，酤酒携胡芦。大官喜我来，遣骑问所须。城郭喜我来，宾客隘村墟。”没有直接写形貌，却如闻其声，如见其影，与犬的亲昵之态，与邻舍的交谈，与官员的对话，与村人的招呼，可谓喜气洋洋，仅一个“喜”字道出“我”之神韵，非常真切。清人刘凤诰认为，“雅人深致，随事生欢，诗家善言喜者，宜莫如此老”④。

杜甫是仁者，他的仁源于“真”，庄子认为，“真者，精诚之至也。不精不诚，不能动人。故强哭者虽悲不哀，强怒者虽严不威，强亲者虽笑不和。真悲无声而哀，真怒未发而威，真亲未发而和。真在内者，神动于外，是所以贵真也。”⑤

王绩、白居易、李白、杜甫等诗人在叙事诗中所塑造的自我形象具有一定的典型性，代表了唐代广大士人的形象，诗中的“我”是典型化的“我”，身

---

① 韩经太、陶文鹏：《也论中国诗学的“意象”与“意境”说——兼与蒋寅先生商榷》，《文学评论》2003 年第 2 期。

② (宋)葛立方：《韵语阳秋》卷十，上海古籍出版社 1984 年据上海图书馆藏宋刻本影印。

③ (唐)杜甫著，(清)杨伦笺注：《杜诗镜铨》，上海古籍出版社 1962 年版，第 516 页。

④ (清)刘凤诰：《杜工部诗话》卷一，见张忠纲校注：《杜甫诗话校注五种》，书目文献出版社 1994 年版，第 149 页。

⑤ (清)郭庆藩撰：《庄子集释》，中华书局 1961 年版，第 1032 页。

上交织着仕与隐的矛盾。这种塑造方式体现唐人“士”意识的一大特征，“我”即天下士人。

第二节 侠:暴力与正义

唐代,任侠之风盛行,侠是最能代表唐代文化精神的社会产物之一。侠起源于春秋战国之际,当时,群雄纷起,战火频仍,社会动荡,一些社会地位低下、丧失生产资料的游民以暴力作为谋生手段,便产生了侠。“侠是没有固定的职业而在社会上游荡的,所以叫做游侠。它的职能是受雇于某个集团或个人,用自己的暴力行动替雇主完成某种使命”①。在唐代,侠是士的重要组成部分,与读书仕仕的士一起构成士文化的两极。士的品格,美在一个“义”字;侠的气概,更美在舍生取义。一般来说,唐代叙事诗中的侠是仗义行侠,使用暴力的特殊手段,实现惩恶扬善的伟大目的,匡扶正义。

一、游侠

什么是游侠？荀悦指出,“立气势作威福,结私交以立权于世者,谓之游侠”②。韩非子认为,“今游侠其行,虽不轨于仁义,然其言必信,行必果,已诺必然,不爱其躯,赴士之阨困。既已于存亡死生矣,而不矜其能伐其德,盖亦有足多焉。”③司马迁的《史记》专设《游侠列传》,讴歌游侠精神。

游侠故事相当于英雄叙事,体现悲剧性美。这种美感体验之所以具有生命力,首先源于读者的阅读心理学基础,作品的悲剧性易于激发人们的恻隐之心,使读者于身临其境的情感投入中获得熏染。同时,阅读主体的身份特征加强了美感体验的获得,因为知识分子通常是主要的接受主体,最易与作品抒写中隐约透露的“士不遇”传统深深相契。这种双重的悲剧性体验使接

---

① 陈伯海:《唐诗学引论》,东方出版中心 2007 年版,第 45—46 页。

② (晋)袁悦:《汉纪》卷十,四部丛刊,上海古籍出版社 1984 年影印。

③ (汉)司马迁:《史记》卷一百二十四,中华书局 1975 年版,第 3181 页。

受主体沉浸于对创作者及自身身世遭遇的联想中，获得情感的渲泄，从而恢复对现实生活的信心。在唐代，讴歌游侠不仅缘于士人趣味的偏爱和阅读主体的期待，还源于唐王朝独特的政治、军事、文化风尚。从唐代不同时期诗人对游侠形象的塑造中可以看到重诺轻生、重义轻利的侠客总体风貌。

初唐四杰之一的杨炯在诗中塑造不少游侠形象。他的《紫骝马》写道："侠客重周游，金鞭控紫骝。蛇弓白羽箭，鹤辔赤茸秋。发迹来南海，长鸣向北州。匈奴今未灭，画地取封侯。"这首小叙事诗塑造的游侠形象是概念化的，它代表着一类人的综合形象，诗歌在叙述的表层呈现的是人物形象，而在叙述的深层呈现的则是尚武、事边功的初唐社会形象。骆宾王的《送郑少府入辽共赋侠客远从戎》刻画的也是初唐时代风尚中踌躇满志、渴望建功立业的游侠典型："边烽警榆塞，侠客度桑干。柳叶开银镝，桃花照玉鞍。满月临弓影，连星入剑端。不学燕丹客，空歌易水寒。"不俗的鞍马刀剑显示着侠客不俗的身份、心灵与理想，塑造着初唐社会一如青春年华般的热烈与真纯。游侠形象折射的不仅是少年形象，而且是少年心态，他是一种文化精神，一种永恒的激情与唯美。卢照邻的《结客少年场行》与杨炯的诗一样塑造了出塞从军的游侠形象："长安重游侠，洛阳富财雄。玉剑浮云骑，金鞭明月弓。斗鸡过渭北，走马向关东……横行徇知己，负羽远从戎。龙旌昏朔雾，鸟阵卷胡风。追奔瀚海咽，战罢阴山空。归来谢天子，何如马上翁。"这首诗颇能显示初唐昂扬凌厉的游侠气概，并且揭示出京都与边塞之间内在的精神系联："出将入相"的政治动力。

游侠为知己、为功名的强烈追求令其形象充满积极向上的豪情与真情，他的事迹是虚化的，而激情是栩栩如生的。卢照邻的《刘生》则形象地刻画出一位知恩图报、为知己者死的游侠："刘生气不平，抱剑欲专征。报恩为豪侠，死难在横行。翠羽装剑鞘，黄金饰马缨。但令一顾重，不吝百身轻。"《古乐府》指出："刘生不知何代人。齐梁已来为《刘生》辞者，皆称其任侠豪放，周游五陵三秦之地"①。

初唐侠客形象的相关意象及所包含的精神内涵到盛唐更为征实与立体，从较为虚化的描绘过渡到具体的细节刻画，形象更为丰满，更具现实感。

---

① （宋）郭茂倩：《乐府诗集》横吹曲辞卷四，中华书局1979年版，第790页。

李白的叙事诗数量不多,其中主要的人物类型就是游侠,诗人善于通过场景的铺排与动作性细节的刻绘渲染侠客轻死重义的风采。李白侠客题材的叙事系列是盛唐率性、激越诗风浸染的结果,也是盛唐气象在文人精神气质层面的体现。先看他的《少年行》。

少年行三首

其一

击筑饮美酒,剑歌易水湄。经过燕太子,结托并州儿。
少年负壮气,奋烈自有时。因击鲁勾践,争博勿相欺。

其二

五陵年少金市东,银鞍白马度春风。
落花踏尽游何处,笑入胡姬酒肆中。

其一写的是少年侠客结交同类、放浪形骸的生活状态与内在的奋发理想,侠客的外在表现是饮酒唱歌、呼朋唤友,这种桀骜不驯的形态却与忠于朝廷的内在追求奇妙地结合于一体,成为立体、丰富的盛唐游侠形象。其二写的也是一位任侠重义的潇洒少年,“五陵”是长安附近汉代五位帝王的陵墓,用以指示诗中角色的生活环境。侠少笑入酒肆的形象具有典型性。笑,是哈哈大笑还是浅浅微笑?是狂傲地笑还是亲切地笑?是无忧无虑的笑还是世故的笑?这个“笑”字最能传神。这是自信,这是洒脱,是盛唐精神的浓缩。杜甫也写过一首《少年行》:“马上谁家薄媚郎,临阶下马坐人床。不通姓字粗豪甚,指点银瓶索酒尝。”《杜诗镜铨》认为“略似太白”①。是的,以上三首诗中的侠少都是混迹于市井、无所事事乃至滋事生非的社会闲杂人员,然而他们并非胸无大志的等闲之辈,而是适时而用、不惜生命的勇武少年,因而成为时代风尚中一道最亮丽的风景。李杜三首《少年行》都是写侠少的放荡不羁,但比较起来,李太白比杜少陵飘逸得多,这是因为两者诗的场景与动作刻绘有虚实之别,“银鞍白马度春风”较之“临阶下马坐人床”

① (唐)杜甫著,(清)杨伦笺注:《杜诗镜铨》卷九,上海古籍出版社 1962 年版,第 389 页。

虚，“笑入胡姬酒肆中”较之“指点银瓶索酒尝”虚，可见李白以场景与动作写侠客重在渲染气氛。

李白《少年行三首》（其三）写道：“君不见淮南少年游侠客，白日球猎夜拥掷。呼卢百万终不惜，报仇千里如咫尺。少年游侠好经过，浑身装束皆绮罗。兰蕙相随喧妓女，风光去处满笙歌……”赌博、射猎、拥妓、为知己报仇，构成游侠生活的主要内容。再看李白的《侠客行》：“赵客缦胡缨，吴钩霜雪明。银鞍照白马，飒沓如流星。十步杀一人，千里不留行。事了拂衣去，深藏身与名……”好马配好鞍，好马用以衬托不寻常的主人，马上的侠客英气逼人，手持银光闪闪的宝剑，表现出一种置生死于度外的潇洒气概。侠客的潇洒意态不仅体现于出神入化的剑术，更体现于“拂”与“藏”两字，刻画出的是轻名利而重信义的侠客风采。

李白的《结客少年场行》与上面的诗类似：“紫燕黄金瞳，啾啾摇绿鬃。平明相驰逐，结客洛门东。少年学剑术，凌轹白猿公。珠袍曳锦带，匕首插吴鸿。由来万夫勇，挟此生雄风。托交从剧孟，买醉入新丰。笑尽一杯酒，杀人都市中。羞道易水寒，从令日贯虹。燕丹事不立，虚没秦帝宫。舞阳死灰人，安可与成功。”先写侠客的马，品种优良，眼睛如金子般明亮，鸣声动听，鬃毛漂亮，接着烘托侠客的高超剑术，叙写侠客的潇洒意态，引发读者对诗中角色亦真亦幻、非人非仙的无限遐想。李白的《白马篇》同理：

> 龙马花雪毛，金鞍五陵豪。秋霜切玉剑，落日明珠袍。斗鸡事万乘，轩盖一何高。弓摧南山虎，手接太行猱。酒后竞风采，三杯弄宝刀。杀人如剪草，剧孟同游遨。发愤去函谷，从军向临洮。叱咤万战场，匈奴尽奔逃。归来使酒气，未肯拜萧曹。羞入原宪室，荒径隐蓬蒿。

写的是一位功成身隐的侠客，达成侠与隐的完美结合。“儒士的精神、游侠的气概、隐者的智慧。这是构成中国文人心态的三元素，它们是相异相生，相反相成的。”①由此看到李白思想中多种元素多元共存的事实。诗歌使用

① 韩经太：《心灵现实的艺术透视——中国文人心态与古典诗歌艺术》，现代出版社1990年版，第23页。

一系列传统意象,以高贵的马作为人格象征,以雪亮锋利的剑作为不俗武艺的表征,以富贵的衣袍揭示侠客不凡的身世,以与天子斗鸡的细节反映侠客不可一世的地位,还有与杀人事件相伴随的“酒”,更显英雄本色。杨义指出,李白诗中的酒气体现着“醉态盛唐”①的元气,“生命之为物,可感而难究,酒力刺激所造成的力量场把生命释放出来……醉态是生命的试验形态”②。李白的很多侠客诗中都有“酒”,极度张扬一种重酒轻生、重义轻生的男儿气概。这首诗与以上几首不同的是有战匈奴的具体报国事迹,用情节叙事手段把侠气与报国之志结合起来。轻笔写杀人场面,重笔造环境气氛,由今及古,以古论今,是李白写侠客形象的一般模式。

李白诗歌多次写到从军的侠少形象,这自然与孕育它的社会背景密切相关。杜佑在《通典》中指出,“国家开元天宝之际,宇内谧如,边将邀宠,竞图勋伐,西陲青海之戍,东北天门之师,碛西怛罗之战,云南渡泸之役,没入异域数十万人,向无幽寇内侮,天下四征未息,离溃之势,岂可量邪!”③玄宗好大喜功,将帅拥兵自重,士兵希图封侯封爵,举国上下,边战成为生活主题。开元中唐玄宗改府兵制为募兵制,兵农分离,职业兵出现,应募的兵士多为不事生产的亡命之徒,贪功好战而轻生,因此,盛唐时期游侠从军边塞蔚然成风。

杜甫的《前出塞九首》写的是天宝末年残存的府兵制形式下百姓子弟征戍从军的情状,凄凄惨惨、不忍别亲,对故土家园的留恋、对边塞疆场的畏惧之情尽在字里行间,而《后出塞五首》则截然不同,诗歌写游侠从军之状,充满热情与悲壮,流露报国立功的心愿,这应该是募兵制形式下的产物。但是,与李白诗中的从军侠少所不同的是,杜甫写出少年从军前后的全面经历及其心态变化,分明就是唐王朝由盛转衰的社会形象,这个形象复合了盛唐的昂扬与“酿乱期”的价值失衡。

《后出塞》其一写道:“男儿生世间,及壮当封侯。战伐有功业,焉能守旧丘。召募赴蓟门,军动不可留。千金买马鞭,百金装刀头。闾里送我行,亲戚拥道周。斑白居上列,酒酣进庶羞。少年别有赠,含笑看吴钩。”盛唐

---

① 杨义:《李杜诗学》,北京出版社2001年版,第71页。

② 杨义:《李杜诗学》,北京出版社2001年版,第105—106页。

③ (唐)杜佑:《通典》卷一百八十五,中华书局1988年版,第4980页。

意气依然不减，侠少风采还是一“酒”一“笑”。其二写道：“朝进东门营，暮上河阳桥……平沙列万幕，部伍各见招……悲笳数声动，壮士惨不骄……”写出应募场景之壮与战士情感之悲，游侠从军的心理线索因循传统的悲壮一路。其三写道：“古人重守边，今人重高勋……拔剑击大荒，日收胡马群。誓开玄冥北，持以奉吾君。”言明志向。其四写道：“献凯日继踵，两蕃静无虞。渔阳豪侠地，击鼓吹笙竽……主将位益崇，气骄凌上都。边人不敢议，议者死路衢。”既写出盛唐社会游侠从军的风习，又写出天宝末年边将权势的极度膨胀。其五写道：“我本良家子，出师亦多门。将骄益愁思，身贵不足论。跃马二十年，恐辜明主恩。坐见幽州骑，长驱河洛昏。中夜间道归，故里但空村。恶名幸脱免，穷老无儿孙。”游侠从军二十年，为的是报国，为的是功名，结果不但一无所获，还有可能背上“叛逆”的恶名。山雨欲来风满楼，国家形势在悄无声息地发生着质的变化，游侠嗅出了不祥气息，从军营逃归故乡。杜甫诗中的游侠形象显得更为理性，他不乏敏锐的政治嗅觉，不只是盲目地崇“义”。这一形象深深铭刻着天宝末年的时代烙印。因此，侠的形象是社会现实的综合产物。

游侠的举止、心理、情感、精神与社会治乱、时代风貌相互对应，王维的《少年行四首》与《陇头吟》所塑造的游侠形象分别带有社会形势盛与衰的影子。

少年行四首

新丰美酒斗十千，咸阳游侠多少年。相逢意气为君饮，系马高楼垂柳边。

出身仕汉羽林郎，初随骠骑战渔阳。孰知不向边庭苦，纵死犹闻侠骨香。

一身能擘两雕弧，虏骑千重只似无。偏坐金鞍调白羽，纷纷射杀五单于。

汉家君臣欢宴终，高议云台论战功。天子临轩赐侯印，将军佩出明光宫。

诗中所描绘的游侠重义气、重功名、轻生死，意气风发、斗志激昂，社会政治较为清明，天子乐于论功行赏，将士甘愿赴汤蹈火，游侠身上看不到一丝忧伤与怅惘，闪耀的是希望之光。而《陇头吟》中的游侠则流露出征人思乡的落寞与迷惘：

长安少年游侠客，夜上戍楼看太白。陇头明月迥临关，陇上行人夜吹笛。

关西老将不胜愁，驻马听之双泪流。身经大小百余战，麾下偏裨万户侯。

苏武才为典属国，节旄落尽海西头。

长安侠少从繁华的京都来到荒僻的边塞，身经百战，饱尝背井离乡的辛酸而无所收获，不由得开始思考人生的终极价值，功名是否最终的价值诉求？历史、现实带给他的都是一片惘然。

王翰的《饮马长城窟行》也透露着残酷战争现实与侠少理想的冲突："长安少年无远图，一生惟羡执金吾。麒麟前殿拜天子，走马西击长城胡……归来饮马长城窟，长城道傍多白骨。问之耆老何代人，云是秦王筑城卒。黄昏塞北无人烟，鬼哭啾啾声沸天。"为理想而挥戈溅血，理想背后又是什么？这已然成为游侠的困惑。而王昌龄的《少年行二首》、崔颢的《古游侠呈军中诸将》却依然焕发着朝气与激情，侠少形象依然是饮美酒、交友朋、重然诺、赴急难。试看《少年行二首》：

西陵侠少年，送客短长亭。青槐夹两道，白马如流星。
闻道羽书急，单于寇井陉。气高轻赴难，谁顾燕山铭。

走马远相寻，西楼下夕阴。结交期一剑，留意赠千金。
高阁歌声远，重门柳色深。夜阑须尽饮，莫负百年心。

诗中的京都侠少不惜生死、急赴国难，体现着盛唐气概。《古游侠呈军中诸将》写道："少年负胆气，好勇复知机。仗剑出门去，孤城逢合围。杀人辽水上，走马渔阳归……"何等豪迈！

中唐以后，正常的社会秩序开始失衡，诗人笔下的侠客风貌有所改变，理想主义的光辉锐减，如元稹的《侠客行》：

侠客不怕死，怕在事不成，事成不肯藏姓名。
我非窃贼谁夜行，白日堂堂杀袁盎。九衢草草人面青，
此客此心师海鲸。海鲸露背横沧溟，海波分作两处生。
分海减海力，侠客有谋，人不识测，三尺铁蛇延二国。

侠客敢作敢为，天不怕地不怕，人们的价值观念与承平日久的盛唐时代已经大相径庭。

王建《羽林行》中的游侠则俨然一个杀人不眨眼的恶少，侠已经不再是“义”的代名词，而是劫财、醉饮的恶魔，然而，唐王朝为笼络勇武之人平定藩镇割据局势，无原则地纵容这些为非作歹的恶侠，盛世社会的有序与法制被打乱。诗歌写道：“长安恶少出名字，楼下劫商楼上醉。天明下直明光宫，散入五陵松柏中。百回杀人身合死，赦书尚有收城功。九衢一日消息定，乡吏籍中重改姓。出来依旧属羽林，立在殿前射飞禽。”杀人如麻、作恶多端的恶少摇身一变便是羽林军。可见，中唐时期的社会风尚与价值观发生了重大的转变。杨宽的《中国古代都城制度史研究》指出，“中唐以后，长安和洛阳都出现了不少‘恶少年’，或称为‘闲子’、‘侠少年’、‘市肆恶少’。他们往往身穿异样服饰，皮肤上刺成各种式样的青、黑色花纹，劫掠于坊市之中……到晚唐，这类‘坊市恶少’常乘政局变乱的机会，在都城大肆劫掠”①，说的就是中晚唐社会游侠形象的变化。

任侠精神从初唐开始高扬，并与建功立业、拯物济世的人生理想相结合，到中唐开始衰减，叙事诗中的游侠形象渐渐转型为特立独行、放荡不羁，晚唐以后，游侠形象逐渐失去光彩，任侠之风发生质的变化。

二、英雄豪侠

仗义行侠的英雄豪侠形象多出现于中唐诗人笔下，有勇、有义、有节，重

---

① 杨宽：《中国古代都城制度史研究》，世纪出版集团2003年版，第250—251页。

义轻利，重诺轻生，寄寓着诗人重振时代风气的呼唤。

柳宗元的《韦道安》塑造的是贞元年间的侠士韦道安的形象。这个形象的光辉之处是儒道、侠气在其身上的完美结合，是当世的道德楷模。“擅弓剑”、“游太行”、年“二十”记述其少年侠气，“疾驱”、“致问”的动作描写显示其济世之心。韦道安一听说强盗劫持女子的消息，表现出极度的愤激：“一闻激高义，眦裂肝胆横。挂弓问所往，趫捷超峥嵘。”面部表情栩栩如生，言行描摹逼真，突出的是韦道安重“义”。“一矢毙酋帅”突出其武艺高强，“麾令递束缚，缧索相拄撑”显示其智谋，一个有勇有识的义士形象顿然浮现。然而，这个形象塑造的精彩之处并不止于其动人的侠气，更在于他的儒道修养：“却立不亲授，谕以从父行。捃收自担肩，转道趋前程。”“却立”两字极传神，反映韦道安对于“男女授受不亲”儒道观的践行。当获救女子父亲愿以许婚报恩时，“道安奋衣去”，这一动作描写把韦道安为义不为利的人格气度表现得淋漓尽致。当张建封之子张愔违抗朝廷之命自立节度使、徐州军乱时，道安毅然自杀：“举头自引刃”，写出其重死轻生的侠气。这个形象可谓铮铮侠骨、拳拳儒心，在中唐藩镇割据的时代，具有典范意义。

白居易的《南阳小将张彦硖口镇税人场射虎歌》刻画出射虎英雄张彦的形象。他的英雄气概表现于制服猛虎的动作描写中：“张彦雄特制残暴，见之叱起如叱羊。鸣弦霹雳越幽阻，往往依林犹旅拒。草际旋看委锦茵，腰间不更抽白羽。”用“叱羊”典故写其非凡的神力，以一箭射死猛虎写其超常的武艺，霹雳般的弦鸣声用来烘托张彦的勇猛。这个形象塑造得极具视觉冲击力，猛虎作为英雄的对立面，反衬英雄猛于虎的豪气。

晚唐司空图的《冯燕歌》塑造的是中唐贞元年间的一位侠士形象，非常真实、立体：“魏中义士有冯燕，游侠幽并最少年。避仇偶作滑台客，嘶风跃马来翩翩。”人们对侠的认识往往是：侠离不开马，而且骑马的姿势非常俊逸；侠重义，所以也会结仇；自古英雄出少年，侠必定英姿飒爽；幽并两州的游侠最为出名。这四条全都集中于冯燕身上了，他堪称唐代侠文化的真实代表。据《冯燕传》记载：“魏市有争财斗者，燕闻之，往搏杀不平，遂沈匿田间。官捕急，遂亡滑，益与滑军中少年鸡球相得。”①侠的身上除了侠气，还

① （唐）沈亚之：《沈下贤集校注》，南开大学出版社2003年版，第73页。

有柔肠："冯生敲镫袖笼鞭……的心期暗与传。"侠也有胆小的时候，因为他与有夫之妇偷情："燕依户扇欲潜逃，巾在枕傍指令取。"依窗欲逃的动作描写得非常形象。侠是能舍弃儿女之情的："凭君抚剑即迟疑，自顾平生心不欺……唯将大义断胸襟，粉颈初回如切玉。"冯燕毫不留情地杀死所爱。侠最终是舍生取义的，"传声莫遣有冤滥，盗杀婴家即我身。初闻僚吏翻疑叹，呵叱风狂词不变……已为不平能割爱，更将身命救深冤。"诗人从多侧面塑写大侠冯燕的形象，逼真而传神。

中唐柳宗元的《咏荆轲》以司马迁《史记·刺客列传》为据，写出荆轲的真实形象。"千金奉短计，匕首荆卿趋"，以最能凸显英雄气的"匕首"亮出荆轲形象。匕首是在近距离交战时使用的兵器，在叙事上能预示事件的惨烈。"微言激幽愤，怒目辞燕都。朔风动易水，挥爵前长驱。"用"激"、"怒"、"辞"、"挥"、"驱"写荆轲的表情、动作，暗伏失败之因。柳宗元以其独到的政治眼光揭示出荆轲行刺悲剧的负面意义，还历史以本来面目，诗人写道"世传故多谬，太史征无且。"

李白的《秦女休行》刻画出一位刚烈嫉仇的女子休的形象，《乐府解题》指出，"左延年辞，大略言女休为燕王妇，为宗报仇，杀人都市，虽被囚系，终以赦宥，得宽刑戮也"①。这样的女性形象在唐代叙事诗中非常罕见："西门秦氏女，秀色如琼花。手挥白杨刀，清昼杀仇家。罗袖洒赤血，英声凌紫霞。"她是美人，美如"琼花"，她又是与众不同的美人，是具有凛凛侠气的女英雄。"挥"、"杀"、"洒"、"凌"，写出其英武的姿态。李白在诗中展示女性美的另一个侧面。

第三节　仙：理想的清歌

神仙源自早期神话和人类的信仰，在中国最古老的神话奇书《山海经》

---

① 转引自陈贻焮主编：《增订注释全唐诗》第一册，文化艺术出版社 2001 年版，第 1310 页。

中，神被描绘为生活在远方异域，形貌、能力与凡人截然不同的特殊群体。“自招摇之山，以至箕尾之山，凡十山，二千九百五十里。其神状皆鸟身而龙首”①，“有神，九首、人面、鸟身，名曰九凤”②，“有神，人面兽身”③，等等。在上古时期人们的想象中，神仙界是存在于凡人世界之外的另一个神秘世界，神具有超凡的形象与神异的本领。随着道教神仙观念的发展，神仙形象逐渐摆脱浓重的神秘色彩，趋于人性化，成为积淀在中国古代文人心头的一个特定的审美意象与情感载体。神仙形象在唐诗中频频出现，神仙的言行举止、衣饰特征、出场环境等被诗人描绘得栩栩如生，仙界成为唐代诗人神往的理想乐园。神仙形象是诗人对自身及现实世界的想象与表达，唐代诗人将自己独特的宗教体验、生命感悟、爱情追求、人文理想和矛盾心态寄寓其中，展现复杂多重的自我情感与丰富的精神世界。神仙形象的种种构建方式反映出唐代不同时期神仙观念、道教观念的变迁和诗人们的不同心态特征，体现诗人对生命、爱情、社会的独特思考。积极济世之抱负，超然出世之境界，生命价值之塑造，自由飞翔之想象，浪漫爱情之追求，困惑心灵之慰藉等，都通过神仙形象得以展露，事实上，神仙形象的内在指向就是寓己于仙的诗人自我形象与个体精神。

神仙，可以包括古代各类文献记载中的得道成仙之士，也包括民间侍奉的天体星象、风雨雷电、自然景观诸神，还包括民间信仰中的佛教诸神，如传说中名列仙籍的仙人，像玉帝、西王母等，也有凡人成仙者，像董双成、小玉等。《中国神仙大全》一书收录了隋唐时代神仙一百四十一名④，主要是凡人修道成仙者，如隋唐间的裴谌、唐太宗年间修炼正乙法得道的魏隆、贞观年间的张公弼，还有何仙姑、赵仙姑、张果老、吕洞宾、韩湘子、谢自然、施肩吾等。上至公主、下至一介草民，都可以学仙成功而被民间传扬，如唐睿宗的第九个女儿隆昌公主在玉阳山修炼仙道，被朝廷封为万华真人。采药民、益州老父、凿井工人等普通百姓往往因道法、丹药、仙水而成仙⑤。神仙在

---

① （西汉）刘歆：《山海经·南山经》卷一，大众文艺出版社 2009 年版，第 6 页。

② （西汉）刘歆：《山海经·大荒北经》卷十七，大众文艺出版社 2009 年版，第 172 页。

③ （西汉）刘歆：《山海经·大荒东经》卷十四，大众文艺出版社 2009 年版，第 165 页。

④ 据笔者统计，见冷立、范力编著：《中国神仙大全》，辽宁人民出版社 1990 年版。

⑤ 见冷立、范力编著：《中国神仙大全》，辽宁人民出版社 1990 年版，第 156—296 页。

唐代已经普遍进入人们的社会生活，甚至出现人皆可仙的现象，神仙之道成为人们自主选择的一种生活方式。

诗人笔端神仙形象的塑造不自觉地构造出其思想与欲求的内涵，是诗人对自身及现存世界的想象与表达，寄寓的是诗人的主体精神。比如，有的诗人赋予仙人个性化的不同凡俗的衣饰，突出各位仙人的个性特点与仙真属性；有的诗人描绘女仙容貌之美，带上艳情诗的意味；有的诗人注重描绘仙人动作，强调其仙驾、突出其仙格。从不同时期诗人对神仙形象的构建方式可以看出社会风气与时代兴衰。初盛唐诗人描绘的神仙自信、奢华，体现一派盛唐气象，中唐以后的神仙彷徨、忧郁，流露出对江河日下的社会现实的沉思，但是不论盛世还是衰世，神仙形象都是寄寓诗人避世思想的载体。积极济世者有失意，消极出世者亦有不快，他们都会不谋而合地向往神仙，或以之慰藉短暂的心灵困惑，或作为毕生不懈的追求。

唐代叙事诗中的神仙形象非常丰富，有知名的，如王子乔、赤松子、李八百等，也有不知名的女仙、仙童。宋之问写过一首《王子乔》：

> 王子乔，爱神仙，七月七日上宾天。白虎摇瑟凤吹笙，乘骑云气吸日精。
>
> 吸日精，长不归，遗庙今在而人非。空望山头草，草露湿人衣。

王子乔的传说出自《列仙传》："王子乔者，周灵王太子也，好吹笙作凤凰鸣，游伊洛之间。道士浮丘公，接以上嵩山。三十余年，后求之于山。见桓良曰：'告我家，七月七日待我于缑氏山头。'果乘白鹤，驻山岭，望之不到，举手谢时人，数日而去。后立祠于缑氏及嵩山。"①宋之问诗歌写出吸食日精、乘云上天的飞仙形象，有白虎、凤凰为他演奏仙乐，气象高超。

飞是神的原始特征，是早期人们对神仙认知的延续，是神仙形象神秘性、超凡性和特殊性的表现。葛洪在《神仙传》中对神仙的飞行特征作了具体描述："仙人者，或竦身入云，无翅而飞；或驾龙乘云，上造太阶；或化为鸟

---

① （宋）李昉：《太平广记》卷四，中华书局1961年版，第24页。

兽,浮游青云;或潜行江海,翱翔名山"①,神仙是可以驾龙驭云,上天入海,自由自在,无处不能至的。在交通不发达的唐代社会,人们对于地理疆域的概念并不只限于车马、足迹所及之地,还在丰富的想象世界里勾勒足迹未曾遍及的辽远、蛮荒的地域与疆土,神仙形象便带上诗人渴望自由飞翔,渴望一览世界的浪漫色彩。唐代叙事诗对神仙飞行特征的描绘突出了神仙完全不同于凡人的异类形象和特殊能力,表达诗人对这种超凡能力的向往。对"飞"的描述涉及神仙的飞行环境,飞行姿态,服饰、仙驾种类等,通过渲染神仙出场环境的奇异绚丽,神仙姿态的轻盈飘逸,服饰的神奇,坐骑的独特来烘托神仙所具备的飞行特征的优越性,吐露诗人对飞行状态的羡慕之情和崇尚个性自由的精神追求。

李白作为盛唐时期的代表诗人,他塑造的神仙形象集中体现了盛唐士人的高蹈心态。李白叙事诗中写及的仙人有的有名姓,有的一概称"仙人",但都云乐相伴、衣着华丽浪漫。《梦游天姥吟留别》写道:"霓为衣兮风为马,云之君兮纷纷而来下。虎鼓瑟兮鸾回车,仙之人兮列如麻。"仙人以多彩的虹霓为衣,以清风和鸾鸟为坐骑,纷纷驾临高入云霄的天姥山,极富浪漫色彩。天姥山位于今浙江新昌县,是今人容易登临的一条普通山脉,在唐代却是人迹罕至的圣山,在大诗人李白的梦境中显得无比高峻和奇特。它是凡人难以触及的神圣之地,是诗人向往的自由乐园,只有会飞的神仙才能享用这一片净土。在诗人心目中,飞行代表自由,神仙形象便是诗人追求精神自由的载体。《古风》其十九清晰地描画出居于华山的明星仙女行走和飞行的飘逸身姿:"素手把芙蓉,虚步蹑太清。霓裳曳广带,飘拂升天行。"仙女穿着虹霓裁制的衣裳,裙带飘飘,迈步和飞行时动作优雅轻盈,所达到的自由境界远远胜于世俗人间。据《集仙录》记载,"明星玉女者,居华山,服玉浆,白日升天"②。诗歌对神仙自由飞升到天空的描绘体现出神仙形象的特异性和诗人向往自由的心境。女仙形象包含唐人对完美女性的想象,素手、虚步、飘拂,姿态非常优雅,衣着的款式符合人间时尚,而且质感与色泽更胜人间一筹。《古风》其五写出太白山上道行精深的绿发仙人形象:

① (晋)葛洪:《神仙传》,内蒙古人民出版社2003年版,第13页。
② (宋)李昉:《太平广记》卷五十九,中华书局1961年版,第362页。

“中有绿发翁，披云卧松雪……粲然启玉齿，授以炼药说。铭骨传其语，竦身已电灭。”以体态、发色、神情的描述突出仙人的仙格。

李白《古风》五十九首中有一些诗写到有名有姓的神仙，能表现诗人具体的精神追求。如《古风》其七：

> 五鹤西北来，飞飞凌太清。仙人绿云上，自道安期名。两两白玉童，双吹紫鸾笙。去影忽不见，回风送天声。我欲一问之，飘然若流星。愿餐金光草，寿与天齐倾。

描绘了安期生的仙风道骨，并用“绿云”、“五鹤”加以烘托。安期生、白石先生等象征长生的神仙形象在唐代叙事诗中经常出现，他们是隐逸于山林，深谙长寿养生之道，掌控长生不死之仙方的理想化身。安期生是道教神话体系的重要人物，又称千岁翁，“琅琊人氏。河上丈人弟子，曾在海边卖药，老而不仕，当时人称为三岁公”①，南朝陶弘景的《真灵位业图》称之为北极真人。吹笙的两个玉童形象被刻画得非常清雅、超逸，肤“白”即美作为唐代的审美取向，体现于对仙人的叙述之中。《古风》其二十描写了仙人赤松子：“萧飒古仙人，了知是赤松。借予一白鹿，自挟两青龙。含笑凌倒景，欣然愿相从。”用“挟青龙”体现仙人的超凡。据刘向《列仙传》记载，赤松子为神农时雨师。对神仙异于人类的多种特殊能力的描绘隐含着诗人的各种情结。长生不死是神仙的突出特征，是神仙超越凡人的优越性的体现，是唐代诗人最向往的自由状态。“神仙是随灵魂，不死观念逐渐具体化而产生的一种想象的或半想象的人物”②。与天地同寿，超越人间凡夫俗胎的仙人是令无数诗人向往的理想幻影。唐代诗人通过对神仙形象长生特征的描述阐发诗人关于人生局限性的哲理思考与审美悲情。

有些叙事诗把神仙塑造为帝王之师的形象，如西王母、上元夫人、广成子等。李白的《古风》其四十三写道：“西海宴王母，北宫邀上元。瑶水闻遗歌，玉怀竟空言。”据《穆天子传》卷三记载，周穆王西游，与西王母宴于瑶池

---

① 冷立、范力：《中国神仙大全》，辽宁人民出版社 1990 年版，第 40 页。

② 闻一多：《神话研究》，巴蜀书社 2002 年版，第 136 页。

之上，西王母为穆王歌曰："白云在天，丘陵自出。道里悠远，山川间之。将子无死，尚能复来。"①《古风》（其二十八）写古代仙人广成子："君子变猿鹤，小人为沙虫。不及广成子，乘云驾轻鸿。"《庄子·在宥》记载，黄帝立为天子十九年，闻广成子在空同之上，而往见之，问"至道之精"，广成子不答。黄帝退，捐天下，筑特室，闲居三月，复往求长生之道，广成子曰："必静必清，无劳女形，无摇女精，乃可以长生。"②他们承担了教导帝王的义务。

到中唐时期，诗人笔下的神仙形象带有更多的理性色彩，有的还被赋予"人"格，具有人类的言行举止与喜怒哀乐。韦应物的《学仙二首》提及灵真、玉皇、变化为白鹿的仙人，他们是决定学仙之人命运的主宰。韦应物的《汉武帝杂歌三首》其一写了王母赠桃的故事，诗人塑造的王母分明是一位启蒙者，她的语言充满智慧，"颜如芳华洁如玉，心念我皇多嗜欲。虽留桃核桃有灵，人间粪土种不生。"她的服饰、容貌充满魅力，"绿鬓萦云裾曳雾，双节飘飖下仙步"。在《全唐诗》中，出现次数最多的女仙就是西王母，西王母在上古神话中是半人半兽的形象，"其状如人，豹尾虎齿而善啸，蓬发戴胜"③，带有司厉之神的恐怖色彩。随着时间的推移，西王母的形象逐渐脱离神话原型，带上人性化色彩，到唐代已经演变为高贵、优雅、年轻、美丽的女仙领袖形象，成为神仙世界的权威女使者。诗中对西王母姿容的美化与渲染突出神仙的"人"格，体现中唐诗人的理性意识。韩愈的《谢自然诗》同样体现中唐士人的科学理性和批判意识，诗人塑造的自然形象没有美感，"果州南充县，寒女谢自然。童騃无所识，但闻有神仙。轻生学其术，乃在金泉山。繁华荣慕绝，父母慈爱捐。凝心感魑魅，慌惚难具言。一朝坐空室，云雾生其间。"她不懂人伦之爱，一意孤行。

韦应物的《马明生遇神女歌》则较为鲜明地反映出中唐神仙思想的世俗化诉求，神女的神情体态既有其特异之处，又不乏人间女子的共性，诗中写道："立之一隅不与言，玉体安隐三日眠。""安期先生来起居，请示金铛玉佩天皇书。神女呵责不合见，仙子谢过手足战。"既闪烁着仙界的神异，又飘漾着些许世间的情愫，喜怒情绪描画得淋漓尽致。这实际体现

① （晋）郭璞：《穆天子传》，上海古籍出版社 1995 年版，第 10 页。
② （清）郭庆藩撰：《庄子集释》，中华书局 1961 年版，第 3813 页。
③ （西汉）刘歆：《山海经·西山经》卷二，大众文艺出版社 2009 年版，第 37 页。

的是诗人对神仙形象的解神圣化思考。白居易《长恨歌》所描述的仙子更能体现中唐人的世俗化精神诉求："忽闻海上有仙山，山在虚无缥缈间。楼阁玲珑五云起，其中绰约多仙子。中有一人字太真，雪肤花貌参差是。金阙西厢叩玉扃，转教小玉报双成。"太真、小玉、双成都是人间女子，当人们不忍心让美丽逝去时，就可以让她们成仙，神仙形象因此而成为精神慰藉品。

很多诗人将理想中的完美品质与形象投射于神仙身上，诗中的神仙形象被融进更多的人的形象、人的情感，走向世俗化。同时，诗人笔下的神仙依然保留着部分作为神的特点，具备超出一般人的完美性和优越性，成为理想人格的化身。据笔者统计，《全唐诗》中女仙形象出现二百多处，反映出女性神仙对唐代诗人的巨大影响。西王母、巫山神女、洛神、织女、嫦娥等美丽多情的女仙形象被多次使用或借代使用，表达诗人对情爱的追慕。

司空图的《游仙二首》写道：

> 蛾眉新画觉婵娟，斗走将花阿母边。仙曲教成慵不理，玉阶相簇打金钱。
>
> 刘郎相约事难谐，雨散云飞自此乖。月姊殷勤留不住，碧空遗下水精钗。

"打金钱"是一种掷金钱卜问吉凶的游戏，唐代很流行。诗人笔下的女仙分明就是人间女子，有爱美之心，有嫉妒、争宠的小心眼，有怠惰、贪玩的毛病，看来，神仙并不超凡，神仙是"人为"的。这样的仙境充满人间烟火气，与长生无关，与隐逸无关，却与女色相关。一旦士人游历恍若仙境的青楼，目中所见的美丽女子不就是神仙吗？"到了唐代，'仙'字产生了新的意义。唐代文人常把美丽的女人称为仙女、仙人。因此又把狎妓称为游仙。"①青楼在唐代走向繁盛，往往成为士人逃避现实的隐身之所，诗中仙女形象的塑造不自觉地融合了诗人对青楼文化的理解，"整个唐代文学

① 施蛰存：《唐诗百话》，上海古籍出版社1987年版，第644页。

中的青楼,都给人一种仙境之感"①。晚唐时代,神仙超人的价值体系出现缺失,反而需要求助于人类生活方式才能证实其存在。女仙怀春思凡的形象表面上是唐代神仙观念世俗化的表现符号,实际上是唐代诗人追慕情爱的世俗化愿望的投射。女仙形象既是道家观念中的一个具体符号,可以表达诗人由人及仙的追求,同时又是诗人借以满足现世性幻想需求的客观载体。

司空图的《步虚》写道:

阿母亲教学步虚,三元长遣下蓬壶。云韶韵俗停瑶瑟,鸾鹤飞低拂宝炉。

西王母亲自下界教授步虚仙曲,蓬莱三官也从仙山飞来,诗中出现的神仙虽然都是高级人士,但他们的足迹已经深入到人间的宴乐演习中,这种介入表明神仙已经俗化,仙界、人界可以零距离接触,隔膜已经打通。

曹唐的《小游仙诗九十八首》全面展示了众多仙人,有知名的神仙,也有不知名姓的小仙,把长生、情爱等主题寄寓于其中。有的诗歌甚至体现仙不及人的思想,如《小游仙诗》其九十五:"新授金书八素章,玉皇教妾主扶桑。与君一别三千岁,却厌仙家日月长。"诗中的女仙受玉皇赐封,主管扶桑国,却深感仙界寂寞,非常思念自己的爱人。《小游仙诗》其九十三:"九天王母皱蛾眉,惆怅无言倚桂枝。悔不长留穆天子,任将妻妾住瑶池。"连西王母都思凡,希望周穆王能与她长相伴,而且坦然接受人间的纲常礼仪,可以把他的妻妾都接到瑶池和睦相处。可见,诗歌是借用美丽的西王母形象表达天上人间所有女子的相思之情,实际上是在女仙的凡心俗情与世俗化形象之中寄寓诗人对爱情的向往。曹唐的大游仙诗《仙子洞中有怀刘阮》写道:

不将清瑟理霓裳,尘梦那知鹤梦长。洞里有天春寂寂,人间无路月茫茫。玉沙瑶草连溪碧,流水桃花满涧香。晓露风灯零落尽,此生无处

① 孔庆东:《青楼文化》,世界知识出版社2008年版,第28页。

访刘郎。

仙子嗔怨仙家岁月太长,反映仙不及人的思想。

对女仙形象的世俗化描绘寄寓着唐代诗人对女色与情爱的追慕,同时隐含诗人对现实婚姻的无奈与追求理想爱情的挫折感。在诗歌中,仙虽已人化,却依然具有绝对的主导地位与支配权,仙与人地位的不对等决定人仙姻缘完全受制于仙的意愿与要求,仙凡之恋的结局往往充满悲剧色彩。因此,世俗化的女仙形象寄托的是诗人内心对真挚爱情的渴望和对真爱求之不得的深沉悲哀。

初盛唐叙事诗神仙形象的描绘侧重"仙"格的塑造,承载着诗人的主体精神,也寄托着诗人对人生的热情、对生命的珍惜,诗人把神仙作为人格提升的象征。中晚唐的神仙形象则是诗人心中"夕阳无限好,只是近黄昏"的焦虑情绪的载体,以其虚幻的万能与超常来掩饰诗人对生命空虚的领悟。晚唐神仙的世俗化、人情化意味更为突出,反映立地即仙、人人即仙的世俗思想,司空图、曹唐等人的作品表现得尤为显著。少年、玉女等无名无姓的平常人物在曹唐的诗歌中随处可见,神仙的形象不再拘于传统,诗人可以在极其自由的想象中创造各种等级层次、不同形态面貌的神仙,扑朔迷离仙境中的神仙便有了俗世的所行、所思、所感,不再纯粹具有仙格,而更多地被赋予了人格。

第四节　伎:浪漫的音色

一、妓

妓,即女乐,有人认为,最早的妓女是三皇时代的洪崖妓。古代的统治者以养畜女乐作为炫耀财富与权势的手段,据《烈女传》记载,"夏桀既弃礼仪,淫于妇人。求四方美女积之后宫,作烂漫之乐。"①帝王家的女乐称为宫

① (宋)高承:《事物纪原》卷二,上海古籍出版社1990年版,第61页。

妓，贵族士绅家的称为家妓，由政府操办的妓馆里的妓称为官妓。春秋时齐国的宰相管仲被认为是市井妓业的始作俑者，“管仲相桓公，置女闾七百，征其夜合之资以富国。”①其中，服务对象限于将士的为营妓，正式的营妓始于汉代。家妓在汉代以后极为兴盛，到南北朝时达到顶峰，家妓主要是为主人提供艺术服务，满足其精神需求。养畜家妓的高门大户对所蓄家妓进行严格的艺术训练，从某种程度上说，家妓的艺术水平代表了当时的最高水平，家妓的才艺还代表着主人的艺术修养，是主人身份地位与财产实力的象征。个体营业的私妓自先秦起已经出现，随着商业发展，到六朝开始活跃，至唐代走向兴盛。

唐代叙事诗中常常出现“妓筵”、“妓乐”、“妓楼”、“妓席”、“妓女”、“舞妓”、“乐伎”、“妙妓”、“彩妓”、“娇妓”、“妖妓”，“铜雀妓”、“谢公妓”、“东山妓”等词汇，诗人的诗题与诗句中还常常出现妓女的姓名，如白居易诗中写到的樊素、小蛮等，有一些诗人甚至写到反映地方风情的各地妓女，如蜀妓、湘妓、吴娃等，还有一些诗歌写及指称具体妓乐种类的词语，如琵琶妓、胡琴妓、筝妓、羯鼓妓等，光是这些名称就足以反映妓与歌舞、宴饮、游乐的密切关系。

以妓女为吟咏对象的诗自六朝起逐渐增多，如梁元帝的《春夜看妓诗》、何逊的《咏妓》、谢眺的《听妓》等，至唐代，几乎没有不写妓女的诗人。孔庆东在《青楼文化》一书中指出，“《全唐诗》将近5万首中，有关妓女的达两千余首，大约占二十分之一。翻开唐人诗集，随处可见‘观妓’、‘携妓’、‘出妓’之作。”②刘师古认为，中国古代妓家的本质形象是诗、酒、妓合一的造境，这种人生意境不唯在美学上有所依据，而且更合乎人类的生存取向，让士人们在风月留连之余，为了推展生命而松懈紧张的现实，更积极地奋斗人生③。文人雅士虽然家中有妻有妾，却往往是包办婚姻或政治婚姻，与妻妾缺乏共同兴趣与共同语言，心中渴望与有品位、有情趣的异性建立一种社交关系，可以是“肉”的，也可以是“灵”的，可以无拘无束，可以深入灵魂。法国女权主义作家波伏娃认为，“在妓女和艺术之间，始终存在着一种模糊

① （汉）刘向：《战国策·东周策》。

② 孔庆东：《青楼文化》，世界知识出版社2008年版，第20页。

③ 参见孔庆东：《青楼文化》，世界知识出版社2008年版，第22页。

联系,因为实际上美和性快感是含糊地联系在一起的"①。唐代社会文人丽妓的结缘使得诗歌在题材表现方面显得更富有声色情韵,美颜丽姿的把玩,携妓冶游的超逸,都在叙事诗中通过对妓的形象的塑造呈现出来。

(一)初盛唐叙事诗中妓的形象

唐代叙事诗中的妓女形象从初唐至晚唐呈现出与社会政治背景相对应的变化。初盛唐时期,妓处于被审美观照的位置,诗人一般描述妓女的歌舞并联想到人生悲欢,很少关注她们的情感、精神与命运,表现方式比较程序化,并不突出形象的个性化特征,诗中经常出现的是"风歌、歌唇、舞袖、鸾舞、玉指、娇弦、行云、回雪、雪态"等词汇。这种现象产生的前提条件是诗人生活于物质繁荣、社会安定的太平盛世,政治热情很蓬勃,大有热烈拥抱江山美人的英雄气概。到了中唐,大部分诗人政治热情消减,"观妓"、"携妓"的悠游心态大打折扣,人生无常的感伤意味异常浓烈,"别妓"、"伤妓"、"悼妓"、"赠妓"等诗作层出不穷,携妓吃喝玩乐的人间乐园式表述逐渐转变为充满生命意识的叹息与反思,诗题的改变反映诗人与妓之间心灵距离的变化。晚唐以后,妓女形象的刻画描绘则趋于浮艳,隐隐流露出诗人的末日情怀。

综观有唐一代,不论承平岁月还是动乱时代,各位皇帝均好声色歌舞。《新唐书·礼乐志》记载玄宗"选坐部伎子弟三百教于梨园,声有误者,帝必觉而正之,号'皇帝梨园弟子'。宫女数百,亦为梨园弟子,居宜春北苑。梨园法部,更置小部音声三十余人。"②据《新唐书·礼乐部》记载,"大中初,太常乐工五千余人,俗乐一千五百人。宣宗每宴群臣,备百戏。帝制新曲,教女伶数十百人,衣朱翠缇绣,连袂而歌。"③上行下效,整个唐代对声色的追求享乐之风极其盛行。

初唐陈子良的《赋得妓》写道:

---

① [法]西蒙娜·德·波伏娃:《第二性》,中国书籍出版社1998年版,第640页。
② (宋)宋祁、欧阳修:《新唐书》卷二十二,中华书局1975年版,第476页。
③ (宋)宋祁、欧阳修:《新唐书》卷二十二,中华书局1975年版,第478页。

金谷多欢宴，佳丽正芳菲。流霞席上满，回雪掌中飞。
明月临歌扇，行云接舞衣。何必桃将李，别有待春晖。

金谷园是晋代石崇所建，在洛阳市西北，以妓乐宴饮而闻名，更以石崇爱妾绿珠而闻名，“金谷”意象在唐代成为携妓欢娱的代名词，是烘托美人出镜的强光背景。用“芳菲”形容舞妓青春艳丽，如鲜花盛开之貌。“回雪”、“掌中飞”形容舞妓肌肤洁白、体态轻盈。“歌扇”、“舞衣”以道具、服饰点明身份，揭示妓作为观赏对象的“他者”特征。

卢照邻的《辛法司宅观妓》写道：

南国佳人至，北堂罗荐开。长裙随凤管，促柱送鸾杯。云光身后落，雪态掌中回。到愁金谷晚，不怪玉山颓。

酒宴上佳人用美丽的歌舞助兴，士人们尽情欢饮，一醉方休，作为观赏对象的女性以最能代表其身份特征的服饰、姿态、乐器组构的典型形象呈现。西蒙娜·德·波伏娃在《第二性》中指出女性在性别场域中的“他者”地位，她是被男性目光注视的，“女人一开始就存在着自主生存与客观自我——‘做他者’(being-the-other)的冲突。人们教导她说，为了讨人喜欢，她必须尽力去讨好，必须把自己变成客体；所以，她应当放弃自主的权利。”①因此她的美也只有在得到男性目光认可的情况下才具有真正的价值。诗中描述的女性是美的，因为她符合男性目光的审视标准，诗中用“雪态”一词表述男性的赞赏。唐人好着纱穿罗，以白净为美，白妆甚为流行，女性的面容肌肤在傅粉之后呈现凝脂般的细腻与光泽，符合男性对女性肤色与肤质的审美需求。歌妓所著的“长裙”亦符合初唐时期对女性服饰的审美风潮。自魏晋以来，女性上衣的尺寸日渐短小，袖口趋紧。初唐受魏晋、隋代服饰影响，女性喜好上穿小袖短襦，下着紧身长裙，裙腰束至腋下，中间用绸缎系扎。一般唐代女性所著长裙裙幅宽大，多由六幅布帛拼制而成，不下于今日的三

① ［法］西蒙娜·德·波伏娃：《第二性》（全译本），陶铁柱译，中国书籍出版社1998年版，第324页。

米,裙裾往往曳地,显得身材修长。① 这样一位肌肤白皙、打扮时尚的妓人自然无愧为男性眼中的“佳人”了。

薛稷的《夜宴安乐公主新宅》写道:“秦楼宴喜月裴回,妓筵银烛满庭开。坐中香气排花出,扇后歌声逐酒来。”舞扇、香气、歌、酒与夜宴环境交织而成的女性形象提示着某种确定的信息:她是供人娱乐的工具。崔泰之的《奉酬韦嗣立祭酒偶游龙门北溪忽怀骊山别业因以言志示弟淑奉呈诸大僚之作》写道:“……谢公兼出处,携妓玩林泉。鸣驺喷梅雪,飞盖曳松烟。闻琴幽谷里,看弈古岩前。落日低帏帐,归云绕管弦……”用谢安隐居东山携妓游玩的典故写出女性作为士的审美娱乐对象的性质。宰相张说的《酬崔光禄冬日述怀赠答》写道:“……迎宾南涧饮,载妓东城嬉。春郊绿亩秀,秋涧白云滋……”诗人写士大夫们带着妓女在春郊宴饮的场景,没有描绘女性形象,不过我们可以从“载”和“嬉”两字读出女性容颜的青春、美好与身份地位的卑贱。张说的《伤妓人董氏四首》泛着淡淡的忧伤,写出董氏生前的身姿、容貌,以及作为一名歌舞妓的活动场景,诗歌写道:

> 董氏娇娆性,多为窈窕名。人随秋月落,韵入捣衣声。粉蕊粘妆簏,金花竭翠条。夜台无戏伴,魂影向谁娇。旧亭红粉阁,宿处白云关。春日双飞去,秋风独不还。舞席沾残粉,歌梁委旧尘。独伤窗里月,不见帐中人。

“娇娆、窈窕”描述的是她的姿态,“粉蕊、红粉、残粉、妆簏、金花、翠条”刻绘的是她的妆扮,这是写色,“舞席、歌梁、韵、戏”写出她的技艺,“夜台、旧亭”是她献艺的环境,“帐中”则是她与诗人两情相悦的处所,这些叙写构成一位以色、艺、性事人的妓女形象。诗人能为一名死去的妓女写诗并流露出思恋之情,反映出士与妓之间的相知与相惜,为女性形象添写了一晕精神之光。

王勃的《铜雀妓二首》其二以代言体形式描述女性形象:

---

① 参见曾宗宇:《杜牧诗中唐代之女性形象研究》,硕士论文,台湾南华大学,2002 年。

妾本深宫妓，层城闭九重。君王欢爱尽，歌舞为谁容。
锦衾不复襞，罗衣谁再缝。高台西北望，流涕向青松。

歌舞、容颜是女性藉以生存的资本，锦衾、罗衣是付出色艺的所得，深宫、高台是囚禁女子身心的牢笼，君王的欢爱是主宰女子人生的命运的关键。王勃诗对女性的悲剧命运进行了深层思考。

盛唐叙事诗承继初唐以歌舞容颜描画女性形象的程序，寄托诗人的富贵风流之情。王维的《奉和圣制上巳于望春亭观禊饮应制》写道：

长乐青门外，宜春小苑东。楼开万井上，辇过百花中。画鹢移仙妓，金貂列上公。清歌邀落日，妙舞向春风。渭水明秦甸，黄山入汉宫。君王来祓禊，灞浐亦朝宗。

皇帝与王公贵族在郊外宴饮赏春，风景如画，美丽的女子清歌妙舞，宛若仙子，青春女子把生命中的最美奉献给了帝王士大夫的政治文化生活。储光羲的《夜观妓》写了女子的舞姿、妆扮、举止："白雪宜新舞，清宵召楚妃。娇童携锦荐，侍女整罗衣。花映垂鬟转，香迎步履飞。徐徐敛长袖，双烛送将归。"这是一位赴宴献艺的舞妓，表演结束后就匆匆返回。崔颢的《岐王席观妓》、孟浩然的《崔明府宅夜观妓》都是以乐器、歌舞作为女性形象的全部表征，体现出女性形象的鲜明工具化特征。

岐王席观妓

二月春来半，宫中日渐长。柳垂金屋暖，花发玉楼香。拂匣先临镜，调笙更炙簧。还将歌舞态，只拟奉君王。

金屋玉楼是岐王家妓的住处，对镜梳妆、调试笙簧、表演歌舞是她们生活的全部内容。家妓是士大夫家的歌舞班子，既能显示个人的职位、财力，又能代表士大夫的个人品位。家妓的姿色、才艺水平是士大夫艺术修养高下的参照物，士大夫往往亲自教家妓吹拉弹唱，长期训练，在宴饮聚会中向客人炫耀。

崔明府宅夜观妓

白日既云暮,朱颜亦已酡。画堂初点烛,金幌半垂罗。长袖平阳曲,新声子夜歌。从来惯留客,兹夕为谁多。

观妓、狎妓是士大夫的重要生活内容,女子的朱颜、新声、长袖以及陪酒而醉的姿态都极为诱人,点缀着士大夫的精神世界。

孟浩然的《从张丞相游南纪城猎,戏赠裴迪张参军》写出营妓在军旅生活中的普遍使用:"……顺时行杀气,飞刃争割鲜。十里届宾馆,征声匝妓筵……"以妓来衬托男性的阳刚之气,体现妓的工具化特质。刘长卿的《过李将军南郑林园观妓》与《陪辛大夫西亭宴观妓》同样以观妓场景烘托将军的男性气魄,以柔衬刚,写英雄气。

过李将军南郑林园观妓

郊原风日好,百舌弄何频。小妇秦家女,将军天上人。鸦归长郭暮,草映大堤春。客散垂杨下,通桥车马尘。

妓的歌舞表演在野外进行,绿堤、垂杨、风景依依,她们的美丽充实了将军的业余生活。《陪辛大夫西亭宴观妓》写到将军、士大夫饮酒作乐、观赏妓乐,美人与英雄,似乎是天造地设的完美组合:"歌舞怜迟日","醉罢知何事","归路裛香尘",女性的柔美为英雄增添了多少人间趣味。

李白叙事诗中塑造的妓女形象主要是为了衬托自己不合时政的傲岸品格,如《江上吟》写道:"木兰之枻沙棠舟,玉箫金管坐两头。美酒尊中置千斛,载妓随波任去留……"泛舟海上,性酣赋诗,有美酒、美妓相伴,富贵功名何足论?这是最洒脱的隐士生活。妓的形象是士人仕与隐都不可或缺的重要依傍,是精神美的象征,她不仅在物质层面,而且在精神层面上都能与士达到深层交流。李白的《书情题蔡舍人雄》写道:"尝高谢太傅,携妓东山门。楚舞醉碧云,吴歌断清猿……"非常向往谢安的隐居生活,美妓的歌舞成为生活主题,生活即艺术。李白的《忆东山二首》其二写道:"我今携谢妓,长啸绝人群。欲报东山客,开关扫白云。"孤高特立、不合流俗的诗人唯一可交流的对象是妓,可见,携妓归隐真是名士风流之举。

崔颢的《卢姬篇》以写历史上的女性形象传导女性命运的依附性:"卢姬少小魏王家,绿鬓红唇桃李花……白玉栏干金作柱,楼上朝朝学歌舞……人生今日得娇贵,谁道卢姬身细微。"作为魏武帝的宫女,卢姬享受着优厚的物质条件,对没有独立地位的女性来说,美貌是得到幸福的唯一资本。无疑,卢姬非常美,诗中用"绿鬓"写其头发,用"红唇"写其面貌,以"桃李"喻其娇艳,用"歌舞"隐现其体态、声音之美。同时,"歌舞"也揭示其卑微身份。

杜甫的《陪诸贵公子丈八沟携妓纳凉,晚际遇雨二首》呈现较为新颖的妓女形象,流露出杜甫对底层女性的人文关怀:

> 落日放船好,轻风生浪迟。竹深留客处,荷净纳凉时。公子调冰水,佳人雪藕丝。片云头上黑,应是雨催诗。
>
> 雨来沾席上,风急打船头。越女红裙湿,燕姬翠黛愁。缆侵堤柳系,幔宛浪花浮。归路翻萧飒,陂塘五月秋。

诗歌意境非常清丽美好,其一写出公子与佳人和谐相处的平等状态:一个调冰水,一个擦藕丝,颇有家庭生活情趣。其二写出游船遇雨时女子的情状:红裙沾湿、眉黛露愁,颇含诗人对女性的怜惜与关爱。"红裙"是唐代女性极为喜爱的,红色十分讨喜,所以在各个阶层的女性中蔚为风潮,很多诗中的"石榴裙"、"茜裙"指的就是红裙,体现唐人以华丽为美的审美取向。

(二)中晚唐叙事诗中妓的形象

中唐写妓的叙事诗更贴近诗人的生活境遇与深层情感,表现上显得更为多面。

白居易写妓的叙事诗不少,妓的形象主要作为诗人消愁的载体。《府酒五绝·谕妓》写出妓的人生悲苦:"烛泪夜粘桃叶袖,酒痕春污石榴裙。莫辞辛苦供欢宴,老后思量悔煞君。"白居易有的诗歌把人生的荣辱沉浮寄托于妓席的聚散离合之中,如《东都冬日会诸同年宴郑家林亭》:"桂折因同树,莺迁各异年。宾阶纷组佩,妓席俨花钿。促膝齐荣贱,差肩次后先。"《寒食日寄杨东川》:"蛮旗似火行随马,蜀妓如花坐绕身。不使黔娄夫妇看，夸张富贵向何人。”《代谢好妓答崔员外》写杭妓：“青娥小谢娘，白发老崔郎。谩爱胸前雪，其如头上霜。”谢好好是杭州名妓，“巧于应对，善歌舞。从元稹镇会稽，参其酬唱。”（《唐语林》卷二）《晚春酒醒寻梦得》写小蛮：“……还携小蛮去，试觅老刘看。”小蛮是白居易家妓中出类拔萃的一位，她与樊素都善唱《柳枝》曲，所谓“樱桃樊素口，杨柳小蛮腰”。在《琵琶引》这首诗中，白居易把自己的感情寄于琵琶女形象的塑造上，巧妙地把琵琶女的身世和对琵琶乐声的描述结合起来，倾吐“同是天涯沦落人”的失意情怀。

元稹的《和乐天示杨琼》写杨琼的体貌变化：“我在江陵少年日，知有杨琼初唤出。腰身瘦小歌圆紧，依约年应十六七。去年十月过苏州，琼来拜问郎不识。青衫玉貌何处去，安得红旗遮头白。我语杨琼琼莫语，汝虽笑我我笑汝。汝今无复小腰身，不似江陵时好女……”多年前，十六七岁的少女杨琼有着美好的身段、动听的歌喉，而今却“徐娘半老”，当初欢歌笑语的府第已人去楼空，人事皆非，沧桑之感油然而生。

《泰娘歌》中的泰娘是刘禹锡谪居朗州时所遇的，诗题引写道：“泰娘无所归，地荒且远，无有能知其容与艺者，故日抱乐器而哭，其音焦杀以悲。”诗题引提及泰娘是韦府的“主讴者”，韦夏卿任苏州刺史时得到泰娘，“命乐工诲之琵琶，使之歌且舞”。诗中描绘了她的美丽姿色和高绝的歌舞技艺，色艺双全，是唐代家妓的典范。诗中用六句写出泰娘的发型、衣着、舞姿、歌喉、目光、手指：“长鬟如云衣似雾，锦茵罗荐承轻步。舞学惊鸿水榭春，歌传上客兰堂暮。”“低鬟缓视抱明月，纤指破拨生胡风。”

刘禹锡的《洛中送韩七中丞之吴兴口号五首》与《赠致仕滕庶子先辈》写出诗人对谢公风采的追慕：“溪中士女出笆篱，溪上鸳鸯避画旗。何处人间似仙境，春山携妓采茶时。”“朝服归来昼锦荣，登科记上更无兄。寿觞每使曾孙献，胜境长携众妓行。矍铄据鞍时骋健，殷勤把酒尚多情。凌寒却向山阴去，衣绣郎君雪里行。”把妓与如画的山水并置，构成与自然相谐和的理想生存状态。妓为男性奉献的是最年轻、最美好的生命，她们与山水之美浑然一体，使山水因之而生色。很多诗人提到谢公妓、东山妓，指的都是他们所向往的谢安的生活方式与精神境界。妓可以说是文人心目中最美的艺术理想，在唐代有时被称为神仙，她把士人从现实生活的种种压力中解放出来，带入一种唯美境界，这也是知识分子所追求的极致享受。

不仅如此，家中妓乐是否充裕还是士大夫政治地位、身份的反映与生命活力的象征。如白居易，七十一岁时以刑部尚书致仕，俸禄减半，家境不甚富裕了，“既老，又病风”，只得依依不舍地遣散家妓，有的送人，有的入道观，连最钟爱的樊素与小蛮都转让了。白居易为此还写过诗：“老去将何散老愁，新教小玉唱伊州。亦应不得多年听，未教成时已白头”（《伊州》）“黄金不惜买蛾眉，拣得如花三四枝。歌舞教成心力尽，一朝身去不相随。”（《感故张仆射诸妓》）杨巨源《观妓人入道二首》写的就是被遣妓女入道观的事实：“荀令歌钟北里亭，翠娥红粉敞云屏。舞衣施尽余香在，今日花前学诵经。”“碧玉芳年事冠军，清歌空得隔花闻。春来削发芙蓉寺，蝉鬓临风堕绿云。”司空曙的《病中嫁女妓》与白居易诗一样流露家妓散尽的空虚与落寞：“万事伤心在目前，一身垂泪对花筵。黄金用尽教歌舞，留与他人乐少年。”因此，事业与妓乐紧紧胶结在一起，构成一个良性互动的循环圈，一旦由于身体、年龄或仕途风波使事业受阻，妓乐也就不再兴盛。

顾况的《王郎中妓席五咏》分别描摹了五位身怀歌舞、筝、笙、箜篌绝技的艺妓的精彩技艺。歌妓清歌婉转、举世少有：“空中几处闻清响，欲绕行云不遣飞。”舞妓“落花绕树疑无影，回雪从风暗有情。”筝妓、笙妓、箜篌妓的表演精湛绝伦。可见，王郎中家有着高水平的妓乐队伍，必定家道兴旺。可以说，妓是唐代造诣极高的艺术人才，全国最优秀的艺术家集中于宫妓、官妓、家妓队伍中。与初盛唐诗人相比，中唐诗人倾向于体恤妓的情感、心理与命运。司空曙的《观妓》写出妓的哀怨：“银烛摇摇尘暗下，却愁红粉泪痕生。”对妓的人生寄予一定意义上的同情与理解。王建的《观蛮妓》写出妓乐所具有的商品性质：“谁家年少春风里，抛与金钱唱好多。”对妓的命运作出深刻观照。李贺诗中写到戎装妓女的形象，反映一种流行时尚，“军装宫妓扫蛾浅，摇摇锦旗夹城暖。”（《河南府试十二月乐词·三月》）“金蟾呀呀兰烛香，军装武妓声琅珰。”（《荣华乐》）集阴柔与侠气于一身。杜甫的《观公孙大娘弟子舞剑器行》也写过舞妓柔中有刚、刚中有柔的特殊形象，反映唐代审美取向上对侠风的推崇。

晚唐诗人笔下既有对末日浮华的挽留，如杜牧《奉送中丞姊夫俦自大理卿出镇江西叙事书怀因成十二韵》“一声仙妓唱，千里暮江痕。”薛能《题彭祖楼》“身防潦倒师彭祖，妓拥登临愧谢公。”也有对现世享乐的热烈追逐,释放着一种悲观情绪。司空图《偶书五首》写道:“蜀妓轻成妙,吴娃狎共纤。晚妆留拜月,卷上水精帘。”比较各地妓女的不同风情。温庭筠的《观舞妓》对妓女形象的描绘极为细腻,薛逢的《夜宴观妓》是对当时醉生梦死生活的真实反映:

> 灯火荧煌醉客豪,卷帘罗绮艳仙桃。纤腰怕束金蝉断,鬓发宜簪白燕高。愁傍翠蛾深八字,笑回丹脸利双刀。无因得荐阳台梦,愿拂余香到缊袍。

晚唐诗人是一批游走于政治边缘的诗人,因看不到国家的前途而醉心于酒色声妓,像杜牧、张祜、温庭筠、韩偓等身负才华却未能大展宏图,遂擅场于风月,力图在审美层面上实现自我价值,这种倾向于女性的关注视角和思维定势导致了晚唐绮艳诗风的形成,妓形象中所包含的末日心态就是典型的例证。

游侠和妓是唐代叙事诗中最鲜亮的两大人物形象,折射着时代在由盛至衰的过程中士人人生理想的固定内涵,即醉生与梦死,这在唐代体现得最为绚烂。游侠形象的塑造寄寓着士人的终极价值梦幻:舍生取义,杀身成仁;妓的形象是士人在价值追求进程中的心灵港湾。前者堪称死的伟大,后者可谓生的快乐。

二、男乐

在中晚唐,流落艺人的形象更为多见,他们是经历过盛世之欢而沦落的失意人物,命运无常,是诗人抒发身世之感和缅怀盛世心态的载体,反映动荡不定的政治、军事局势。流落艺人在诗人笔下往往以路遇者形象出现,他们一般是遭受战争、动乱、政治斗争、时代变迁影响的悲剧人物,具有见证时世的能力,以个体命运反映时代态势,具有强烈的悲剧感。

刘禹锡的《武昌老人说笛歌》塑造了一位善吹笛的老乐工形象:“武昌老人七十余,手把庾令相问书。自言少小学吹笛,早事曹王曾赏激……如今老去语尤迟,音韵高低耳不知。气力已微心尚在,时时一曲梦中吹。”以老人自述的方式写其身世，老人的衰老特征主要通过听觉、言语、行为能力的衰退描绘，“迟”、“微”两字用得非常真切。

李绅的《悲善才》有感于善才之死而作。诗序写道：“善才已没，因追感前事，为悲善才。”曹善才是受唐穆宗器重的乐师，李绅在曲江宴上听过他的弹奏。这首诗作于大和三年（829）李绅任滁州刺史时，自长庆四年（824）唐穆宗去世后，李绅被贬为端州司马。诗中对善才形象的塑造是通过对琵琶乐的音调、音色、音质之美的描写集中体现出来的。诗中写道：“衔花金凤当承拨，转腕拢弦促挥抹，花翻凤啸天上来，裴回满殿飞春雪。抽弦度曲新声发，金铃玉佩相瑳切。流莺子母飞上林，仙鹤雌雄唳明月……三月曲江春草绿，九霄天乐下云端。紫髯供奉前屈膝，尽弹妙曲当春日。寒泉注射陇水开，胡雁翻飞向天没。”与白居易的《琵琶引》有异曲同工之妙。“拨”、“拢”、“促”、“抹”、“抽”、“弹”形象地描摹善才弹奏的灵动姿势，“屈膝”写出善才的艺人身份。各种动物、植物、自然物的声音逼真地模拟出琵琶乐的美妙，营造乐中有画的境界。凤啸、莺飞、鹤唳、雁飞、花翻、雪飞、泉射、水开……琵琶如同仙乐，曲江如同仙境。昔日之人已逝，昔日之景已去，悲欢离合，生死沉浮，如梦如幻。

白居易的《江南遇天宝乐叟》写的是一个江州路遇的艺人：“白头病叟泣且言，禄山未乱入梨园。能弹琵琶和法曲，多在华清随至尊。”他原是天宝年间玄宗的梨园弟子，诗中只用“白头”和“病”写其容貌，以他为亲历者和口述者，见证玄宗时代的盛衰变迁。

第五节　怨妇：等待与失落

唐代叙事诗描绘了丰富多彩的怨妇形象，有未嫁女之怨、恋人之怨，有征人妇之怨、商人妇之怨，有弃妇之怨，也有妓之怨，还有隐藏于女子形象背后的士人之怨，她们有着共同的特征，那就是怨愤之情溢于言表。一旦女子所依附的男性因功名、游历、征戍、经商等因素云游四方、音断讯绝时，女性最直接的感受就是难以言喻的寂寞，伴随寂寞的，便是一去不复返的青春。

女子在等待期盼中展开与自我心灵的对话，疏泄绵长的怨情，而等待的结果往往就是失落、失望甚至绝望。唐代不同时期呈现的怨妇类型有所差别，她们与社会形势发生着同构互生的系联，如盛唐中唐边塞战争频繁时期，叙事诗中的怨妇多为征人妇。唐代怨妇的悲剧命运源于男权文化的控制和内化于女性心底的传统意识。

一、怅惋的恋人

张说的《三月闺怨》写恋人之怨："三月时将尽，空房妾独居。蛾眉愁自结，鬓发没情梳。"一副慵懒无情绪的模样，很可能是她的丈夫许久不出现而且没有音讯。

李白的《玉阶怨》刻画了一位美丽深情的相思女子：

> 玉阶生白露，夜久侵罗袜。却下水晶帘，玲珑望秋月。

用"侵"、"下"、"望"三个动词隐现女子的身姿、神情，用"罗袜"、"水晶"两个名词实写她的衣着与居室，人与夜色、寒气合为一景，虽无具体事件的前因后果，却有人物的举动与活动环境，诗歌以悬念型的叙事片段引发读者对事因与人物身份的多元想象。也许她是一位热恋中的年轻女子，也许是无奈的征人之妇，也许是思念浪子的娇妻，也许是不为公婆所容的弃妇。

总之，这两位女子的内心是不安的，她们思恋的对象可能正为汲求名禄而奔走于科考途中、从军路上，他们可能会金榜题名、疆场立功，他们会及时行乐、广纳红颜，而她们呢？或许将成糟糠之弃。诗歌所描述的女性举止中充满对未来命运不可确定的恐惧之情。

二、艾怨的征人妇

虞世南的《中妇织流黄》写征人妇之怨："寒闺织素锦，含怨敛双蛾。综新交缕涩，经脆断丝多。衣香逐举袖，钏动应鸣梭。还恐裁缝罢，无信达交河。"这是一位贤慧的妻子，因丈夫戍守交河而独居闺中，由于思念而心烦意乱，织锦屡屡断丝。这是初唐西部边疆作为边防重镇形势下与戍卒相对应的女性形象，像织锦、捣衣这类最能标示贤妻身份的动作描绘中隐喻的是对丈夫生死安危的挂念。唐代初期实行府兵制，寓兵于农，兵士戍边到了一定期限可以返回家乡，妻子往往翘首以盼。边疆气候寒冷，虽然军队给每名士卒配有棉衣，但在家的妻子还是定期给丈夫送征衣，不仅仅是御寒之需，更多的是给征人带去家庭的温暖。

李白写过《捣衣篇》："闺里佳人年十余，颦蛾对影恨离居。忽逢江上春归燕，衔得云中尺素书。玉手开缄长叹息，狂夫犹戍交河北……摘尽庭兰不见君，红巾拭泪生氤氲，明年若更征边塞，愿作阳台一段云。"诗歌以全知视角叙事，把少妇的居室、神态、心理揭示得娓娓动人，少妇之怨，怨的是离居，她愿意化作燕、化作云跟随在丈夫身边。这首诗中的征妇形象流露着盛唐时代的豪迈，这是一位通情达理的女性，以不同于从军之士的柔韧姿态应和着时代风云的呼唤。诗歌融情、景入事，事为全诗的骨架，景为肌肤，情为血脉，遂成天衣无缝的有机整体。

李白的《乌夜啼》似乎也在描述戍卒之妻：

> 黄云城边乌欲栖，归飞哑哑枝上啼。机中织锦秦川女，碧纱如烟隔窗语。停梭怅然忆远人，独宿空房泪如雨。

女子的声、色、姿态、举止、神情融于织锦一事，事融于景、景融于情。女性形象呈现的地点是秦川城中孤寂的闺房，时间是飞鸟归巢的黄昏，诗人以全知叙述者的视角，从薄如烟云的碧纱窗外看到女子的音容情貌。女子因心上人离家日久，故思念绵长深切，她的动作可以分解为织锦、自言自语、怅然停梭、如雨泪下四个环节，《然灯记闻》认为此诗"不袭前人乐府之貌，而能得其神"。① 这首诗用叙事笔法写出真情。同主观抒情笔法一样，叙事笔法虽然避不开诗人的主观视角、主观立场，但于读者的审美感受方面，有客观性强、可信度高、生活气息浓的好处，与读者的身心较为亲和，容易引起实实在

① (清)何世璂:《然灯记闻》，见(清)王夫之等:《清诗话》，上海古籍出版社1999年版，第121页。

在的共鸣。情因景而美丽生动，因事而具体可感、真实可信，事是情的现实依附，事与情的高度交融具有震撼力。

李白的《北风行》同样具有叙事生情的特点，刻画的也是征人之妇的形象："……燕山雪花大如席，片片吹落轩辕台。幽州思妇十二月，停歌罢笑双蛾摧。倚门望行人，念君长城苦寒良可哀。别时提剑救边去，遗此虎纹金鞞靫。中有一双白羽箭，蜘蛛结网生尘埃。箭空在，人今战死不复回。不忍见此物，焚之已成灰。黄河捧土尚可塞，北风雨雪恨难裁。"诗人以全知视角叙事，看到了"幽州思妇"的生存状态。诗中以一只"鞞靫"为焦点展开叙事，使此诗浓郁的抒情有所凭依，女子睹物生情，这熟悉的佩袋还留有亲人身上的气味，见证着两人共同度过的平凡岁月，叙述至此，"念君苦寒"的"不忍"之情骤然而生，叙事片段融于首尾的写景抒情之中，"如虎添翼"，生发出诗中角色强烈的悲痛与愤恨。可以说，事是情的羽翼，是龙的眼睛，它让情栩栩如生，状溢目前。

杜甫叙事诗中有一些女性形象是罹受战乱苦难的底层女性，她们的怨来源于自身的遭遇。《新婚别》写的是征人的新婚妻子，这位女子心中交织着悔与爱，心理冲突激烈："……嫁女与征夫，不如弃路旁。结发为妻子，席不暖君床。暮婚晨告别，无乃太匆忙。君行虽不远，守边赴河阳。妾身未分明，何以拜姑嫜……君今往死地，沈痛迫中肠。誓欲随君去，形势反苍黄。勿为新婚念，努力事戎行。妇人在军中，兵气恐不扬……"在交通不便的古代社会，特别是在乱世干戈扰攘的时期，丈夫迫于征戍而远行，这种空间隔离和时间断裂对于新婚才一天的女子来说，无异于灭顶之灾，离别意味着重见的艰难甚至生死异路。新婚之别虽是"生别"，却和"死别"没有多大的差别。她后悔与征人仓促成婚，又牵挂征人的安危，希望跟随他同赴战场。通过对其心理矛盾所作的生动刻画，这一人物形象显得栩栩如生。

盛唐时期的刘元叔存诗只有一首《妾薄命》，非常传神地刻画出征人之妇的举止与心理。征人奔赴的是东北战场："夜夜思君辽海北，年年弃妾渭桥西。"怨妇在等待中弹琴、梳妆："彩鸾琴里怨声多，飞鹊镜前妆梳断。"捣衣、缝衣："北斗星前横旅雁，南楼月下捣寒衣。夜深闻雁肠欲绝，独坐缝衣灯又灭。"哭泣、梦夫："暗啼罗帐空自怜，梦度阳关向谁说。"叹息自己的命运:“每怜容貌宛如神,如何薄命不如人。”怀疑丈夫的不忠:“谁家夫婿不从征,应是渔阳别有情。莫道红颜燕地少,家家还似洛阳城。旦逐新人殊未归,还令秋至夜霜飞。”诗歌通过怨妇形象写出盛唐从军风气之盛与边地生活的侧面。

中唐时代,外战内乱此起彼伏,诗人们往往通过心理刻画手段塑造征人之妻的悲怨形象,传达诗人内心的厌战情绪。试看以下几首:

征妇怨

孟郊

良人昨日去,明月又不圆。别时各有泪,零落青楼前。
君泪濡罗巾,妾泪满路尘。罗巾长在手,今得随妾身。
路尘如得风,得上君车轮。渔阳千里道,近如中门限。
中门逾有时,渔阳长在眼。生在绿罗下,不识渔阳道。
良人自戍来,夜夜梦中到。

妻子每天对着分别时被丈夫眼泪沾湿的罗巾,盼望早日团圆。渔阳远隔千里,然而妻子夜夜梦到丈夫归来,情到深处梦亦深。中唐时代征戍之士定期轮休的惯例已经被打破,很多戍卒多年不得返乡,无数家庭经受着生离死别的煎熬。

征妇怨

张籍

九月匈奴杀边将,汉军全没辽水上。万里无人收白骨,家家城下招魂葬。

妇人依倚子与夫,同居贫贱心亦舒。夫死战场子在腹,妾身虽存如昼烛。

失去丈夫的妻子今后靠谁养活?她腹中的胎儿将如何生存?失去丈夫的女性在生计和情感两方面经受着双重煎熬。

别离曲

张籍

行人结束出门去，马蹄几时踏门路。忆昔君初纳彩时，不言身属辽阳戍。

早知今日当别离，成君家计良为谁。男儿生身自有役，那得误我少年时。

不如逐君征战死，谁能独老空闺里。

诗中的征人之妇有怨、有爱、有节。行聘时男方隐瞒了将去戍守东北边塞的事实，女子与他成婚后独守空闺，心中无限怨恨，责怪丈夫耽误她的青春。但同时，她又爱得很坚贞，希望跟随丈夫出征，生死相守，而且对男子服兵役持理解、支持的态度。这是她不同于其他怨妇的特殊之处，这种矛盾心态正是人性本能与礼教规范在唐代女性身上相反相成、和平共生所形成的综合状态。

长久以来，夫妻关系是一种主从、尊卑的关系，《说文解字》解释，"妇，言服也；服事于夫也。"即妻子是专门服侍丈夫的。班昭《女诫》认为："事夫如事天，与孝子事父，忠臣事君同也"，"如不事夫，则义理堕阙"。① 礼教思想已经渗透到女性的灵魂深处，使其自觉地接受命运不公正的安排，连尊贵的公主都不得逾越男尊女卑的古礼。据《唐会要》记载，"大中四年二月，以起居郎驸马都尉郑颢尚万寿公主。其年诏曰：女人之德，雅合慎修，严奉舅姑，夙夜勤事，此妇之节也。先王制礼，贵贱同遵。既以下嫁臣寮，仪则须依古典。万寿公主妇礼，宜依士庶。"②然而，唐代妇女又有相对宽松的社会生活和较为开放的婚恋文化环境，"妇女能成群结队地骑马外出郊游，能穿半裸装，男女交往较为自由，有些女子追求爱情也比较大胆，女子离婚也不受歧视。女子离婚或丧夫后再嫁，也是唐代的普遍风气，不受社会舆论谴责。"③上

---

① （清）严可均：《全上古三代秦汉三国六朝文》第二册，河北教育出版社 1997 年版，第 895 页。

② 参见（宋）王溥：《唐会要》卷六《公主》，中华书局 1997 年版。

③ 邢丽凤、刘彩霞、唐名辉：《天理与人欲——传统儒家文化视野中的女性婚姻生活》，武汉大学出版社 2005 年版，第 136 页。

自公卿，下至百姓，男女自由恋爱、自择配偶的不乏其例。这种开化的时代风潮正是张籍诗中那位戍卒之妻悔当初不该嫁征人的怨悔心态产生的现实前提，在礼教与时风的矛盾斗争中，终以夫妻之爱战胜另谋生路的打算。如果没有对征人的深情厚意，改嫁也无可厚非。据《新唐书·公主传》记载，整个唐代，公主再嫁的达二十多人，集中于初盛唐和中唐，其中高祖女四人、太宗女六人、中宗女二人、睿宗女二人、玄宗女八人、肃宗女一人①。仕宦之家对再醮之女并不忌讳，宰相宋璟之子娶寡妇薛氏，韩愈女儿离婚再嫁，等等，上行下效，平民家庭自然也不乏此风，再嫁成为时人普遍接受的开明风俗。诗中怨妇的前思后虑反映了历史遗风与时代风潮的冲突。

妾薄命

张籍

薄命妇，良家子，无事从军去万里。汉家天子平四夷，护羌都尉裹尸归。

念君此行为死别，对君裁缝泉下衣。与君一日为夫妇，千年万岁亦相守。

君爱龙城征战功，妾愿青楼歌乐同。人生各各有所欲，讵得将心入君腹。

这是一位为丈夫裁缝冥衣的妻子，诗歌以心理倾诉为手段塑造怨妇形象。丈夫家世清白，从军龙城，妻子内心充满怨愤，她怨丈夫贪恋战功，她怨统治者穷兵黩武，她知道生离就是死别，她那与丈夫同歌同乐的简单愿望在中唐军事制度下成了不切实际的奢望。

代征妇怨

施肩吾

寒窗羞见影相随，嫁得五陵轻薄儿。长短艳歌君自解，浅深更漏妾偏知。

① 参见常建华：《婚姻内外的古代女性》，中华书局2006年版，第123—125页。

画裙多泪鸳鸯湿，云鬓慵梳玳瑁垂。何事不看霜雪里，坚贞惟有古松枝。

募兵制给各阶层的男性提供了改变生活境遇与追求功名的机会，这位妻子嫁的是长安的富家子弟，丈夫从军后，妻子坚贞地等待着。男性在边塞生活中有声色歌舞相伴，而女性在漫长的等待中，伴随的只有孤寂，战争在这个层面上给女性带来更多的创伤。

三、寥寞的商人妇

李白的《长干行二首》（其一）写的是商人妇之怨："妾发初覆额，折花门前剧。郎骑竹马来，绕床弄青梅。同居长干里，两小无嫌猜。十四为君妇，羞颜未尝开……感此伤妾心，坐愁红颜老。早晚下三巴，预将书报家。相迎不道远，直至长风沙。"长干在今江苏南京，是一个不同于中原的特殊生活环境，那里水运便利，居民多从事商业，礼教的控制力量比较薄弱。这位乡间女子以自由恋爱的方式如愿以偿地与心仪的男子缔结了婚姻，这是与当时常见的先结婚、后恋爱或者根本没有爱情的婚姻完全不同的，带有一些脱离礼教的解放色彩。然而男子经商远行，竟然不再顾念家室。少妇之怨，怨的是爱情不恒久。

诗歌用年龄序数法刻画了女子婚前、初婚时、婚后几年的不同形象，很像一部女性的生命史，她在成长中得到爱并失去爱。童年的女子天真活泼，形象非常可爱，她与小男孩之间"青梅竹马"的游戏奠定了爱情的基础。儿童的自由戏耍颇能反映较为开放的时代氛围，这是一个普通的生活细节，也是无比动人的小戏。邻家孩童凑在一处玩耍嬉戏的情景在村里乡间、街头巷尾随处可见，可能发生在贫寒的农家小院，也可能发生在富庶家庭的花园，这是很多人童年生活的经典经历，平凡无奇，却令人回味无穷，被诗人纳入诗中，显得无比亲切。"青梅竹马"的生动叙事已经深入人心，用来形容男女爱情建立的牢固基础。这样的细节叙事具有普适性与典型性，流露着人性的至纯与至美，这是李白闺怨诗中最为出色的叙事。随着时间的推移，两小无猜的有情人幸运地成为眷属，新婚伊始，女孩羞涩任性，情态如同画出,非常真切。熟识的朋友突然间变成同床共枕的爱人,女孩一下子无法适应这种角色的转换,故有“低头向暗壁,千唤不一回”之态。正当她坚贞不移地与爱人共度新生活时,矛盾出现了,爱人离家远行,长去不归,而且杳无音讯,这位有着幸福婚恋经历的女子转瞬成为历史长河中似曾相识的千千万万怨妇形象中的一员。这首诗的时间线索非常清晰,把一位女子不同年龄段的特殊神态与心理刻画得惟妙惟肖,展现女性对爱情的珍视与生活对女性爱情的摧残,诗人以代言体形式对女性的悲剧命运展开思索。“由于在中古社会中,妇女处在妻妾的偏位和贱位(皇后、皇妃是皇族中的偏贱),她们的价值需要在夫妇合构、阳刚阴柔中才能获得。一旦这种合构出现失衡和裂变,或者丈夫远别,或者丈夫变心,妻妾们就无凭寻找到自己的情感依托和人生价值。作为弱者,或非独立人,她们只能伤离念远,嗟色衰而怨薄情,在揪心裂肺中把怨恨的泪水往肚里咽。因此,诗之有代言体,实际上是关怀社会上一个被冷落了的心灵角落,宣泄社会上一种被压抑而郁积着的心理情结。”①

李白的《江夏行》也以代言体形式描写商人妇形象,不过,与《长干行》不同的是,这位女子嫁非所愿,婚姻并非自主,而且婚后没有得到过安定的家庭生活。诗歌写道:“忆昔娇小姿,春心亦自持。为言嫁夫婿,得免长相思。谁知嫁商贾,令人却愁苦。自从为夫妻,何曾在乡土……正见当垆女,红妆二八年。一种为人妻,独自多悲凄。对镜便垂泪,逢人只欲啼。不如轻薄儿,旦暮长相随。悔作商人妇,青春长别离。如今正好同欢乐,君去容华谁得知。”诗歌细致入微地刻画角色心理,把深深的怨恨化作平淡的生活口语吐诉出来,朴实动人,尤其是女子对“当垆女”能常随丈夫身边的羡慕心理,对形象的塑造起到画龙点睛的作用。诗歌叙事揭示盛唐社会商业发展的状况与行商之人生活漂泊的普遍情形,指出女子“悔作商人妇”的现实成因,使女子形象具有更强的社会性。

商贾的生活方式特点之一就是流动性大,女子的丈夫经商的地点是扬州,扬州在唐代是南方的大都会,位居“南北大衢,百货所集”②之处,“多富

① 杨义:《李杜诗学》,北京出版社2001年版,第217页。

② (宋)王溥:《唐会要》卷八十六,中华书局1997年版,第1582页。

商大贾、珠翠珍怪之产"①,南北朝以来就是舟楫交错、商旅繁众的胜地,特别是盐铁转运的发达,使扬州的青楼之盛几乎不亚于都城长安,是具有强大诱惑力的销金窝。扬州妓在唐代以行酒技艺高超而闻名,她们以酒筵为主要经营取向,熟悉酒令行牌,甚至因此而直上长安教坊,获宫廷教坊提名,比之长安,扬州的青楼更显得风光旖旎。王建《夜看扬州市》写道:"夜市千灯照碧云,高楼红袖客纷纷。如今不似时平日,犹自笙歌彻晓闻。"在中唐乱世尚且如此繁盛,何况太平盛世?唐代于邺的《扬州梦记》提到,"扬州胜地也。每重城向夕,楼上常有绛纱灯万数,辉耀空中。九里三十步街,珠翠填咽,邈若仙境。"②据宋代洪迈的《容斋随笔》记载,"唐代盐铁转运使在扬州,尽干利权,判官多至数十人,商贾如织。故俗谚称为'扬一益二'。谓天下之盛,扬为一而蜀次之也。"③男子在外经商不免会眠花宿柳,对家的思念缥缈淡漠,而守身如玉的女子只能无聊地消磨青春,社会文化和性别身份在规范男女两性的情感与行为方面存有男权中心的偏向。

四、悲愤的弃妇

李白的《平虏将军妻》塑造一位因无子而被丈夫休弃的真实怨妇形象:"平虏将军妇,入门二十年。君心自有悦,妾宠岂能专。出解床前帐,行吟道上篇。古人不唾井,莫忘昔缠绵。"用"出"、"解"、"吟"写出妇人临行的情状,"吟"字还写出其才情。《玉台新咏》卷二载《刘勋妻王宋杂诗二首(并序)》:"王宋者,平虏将军刘勋妻也。入门二十余年。后勋悦山阳司马氏女,以宋无子出之。"④古代女性,没有阔大的社会生活空间,没有可以投身的公众事业,唯有以色事人(包括丈夫)、以情奉人才是她赖以安身立命的专业。波伏娃对于现代女性生存境况的论述也可以说明这一点,"女人的最大需要就是迷住一颗男人的心。这是所有女主人公所渴求的回报,虽然她们可能是勇猛的,富于冒险精神的。而最常见的却是,除了美貌,不要

---

① (后晋)刘昫等撰:《旧唐书》卷八十八,中华书局1975年版,第2878页。

② (宋)李昉:《太平广记》卷二百七十三,中华书局1961年版,第2151页。

③ (宋)洪迈著,冀勤评注:《容斋随笔》,中华书局2007年版。

④ (陈)徐陵编,(清)吴兆宜注:《玉台新咏笺注》卷二,中华书局1985年版,第58页。

求她们有别的特长”。①

张籍的《离妇》通过叙述已婚女性被弃的经历呈现女性这一弱势群体的典型形象:“十载来夫家,闺门无瑕疵。薄命不生子,古制有分离。托身言同穴,今日事乖违。念君终弃捐,谁能强在兹。堂上谢姑嫜,长跪请离辞……有子未必荣,无子坐生悲。为人莫作女,作女实难为。”诗歌揭示出女性身份所包藏的深层悲哀。

东周时代的《仪礼·丧服传》认为女子是服从人的人,她们的人生有“三从”,“妇人有三从之义,无专用之道。故未嫁从父,既嫁从夫。夫死从子。故父者,子之天也;夫者,妻之天也。”②即女子从生到死都从属于男人。东汉班固的《白虎通》对夫妻关系提出明确的要求:“夫妇者,何谓也?夫者,扶也,以道扶接也。妇者,服也,以礼屈服也。”③班昭的《女诫》严格规范了女性的性别从属地位,其中“四德”说对妻子所应承担的家庭义务提出具体要求,即妇德、妇言、妇容、妇功四个方面。妇德指女子行为要规矩,不必过分讲才;妇言指女子谈话要和气有礼;妇容指女子要服饰干净,讲究卫生;妇功指女子要专心纺织,做好饭菜。至此,“三从四德”成为男权社会控制女性的基本道德规范。

《大戴礼记·本命篇》提出维护男子离婚权的“七出”,“妇有七去,不顺父母去,无子去,淫去,妒去,有恶疾去,多言去,窃盗去,不顺父母,为其逆德也,无子,为其绝世也”④,即妻子存在不顺父母、无子、淫、妒、有恶疾、多言、窃盗七种情况时,丈夫可以和她离婚。至唐代,“七出”的礼教被正式纳入律法之中,《唐律疏议·户婚》规定,妇女具备“七出”条件,可以不经官府,由丈夫写休书,邀集男女双方亲、邻及见证人一同署名弃妻。

张籍诗中的女性已经与男子结婚十年了,没有违背礼教的任何缺点,却因无子而被休。虽然唐律在准许丈夫因无子而去妻的条文中做了一些限制,即只有当妻子在五十岁以上既未生子又无妾生子时方可出妻,四十九岁

① [法]西蒙娜·德·波伏娃:《第二性》(全译本),陶铁柱译,中国书籍出版社1998年版,第336页。

② (汉)郑玄注,黄丕烈校:《仪礼》卷十一《丧服》,中华书局1985年版,第164页。

③ (汉)班固等撰:《白虎通》卷三下,中华书局1985年版,第205页。

④ (汉)戴德撰,(周)卢辩注:《大戴礼记》卷十三,中华书局1985年版,第220页。

以下则不准出妻,"妻年五十以上无子,听立庶以长,即是四十九以下无子,未合出之"①。而事实上,不合条文的出妻事件时有发生。"大诗人白居易当地方官时经手过不少出妻案件,出妻的理由或因父母不爱,或因三年无子,或因妻子在婆婆面前呵斥狗,或因妻子织布不合样式等,不一而足"②。唐太宗曾下诏规定婚龄:"大唐贞观元年二月诏:'其庶人男女无室家者,并仰州县官人以礼聘娶,皆任其同类相求,不得抑取。男年二十女年十五以上,及妻丧达制之后,孀居服纪已除,并须申以婚媾,令其好合。'"③唐玄宗开元二十二年(734)"诏男十五女十三岁以上得嫁娶"④。据此可知,诗中的女性不会超过三十岁,应该是属于受律法保护不能被休的年龄,却照样被遣送回家。

显然,现实生活与律法之间留存一定的为男权所控制的弹性空间。而且,这位女性是在丈夫贫贱之时嫁过去的,在夫家辛勤纺织,为家庭创造财富,而丈夫一旦富贵得意,便忘却昔日之恩,一纸休书就将她打发回家。汉代曾在"七出"的规范中附加了不忘恩、不忘穷、不背德的"三不去"规定,即妻子给公婆守丧过三年的,初娶时家贫后来变富贵的,妇女被弃无亲人投靠的,夫家不可以提出离婚,唐律也依循这一规定。《大戴礼记》规定,"妇有三不去。有所取无所归,不去,与更三年丧不去,前贫贱后富贵不去。"⑤《唐律疏议》规定,"诸妻无七出及义绝之状而出之者,徒一年半;虽犯七出,有三不去而出之者,杖一百。追还合。"⑥然而事实上,维护妇女权益的规定只不过是纸上谈兵,唐代社会男权依然绝对凌驾于女性之上。

五、士不遇之怨

与上述诗歌不同的另一类怨妇是以女子形象隐喻诗人不得志的境遇,如李白的《邯郸才人嫁为厮养卒妇》:

---

① (唐)长孙无忌等:《唐律疏议》卷十四《户婚》,中华书局1983年版,第302页。
② 常建华:《婚姻内外的古代女性》,中华书局2006年版,第100页。
③ (唐)杜佑:《通典》卷五十九,中华书局1988年版,第1676页。
④ (宋)宋祁、欧阳修:《新唐书》卷五十一《食货志》,中华书局1957年版,第1345页。
⑤ (汉)戴德撰,(周)卢辩注:《大戴礼记》卷十三,中华书局1985年版,第221页。
⑥ (唐)长孙无忌等:《唐律疏议》卷十四《户婚》,中华书局1983年版,第301页。

妾本丛台女，扬蛾入丹阙。自倚颜如花，宁知有凋歇？
一辞玉阶下，去若朝云没。每忆邯郸城，深宫梦秋月。
君王不可见，惆怅至明发。

女子自述从宫中才人降为普通民间女子的过程，叙述中饱含对青春老去的幽怨，对昔日繁华的留恋。以叙带情，情中含事，写诗人不为君王所用的“士不遇”情怀。

杜甫的《佳人》有异曲同工之妙，以战乱时期家道中落又遭丈夫遗弃的女子形象作为自我形象的真实依托，叙清高落寞之志。诗歌写道：“绝代有佳人，幽居在空谷。自云良家子，零落依草木……在山泉水清，出山泉水浊。侍婢卖珠回，牵萝补茅屋。摘花不插发，采柏动盈掬。天寒翠袖薄，日暮倚修竹。”《杜诗镜铨》认为，此诗“因所见有感，亦带自寓意。”①诗人的怨愤之情油然可见。中唐李端的《妾薄命》以失宠的怨妇形象寄托大历诗人对荣华无常的体认。

唐代的怨妇形象是诗人人文关怀的标志，既指向弱势女性，同时又指向诗人自我。然而，蕴含于这一形象内层的则是一条无情的生存定律：无论男性的命运多么悲惨，他依然凌驾于女性之上，女性只能是从者。

第六节　宫婢：青春的哀愁

宫人在唐代也称“宫娥”、“宫婢”、“宫奴婢”、“宫女”，主要来源是民间采女，还有一部分宫人来源于因罪连坐而籍没入宫的仕宦家庭的女眷，如上官婉儿因祖父获罪，连同母亲被收为宫奴。

杜牧的《杜秋娘诗》写及因夫主获罪而被没入宫掖的女子形象：“京江水清滑，生女白如脂。其间杜秋者，不劳朱粉施……秋持玉斝醉，与唱金缕衣。濞既白首叛，秋亦红泪滋……联裾见天子，盼眄独依依。”“白”写出杜

① (唐)杜甫著，(清)杨伦笺注：《杜诗镜铨》，中华书局1962年版，第230页。

秋是个天生丽质的美人,“如脂”写出自然的白色肌肤所含的质感、光泽,唐代社会在审美取向上以白为美,流行白妆。“唱”、“持”既写出杜秋的艺术修养,也写出她的姬妾身份。“红泪滋”、“盼眄”写出眼神之动人,“联裾”写出服饰、体态之美。这些描述呈现的是一个色艺双全的美人。杜牧于大和七年(833)路遇杜秋,诗序写道:“杜秋,金陵女也。年十五为李锜妾。后锜叛灭,籍之入宫,有宠于景陵。穆宗即位,命秋为皇子傅姆,皇子壮,封漳王。郑注用事,诬丞相欲去异己者,指王为根。王被罪废削,秋因赐归故乡。予过金陵,感其穷且老,为之赋诗。”《李锜婢》也写及杜秋身世:“按李锜宗属,亟居重位,颇以尊豪自奉,声色之选,冠绝于时,及浙西之败,配掖挺者,曰郑曰杜。郑得幸于宪宗,是生宣皇帝,实为孝明皇太后;次即杜,杜名秋,亦建康人也。有宠于穆宗,穆宗即位,以为皇子漳王傅姆,太和中,漳王得罪国除,诏赐秋归老故乡。”①由此可知,杜秋先事唐顺宗时期镇海节度使李锜,李锜亡而事宪宗,宪宗亡而事穆宗,再事漳王,最后因漳王被贬而流落民间。《上阳白发人》以上阳宫幽居多年的老宫女为典型,写出卑微女性寂寞孤苦、青春耗尽的哀怨。

盛唐崔颢的《邯郸宫人怨》叙写邯郸陌上路遇的流落宫人:“邯郸陌上三月春,暮行逢见一妇人。”她的长相、身材,诗人没有描绘,只用“垂泪”两字写出神态:“一旦放归旧乡里,乘车垂泪还入门”。她一定是个美人,是因才色出众而被选入宫中的,最后因人事翻覆而被放归。她的美是通过自述来表现的:“七岁丰茸好颜色,八岁黠惠能言语。十三兄弟教诗书,十五青楼学歌舞。”不仅容貌美丽,而且口齿伶俐,有文学修养,能歌善舞。她符合唐代社会选美的标准。唐代皇帝寻欢作乐,在全国广求美女充盈后宫,据李德裕《次柳氏旧闻》记载:“上即诏力士下京兆尹,亟选人间子女细长洁白者五人,将以赐太子。”②很多女性的命运因皇帝的一时喜好而改变。诗中写道:“忆昨尚如春日花,悲今已作秋时草。”多少貌美如花、青春如花的女子为男权社会的体制所害。这位宫女形象带有一定的典型性,她是千千万万宫女的化身,由一人命运而知天下女子命运,由一个时代女子命运而知历朝

① (宋)李昉:《太平广记》卷二百七十五,中华书局1961年版,第2170页。

② (唐)李德裕:《次柳氏旧闻》,《开元天宝遗事十种》,上海古籍出版社1985年版,第6页。

历代女子命运。

自古以来,多少美丽的女子都无法掌控自己的命运,在政治风波中祸福无常,邯郸宫人与杜秋的形象揭示女性地位的依附性。成千上万宫人中得宠者寥寥可数,多数宫人始终摆脱不掉奴婢身份。宫人中位居上层的有幸侍侧帝王的日常起居,下层的则从事洒扫庭除等低等宫务,被帝王视为玩物,随意戏谑凌辱、断其生死。宫人一旦年老色衰,大部分寂寥地老死宫中;或被遣配奉陵,事死如事生;或被帝王转徙赠赐;或者茹素参佛,长伴青灯木鱼;像邯郸宫人和杜秋娘那样被放回民间的已属大幸。父权社会中,男性的恩宠是女子唯一的价值认定与生存之本。连后妃的命运都难以自控,何况卑微的宫人?

第七节　村夫民妇:生存的苦难

在唐代叙事诗中,村夫民妇经常作为叙述人形象出现,通过自述方式,使用控诉性语言展现人物的性格和形象。

王昌龄的《代扶风主人答》刻画一位深受戍边之苦的村夫形象。扶风是唐代岐州的一个县,就是现今的陕西扶风县。诗中写道:"主人就我饮,对我还慨叹。便泣数行泪,因歌行路难。"用动词"慨叹"、"泣"、"歌"、"饮"写人物,通过声、态的刻画,突出其悲凉心理。在唐代,府兵制逐渐被募兵制代替,士兵戍守边塞常常得不到轮休,扶风主人就是从军之苦的见证人,是盛唐时期底层社会的男性代表,反映出与从军边塞的昂扬气概不和谐的社会阴暗面。这个形象也能反映唐人行路借宿的风俗。杜甫的《石壕吏》、王建的《田家留客》都写到村民留宿的现象。

盛中唐之交的诗人笔下出现各种各样身世悲惨的底层人物形象。杜甫的《负薪行》记录了特殊环境下的女性:"夔州处女发半华,四十五十无夫家……十犹八九负薪归,卖薪得钱应供给。至老双鬟只垂颈,野花山叶银钗并……面妆首饰杂啼痕,地褊衣寒困石根。"这里呈现的是夔州村妇的形象,主要通过肖像描写和动作描写来写实。"发半华"写其年老,"双鬟垂颈”写其未嫁，“银钗”、“首饰”、“面妆”写其对美的追求，头上戴的“野花山叶”显示村妇的身份，“啼”写出心里的悲痛，“衣寒”写出贫困，“负薪”、“卖薪”写出劳作行为。诗人结合夔州当地女子“当门户”的习俗，把村妇形象刻画得栩栩如生。通常，唐代庶民女性要承担教养子女、做女红、持家等事务，唐代的《女论语》指出家庭应对女性所做的教育，“在堂中训，各勤事务。扫地烧香，纫麻缉苧”。① 可见，普通女性往往是重要的劳动力，她们的劳动范围不仅仅囿于家庭内部的蒸煮洒扫，还参与田间的农业劳动。

杜甫叙事诗中实录的人物形象往往作为一种典型反映时事，这些形象的塑造被置于紧张激烈的矛盾冲突之中。安史之乱发生后第五年（759），杜甫从洛阳返华州，一路西行，根据所见所闻写成纪实性的组诗“三吏”、“三别”等，展示普通百姓的悲惨形象。“三吏”既塑造了吏的形象，也塑造了民、兵的形象，其中《石壕吏》通过吏与民的矛盾描摹底层贫妇形象，《新安吏》在官军与叛军的矛盾对峙中塑造未成年的“中男”形象。诗人对所遇底层人物的刻画具有普泛性的叙事意义，试以其中几首为例。《石壕吏》写道：“暮投石壕村，有吏夜捉人。老翁逾墙走，老妇出门看。吏呼一何怒，妇啼一何苦。听妇前致词，三男邺城戍……老妪力虽衰，请从吏夜归。急应河阳役，犹得备晨炊。”诗中最为感人的是老妇形象。“看”写出老妇的勇气，“啼”写出她的恐惧，“致词”写出她的镇定，“请从”写出她的无奈，通过言语举止显示人物心理。老妇是弱者中的弱者，以她来独当一面保护家人，反映出特殊年代的生活真实，老妇形象因此而具有典型性。《新安吏》中提到：

“客行新安道，喧呼闻点兵。借问新安吏，县小更无丁。府帖昨夜下，次选中男行。中男绝短小，何以守王城。肥男有母送，瘦男独伶俜。白水暮东流，青山犹哭声。”

诗中塑造被征的“中男”形象，用了三个形容词：“短小”、“肥”、“瘦”，简洁而逼真。天宝三年（744），朝廷规定十八岁为中男，二十三岁为丁，即成年人。“绝短小”用来形容被征队伍中一部分男孩的体貌特征，他们或许

---

① 参见（明）陶宗仪：《说郛》卷七十下，中国书店1986年据涵芬楼1927年11月版影印。

并没有达到应征的年龄而被强行征走，或许是因为缺粮少食，个头远没长到这个年龄应有的水平，这样的形容逼真实录了那个时代的社会面貌。“肥”用来刻画家境较为富裕的男孩形象，“瘦”用来形容贫苦人家的男孩形象。诗中的“中男”群像是“安史之乱”时期征人的特殊典型，以“中男”写征人，更哀。《垂老别》塑造的老人形象比《石壕吏》的老妇简略得多，但并不单薄：“投杖出门去，同行为辛酸。幸有牙齿存，所悲骨髓干。男儿既介胄，长揖别上官……弃绝蓬室居，塌然摧肺肝。”老人形象以精神气势见长。“牙齿存”、“骨髓干”写出老人身体枯瘦、衰老，“投杖”、“长揖”、“弃绝”、“塌然”、“摧”刻画的是毅然决然的心理，人物被置于聚与离、生与死的矛盾冲突中显得更加丰满。《读杜心解》认为，“《石壕》之妇，以智脱其夫，《垂老》之翁，以愤舍其家；其为苦则均”。①

杜甫的《兵车行》刻画征人家属的群像：“……耶娘妻子走相送，尘埃不见咸阳桥。牵衣顿足阑道哭，哭声直上干云霄……纵有健妇把锄犁，禾生陇亩无东西。”用“牵”、“顿”、“阑”、“哭”四个动词写出征人的爷、娘、妻、子，用“健”写劳动妇女的体貌特征，用“把锄犁”写其辛苦状貌。这些形象通过锤词炼字、客观描摹而达到逼真入神。《岘佣说诗》认为，“合之五古《新婚别》、《无家别》、《垂老别》、《石壕吏》诸诗，见唐世府兵之弊，家家抽丁远戍，烟户一空，少陵所以为诗史也”②。

《卖炭翁》是一首抨击唐代“宫市”制度罪恶的叙事诗，刻画了可怜的卖炭农民形象。所谓宫市，就是皇帝派出太监到集市上勒索劫夺“买物”的现象。全诗写的是卖炭翁一人的不幸遭遇，实际上反映的是千千万万受“宫市”掠夺的底层劳动者的不幸，揭示“苦宫市”的主题。其中一句“心忧炭贱愿天寒”的复杂心理矛盾的描写，令人百感交集，一车千余斤的木炭对农民来说，是衣食所出，生命所依，却被强行劫走，仅用“半匹红纱一丈绫，系向牛头充炭值”，怨愤之情不言而喻。《杜陵叟》叙写的是，庄稼颗粒无收的农夫依然逃脱不了官吏逼租的厄运。“剥我身上帛，夺我口中粟，虐人害物即

---

① （清）浦起龙：《读杜心解》，见陈伯海主编：《唐诗汇评》，浙江教育出版社1995年版，第976页。

② （清）施补华：《岘佣说诗》，载（清）王夫之等：《清诗话》，上海古籍出版社1978年版，第985页。

豺狼，何必钩爪锯牙食人肉”，官吏横征暴敛，为了升官发财而置穷苦百姓的生死于不顾。农夫和恶吏形象都得以呈现。

中唐戴叔伦的《女耕田行》塑造为养家而辛苦劳作的女子形象。大历、贞元之际是唐代战争最频繁的时期，没有壮年男子支撑门户，女子承担了原本属于男子的工作，而且她们的婚嫁成为最大的难题。这样的女性形象在中唐社会随处可见，兵役之害胜于虎狼，部分普通百姓男婚女嫁、生儿育女、安居乐业的生活理想已经成为泡影。元稹的《织妇词》描述了唐代贡绫户的形象：“缫丝织帛犹努力，变缉撩机苦难织。东家头白双女儿，为解挑纹嫁不得。”唐代，丝织品不仅是日常生活物资，还是军需物资，既可以作为医疗用品，又可以作为赏赐品。朝廷在荆州、扬州、宣州、益州等地均设有监造织制的专门机构，征收捐税。诗中的农妇形象如画般映现了养蚕、机织、挑花等种种辛苦的女性劳动。织妇既养蚕，又煮茧缫丝，一些专业织锦户专织花样新奇的高级彩锦。工艺极为不易，有些巧女因手艺出众而被娘家羁留，贻误青春。诗人提道：“余掾荆时，目击贡绫户有终老不嫁之女”①。在传统自给自足的农业生产模式中，女性承担了养蚕、纺纱、织布、裁缝等一系列艰苦的工作，这是庶民女子的基本生活技能，也是女性唯一的经济来源，《女孝经》指出，“纺织裳衣，社赋征献，此庶人妻之孝也”②。

晚唐于濆的《边游录戍卒言》塑造的士兵其实就是典型的入征村夫形象，诗中写道：“二十属卢龙，三十防沙漠。平生爱功业，不觉从军恶。今来客鬓改，知学弯弓错。赤肉痛金疮，他人成卫霍。目断望君门，君门苦寥廓。”这位鬓发已白的士兵二十岁戍守东北边塞，三十岁戍守西北边塞，浑身刀伤，一直到老还回不了家乡，也没有像别人一样求得功业。“赤肉痛金疮”是无功而返的退役士兵群像的写照。

---

① 参见（唐）元稹：《知妇词》，陈贻焮主编：《增订注释全唐诗》第三册，文化艺术出版社2001年版，第190页。

② 参见（明）陶宗仪：《说郛》卷七十下，中国书店1986年据涵芬楼1927年11月版影印。

第八节 贵族:荣辱与沉浮

一、政治军事名人

唐代有不少叙写历史人物的叙事诗,人物形象形形色色,以先秦的名臣、秦汉之际的谋臣、汉代的战将和政治女性为主,如王珪的《咏汉高祖》、《咏淮阴侯》、宋之问的《王昭君》、乔知之的《绿珠篇》、王维的《西施咏》、刘长卿的《王昭君歌》等,姜尚、荆轲、苏武、李陵、韩信、张良、霍去病、卫青、西施、赵飞燕、王昭君、陈阿娇等人物时常在诗人笔端呈现。这些历史人物的身世遭际通常被诗人借用,作为抒发自身"不遇"之情的载体,或者隐喻当代君臣、将领、女性的命运沉浮。通常,人物形象是通过对事迹的简笔记述或者截取典型行动形成故事片段的方式来呈现的,较少对人物做面貌、身姿、穿戴、心理、情感、脾性等全方位的刻画。唐代叙事诗主要不是构造一个全面的立体的栩栩如生的人形,也不是以肖像特写来展现容貌,而是把人物作为剪影式的客观对照物,突出隐含在形象背后的自我感喟。

李白的《梁甫吟》借用商代吕望、秦末郦食其落魄而不卑的形象喻自身恃才傲物、终将成就大业的形象,诗中写道:"长啸梁甫吟,何时见阳春?君不见朝歌屠叟辞棘津,八十西来钓渭滨。宁羞白发照渌水,逢时吐气思经纶。广张三千六百钧,风雅暗与文王亲。大贤虎变愚不测,当年颇似寻常人。君不见高阳酒徒起草中,长揖山东隆准公。入门不拜骋雄辨,两女辍洗来趋风。东下齐城七十二,指麾楚汉如旋蓬"。诗人希望自己像吕望、郦食其一样有朝一日得志。相传吕望五十岁在棘津做小贩,七十岁在朝歌屠牛,八十岁在渭滨钓鱼,九十岁遇文王而谋划治国安邦大业。"高阳酒徒"郦食其在贫困时谒见刘邦仍显示凛凛傲骨,最后"冯轼下齐七十余城"①,为刘邦赢得大汉江山立下不朽之功。诗人相信自己也像他们一样怀有雄才大略,

① (汉)班固撰,(唐)颜师古注:《汉书》卷四十三,中华书局1964年版,第2110页。

如今虽埋没民间、非庸常之辈能识，但终将脱颖而出。

李白的《苏武》传达诗人寄寓在苏武与李陵两位不同身世的汉将身上的不遇之情："苏武在匈奴，十年持汉节。白雁上林飞，空传一书札。牧羊边地苦，落日归心绝。渴饮月窟冰，饥餐天上雪。东还沙塞远，北怆河梁别。泣把李陵衣，相看泪成血。"《韵语阳秋》记载，"苏武李陵在武帝时同为侍中，金兰之义素笃。武拘于匈奴，明年而陵始降，虽逆顺之势殊，悲怀之情异然朋友之谊，此心常炯炯也。"①李白的诗歌以边地生活场景的摹写形象地传达出苏武身上隐含的气节。《胡无人行》用汉代名将霍去病的形象喻指盛唐将领的威风，表现诗人胸中的豪迈气概："汉家战士三十万，将军兼领霍嫖姚。流星白羽腰间插，剑花秋莲光出匣。天兵照雪下玉关，虏箭如沙射金甲。云龙风虎尽交回，太白入月敌可摧。"这种以汉喻唐的叙事手法体现唐代诗人深厚的汉代情结。

王维的《李陵咏》塑造汉代名将李陵的形象，可以结合李白的《苏武》篇，更为深刻地理解李陵内心不为人知的苦衷。诗歌写道："汉家李将军，三代将门子。结发有奇策，少年成壮士。长驱塞上儿，深入单于垒。"写李陵的勇武。"既失大军援，遂婴穹庐耻。少小蒙汉恩，何堪坐思此。深衷欲有报，投躯未能死。引领望子卿，非君谁相理。"写李陵降敌的苦衷。唐诗作品中对李陵之败寄予深切同情、对李陵人格给予高度评价的并不多，王维这首诗显得比较特殊，对李陵寄予理解与同情，认为李陵之降另有所图，"彼之不死，宜欲得当以报汉也"。②

王维的《夷门歌》刻画了信陵君的形象："秦兵益围邯郸急，魏王不救平原君。公子为嬴停驷马，执辔愈恭意愈下。"信陵君的贤德、仗义通过他在救赵前的明智之举写出。信陵君门客侯嬴是魏都大梁城看守城门的役史，但信陵君识其才而礼遇之，《史记》记载，"公子从车骑，虚左，自迎夷门侯生。侯生摄敝衣冠，直上载公子上坐，不让，欲以观公子。公子执辔愈恭。侯生又谓公子曰：'臣有客在市屠中，愿枉车骑过之。'公子引车入市，侯生

① （宋）葛立方：《韵语阳秋》卷八，上海古籍出版社1984年据上海图书馆藏宋刻本影印。

② （汉）班固撰，（唐）颜师古注：《汉书》卷五十四，中华书局1964年版，第2456页。

下见其客朱亥，俾倪，故久立与客语，微察公子。公子颜色愈和。”①士为知己者死，所以解邯郸之围时，侯嬴起了重要作用。“公子执辔”作为魏公子礼贤下士的经典动作在王维诗中得以展示。

二、后妃

知名的后妃形象在唐代叙事诗中描绘得非常生动。

杨贵妃是众人瞩目的著名妃子，是与政治密切相关的女性，是盛唐人关注的焦点人物，不少诗篇塑造了她的形象。杜甫的《丽人行》实录了杨贵妃姐妹在曲江宴中的身姿、装扮及举动，从一个侧面反映了当时的社会现实。

唐代的长安曲江是在汉武帝时修建的宜春苑基础上疏凿而成的国家水上公园，它的兴盛“始于玄宗开元年间，正是大唐帝国最兴盛的时期”②。杜甫这首诗作于天宝十二年(752)的上巳节，上巳是传统的节日，长安市民通常到曲江游春。在当时较为开放的社会风气和胡风胡俗的影响下，后妃宫人、贵族士女盛行户外、公开的集体活动。据《格致镜原》记载：“都人士女，每至春时，各乘车走马，郊外为探春之宴。”③杜甫有幸目睹杨氏姐妹的姿容。诗中写道：“态浓意远淑且真，肌理细腻骨肉匀。绣罗衣裳照暮春，蹙金孔雀银麒麟。头上何所有，翠微㔩叶垂鬓唇。背后何所见，珠压腰衱稳称身。就中云幕椒房亲，赐名大国虢与秦。”杨氏姐妹美丽绝伦，仪态非凡，由于皇帝的恩宠，女性的价值得到最充分的体现，奢华、高贵、不可一世。看她们的全身打扮——罗衣闪闪发光，上面以金银线绣着孔雀、麒麟等吉祥图案，看她们的头饰——翠玉做成的叶状首饰压在鬓角上，再看她们的背影——珠玉垂在衣裾边极为合身，这几位美人的出场在游众中极具轰动效应。她们的装扮代表的是社会的最新时尚。

《丽人行》写女性不止于单纯的肖像描写，还以独特的宴饮情景写出处于高层政治地位的女性的命运，特别是以她们的行为反映其徒有富贵而少

① (汉)司马迁：《史记》卷七十七，中华书局1975年版，第2378页。

② 肖爱玲：《隋唐长安城空间秩序及其价值》，《陕西师范大学学报》2009年第5期。

③ (清)陈元龙：《格致镜原》卷十八，文渊阁四库全书，第1031册，子部，类书类，上海古籍出版社2003年版，第224页。

有幸福的空虚内心:“紫驼之峰出翠釜,水精之盘行素鳞。犀箸厌饫久未下,鸾刀缕切空纷纶。黄门飞鞚不动尘,御厨络绎送八珍。”《韵语阳秋》指出,“老杜丽人行专言秦虢宴游之乐”①。《唐诗快》认为,“通篇俱描画豪贵浓艳之景而讽刺自在言外。少陵岂非诗史?”②

杨贵妃是造成安史之乱的关键人物,因而成为唐人评价的热点,到晚唐,诗人们还津津乐道于贵妃事迹,晚唐人的相关叙述呈现多元倾向。一种倾向为:贵妃丧德败国。这是儒家社会价值体系在发挥“刺人”功能,把贵妃塑造成妖后形象。第二种倾向是:女祸乱政。这是后妃诗常见的一种倾向,植根于中国传统的政治意识。先秦以来就有美色祸国的社会舆论导向,像妹喜、褒姒、妲己都是扰乱乾坤的祸水,杨贵妃同样被认定为大唐帝国由盛转衰、玄宗政治由明而昏的主要罪人。“红颜祸水”的偏见是男性史观作为历史主宰性思维的呈现方式。第三种倾向为:抚今忆昔。沧海桑田,盛世已成镜花水月般的“过去时”,晚唐诗人面对残酷的现状,缱绻缅怀开元、天宝旧梦,追忆似水流年。第四种倾向是:生死离合之叹。贵妃与玄宗被诗人们宽容地置于平凡夫妻的价值评判体系中,她们的聚合离散获得深切同情,他们的真挚爱情获得高度赞美。这是以人本精神为原点的平等观照。宋人葛立方对唐明皇的批判则表现出不同于上述四种倾向的较为公允的理解:“唐明皇以英铳身至极治,以荒淫身致极乱,自古人君成败之速,未有如明皇者”③。

王翰的《飞燕篇》塑造的是汉代赵飞燕姐妹得宠的形象:“朝弄琼箫下彩云,夜踏金梯上明月。明月薄蚀阳精昏,娇妒倾城惑至尊。”流露非常明显的女色误国思想。

李白的《妾薄命》描画的是汉武帝皇后陈阿娇的形象,取之于真实的历史题材,诗歌写道:

① (宋)葛立方:《韵语阳秋》卷十九,上海古籍出版社1984年据上海图书馆藏宋刻本影印。

② (清)黄周星:《唐诗快》,转引自陈伯海主编:《唐诗汇评》,浙江教育出版社1995年版,第932页。

③ (宋)葛立方:《韵语阳秋》卷七,上海古籍出版社1984年据上海图书馆藏宋刻本影印。

汉帝宠阿娇，贮之黄金屋。咳唾落九天，随风生珠玉。宠极爱还歇，妒深情却疏。长门一步地，不肯暂回车。雨落不上天，水覆难再收。君情与妾意，各自东西流。昔日芙蓉花，今成断根草。以色事他人，能得几时好。

陈阿娇是汉武帝姑母长公主的女儿，《汉武故事》记载武帝少时曾对姑母许诺："若得阿娇作妇，当做金屋贮之也"①。历代文人刻画阿娇的艺术形象无不以"金屋藏娇"的典故形容其得宠时的情状，以"长门别居"述其失宠后的悲苦，李白诗中对她不做形貌的具体勾画，通过对其命运所做的简略叙述呈现形象，另以一个"妒"字涵盖阿娇的性格特征。在这首诗中诗人写历史人物并不是为展现人物，而是隐含对自我命运无常的悲叹。崔颢的《长门怨》也是叙陈皇后形象："君王宠初歇，弃妾长门宫。紫殿青苔满，高楼明月空。夜愁生枕席，春意罢帘栊。泣尽无人问，容华落镜中。"这位失宠的皇后与世间普通的弃妇没有任何差别，门第、身份、富贵、荣耀俱如云烟，她甚至还不如普普通通的弃妇，民间的弃妇虽悲苦却没有性命之忧，而失宠的皇后往往命悬旦夕。诗人笔下的形象宛若弃妇却比弃妇更哀，诗人写高层政治女性的命运更能揭示女性这一性别类型的附庸地位。

王维的《西施咏》叙写了先贱后贵的西施形象，寓命运无常之思："艳色天下重，西施宁久微。朝仍越溪女，暮作吴宫妃。贱日岂殊众，贵来方悟稀。"

唐代诗人书写历史女性，尤其是上层社会的女性，主要是寄予男性本位的人文关怀。女性，永远是最大的输家，没有独立完整的人格色彩，因男性功名而显贵，亦因男性好恶而落难。她们是附属的，可以被弃、被废、被交易，她们得到的荣华富贵仅仅是短暂的表象。尤其是遭遇战争时，女性，包括贵族女性、知名女性，都是最凄惨的受害者。舒芜写过一篇小文《乱离最苦是朱颜》②，考证了康熙年间禁兵远征福建时对当地妇女淫杀抢掠的史实，指出历来女性在战乱中较之男性倍加惨苦的命运。历代关于战争的记

---

① （汉）班固：《汉武故事》，《古小说钩沉》，人民文学出版社1953年版，第287页。

② 舒芜：《乱离最苦是朱颜》，见《哀妇人》，安徽教育出版社2004年版。

录中，都会出现无数被污、被辱、被残害的女性形象，如安史之乱中，睢阳为叛军所困，城中食尽，守将张巡“出爱妾曰：‘诸君轻年乏食，而忠义不少衰，吾恨不割肌以啖众，宁惜一妾而坐视士饥？’乃杀以大飨，坐者皆泣。巡强令食之……”①。战争成败，全仗士气，弱女子的性命何足挂齿，张巡身先士卒，之后兵士括城中妇女而食之。

自古以来，女性这一弱势群体，是可以被代表不同利益、不同阶级、不同立场、不同地位的各类男性随意凌辱杀戮的。对男性而言，一旦地位与女人被同置于天平称之上，孰轻孰重立马就见分晓。白居易的《长恨歌》写及贵妃之死，宋人葛立方从中看透了男性的价值选择原则，《韵语阳秋》指出，“白乐天诗云：‘六军不发无奈何，宛转娥眉马前死。’非逼迫而何哉？然明皇能割一己之爱，使六军之情贴然，亦可谓知所轻重矣。”②

三、没落贵族

崔颢的《江畔老人愁》塑造一位路遇的老人形象：“青溪口边一老翁，鬓眉皓白已衰朽。”以“皓白”写鬓眉，突出一种不俗的气质；以“衰朽”写形态，显示其没落境遇。通过老人的自述，诗人了解到他是贵族的后裔，“五世迭鼓乘朱轮”，“子女四代为妃嫔”，不过，现在的他只是一个“采樵”、“刈稻”、“零丁贫贱”的老朽之人。这一没落贵族的形象蕴含着冥冥之中参不透的盛衰之理。

杜甫的《哀王孙》记录了诗人在战乱之后的长安城路遇的皇族公子形象：“……腰下宝玦青珊瑚，可怜王孙泣路隅。问之不肯道姓名，但道困苦乞为奴。已经百日窜荆棘，身上无有完肌肤。高帝子孙尽隆准，龙种自与常人殊。”这是一个特殊的形象，能隐约透露王孙身份的只有他身上留存的配饰。唐代社会的等级身份往往通过服饰、佩戴体现出来。“泣”字写其哀，“不肯道”写其内心尊严，“乞为奴”写其求生本能，“无有完肌肤”写其苦痛。《唐宋诗举要》认为诗中所述“极写留连困顿之状……夹入议论，苦语

---

① （宋）宋祁、欧阳修：《新唐书》卷一百九十二，中华书局1957年版，第5538页。

② （宋）葛立方：《韵语阳秋》卷十九，上海古籍出版社1984年据上海图书馆藏宋刻本影印。

慰藉，深情无限。”①王孙形象刻画得非常逼真，王孙的可怜形象打破了“龙种自与常人殊”的阶级神话，成为时代盛衰的有力见证，具有深刻的社会意义。他折射的是盛唐文明的彻底破碎，预示着大唐一劫不复的没落。

---

① （清）高步瀛选注：《唐宋诗举要》，上海古籍出版社1959年版，第211页。

第四章
唐代叙事诗的艺术特色

第一节　简练的指事语言

指事是叙事诗语言运用的重要特色，即用简洁的语言点明故事，语简而事详，具有高度概括性。著名的长篇叙事诗《琵琶引》叙事相当详切，使用语言却异常简练，如开篇“浔阳江头夜送客，枫叶荻花秋瑟瑟”，仅仅十四个字，把季节、具体时间、天气冷暖、地点、事件、环境、人物这些叙事诗的要素都一举点明。从语言文字学角度考察，指事是汉字构形法“六书”之一，“利用已有象形字字符，在摹绘具体实物的形符基础上添加或减除一定的附加符号，用以特指事物的某些部位、处所、特征、功能，由此引申出新的词义，就是指事构形法。通过指事构形法构制出来的汉字，也就是‘指事字’。”①从汉字构型法原理可以看出，指事作为一种造字手段必定包容形简而意丰的内蕴，这就与古代文论提及的“指事”手段构建起必然的内在关联。“五言居文辞之要，是众作之有滋味者也。故云会于流俗，岂不以指事造形，穷情写物，最为详切者邪！故《诗》有三义焉：一曰兴，二曰比，三曰赋。文已尽而意有余，兴也。因物喻志，比也。直书其事，寓言写物，赋也。”②钟嵘所说的“指事”实乃中国古代诗歌叙事语言的典型特征，也是唐代叙事诗重要的语言艺术手段之一。

中国古代叙事诗受到史传传统的影响，语言上形成“尚简”、“用晦”的艺术风格。刘知己提出，“夫叙事之工者，以简要为主”。③ 简要就是“省字约文”，要求作者以高度的概括性和表现力从纷繁的事象中找出最有特征性的东西，做到“文如阔略，语实周赡”。这一传统史传文的叙事语言艺术原则同样影响了唐代叙事诗，唐代诗人在叙事诗创作中不知不觉地迎合着这一原则，追求“文约而事丰”，以“指事”之法赋予事件更多的联想空间。

“指事”之法表现于唐代叙事诗，就是叙述事件时不作详细的铺陈和展

---

① 张泽渡：《汉字六书指事构形法》，《贵州大学学报》2009 年第 3 期。

② （梁）钟嵘：《诗品》，上海世纪出版集团 2007 年版，第 2 页。

③ 郭绍虞主编：《中国历代文论选》（第二册），上海古籍出版社 2001 年版，第 37 页。

开,而是配合简练的描述性语言,通过写景叙情的途径,在情景交融中扼要指出事的因果链条与时间序列。司空图的《与极浦书》提出叙事体裁的独特之处:"然题纪之作,目击可图,体势自别,不可废也"。① 司空图认为,叙事语言就是照相式地描画所见事物、景物、人物的语言,也就是指事。这种承袭于古代叙事诗的语言手段在唐代被诗人们运用得炉火纯青。从指事传统来看,叙事诗中事的种类包括:"楚臣去境,汉妾辞宫;或骨横朔野,或魂逐飞蓬;或负戈外戍,杀气雄边;塞客衣单,孀闺泪尽;或士有解佩出朝,一去忘反;女有扬蛾入宠,再盼倾国。凡斯种种,感荡心灵,非陈诗何以展其义,非长歌何以骋其情?"②这些事都是因情而生的事,唐代叙事诗同样通过陈列多种多样的事实来展义骋情。

伤秦姝行

刘禹锡

长安二月花满城,插花女儿弹银筝。南宫仙郎下朝晚,曲头驻马闻新声。

马蹄逶迟心荡漾,高楼已远犹频望。此时意重千金轻,鸟传消息绀轮迎。

芳筵银烛一相见,浅笑低鬟初目成。蜀弦铮摐指如玉,皇帝弟子韦家曲。

青牛文梓赤金簧,玫瑰宝柱秋雁行。敛蛾收袂凝清光,抽弦缓调怨且长。

八鸾锵锵渡银汉,九雏威凤鸣朝阳。曲终韵尽意不足,馀思悄绝愁空堂。

从郎镇南别城阙,楼船理曲潇湘月。冯夷蹁跹舞渌波,鲛人出听停绡梭。

北池含烟瑶草短。万松亭下清风满。秦声一曲此时闻,岭泉呜咽南云断。

---

① 郭绍虞主编:《中国历代文论选》第二册,上海古籍出版社 2001 年版,第 201 页。

② (梁)钟嵘:《诗品》,上海世纪出版集团 2007 年版,第 2 页。

来自长陵小市东，蕣华零落瘴江风。侍儿掩泣收银甲，鹦鹉不言愁玉笼。

博山炉中香自灭，镜奁尘暗同心结。从此东山非昔游，长嗟人与弦俱绝。

这首诗为悼念善弹秦筝的良妓所作。房琯之孙房启在长安的怀远里寻得一名筝妓伴随于身边，技艺高超，却不幸早夭，不免心有戚戚。诗人亦有感伤之情，遂叙筝妓旧事以咏叹。诗歌以十句七十字写出房启觅得筝妓一事，笔墨简省，"弹银筝"、"闻新声"、"心荡漾"是事件之因，"绀轮迎"、"一相见"、"初目成"是随之而生的结果。作为叙事作品，诗人仅仅指出从因到果的事件线索，缺乏详尽曲折的故事发展过程，截然不同于西方的叙事诗。接下去的十句极尽赋法之能事，描述筝妓形态、乐声之美，然后以"别城阙"三字指出房启携妓牧容州一事，以下十句同样以赋为叙，描述秦筝在容州当地的影响力。显然，这首诗不可避免地烙有以赋法为诗的思维特色，它以情景交融所建构的巨大张力丰富了指事语言，达成言简而意丰的特殊魅力。这种思维根基恰恰造就了中国古代叙事诗不同于西方的特殊性，正是这一特殊性成就了唐代叙事诗情景事理水乳融汇的整体风貌。

指事是最能体现诗歌叙事特征的语言手段，指事、赋法相结合的叙事语言犹如骨肉之相连，使情含景中、理隐事中，两者相辅相成。什么是赋法？前人作过相关的论述：

赋之言铺，直铺陈今之政教善恶。（郑玄）①

"赋"者，"铺"也，铺采摛文，体物写志也。（刘勰）②

直书其事，寓言写物，赋也。（钟嵘）③

赋者，敷陈之称，古诗之流也。（挚虞）④

赋者，敷也，布也。指事而陈，显善恶之殊态，外则敷本题之正体，

---

① 参见（清）阮元：《十三经注疏·周礼注疏》卷二十三。

② （梁）刘勰：《文心雕龙》，中州古籍出版社2008年版，第81页。

③ （梁）钟嵘：《诗品》，上海世纪出版集团2007年版，第2页。

④ （晋）挚虞：《文章流别论》，《全晋文》卷七十九。

内则布讽颂之缘情。（贾岛）①

可见，赋法具备铺陈性质，即直陈与特定情感相关连的人物、事物、景物、事件等以表现情感，"情"是赋法的一大要素。赋法实为情景交融的描述性语言手段，在赋法中往往也包含一定的"指事"特征。

白居易的新乐府具有很强的叙事性和讽谕性，它以指事语言作为表述事件的主要手段。如：

轻肥

意气骄满路，鞍马光照尘。借问何为者，人称是内臣。
朱绂皆大夫，紫绶或将军。夸赴军中宴，走马去如云。
尊罍溢九酝，水陆罗八珍。果擘洞庭橘，脍切天池鳞。
食饱心自若，酒酣气益振。是岁江南旱，衢州人食人。

前十四句用赋法铺陈，描述官宦宴饮场景，其中以"军中宴"三字指出事件，简化情节，末二句简练地指出"江南旱"的自然气候、"人食人"的骇人现象。这就是指事，没有具体过程的描述，与之相辅相成的赋法则长于铺排逞情，隐含着对官员的强烈谴责，指事则在赋法的映衬下显得文约而意丰。

白居易的《重赋》前十四句为议论，论国家税制在执行过程中发生变质，后十四句为铺叙，描画出百姓的悲惨："幼者形不蔽，老者体无温。悲喘与寒气，并入鼻中辛"。最后十句以国库的充盈反衬民生困窘："昨日输残税，因窥官库门。缯帛如山积，丝絮如云屯。号为羡馀物，随月献至尊。夺我身上暖，买尔眼前恩。进入琼林库，岁久化为尘"。全篇三十八句仅用"迫我纳"、"输残税"来指事，却兼容多种艺术手段强化贪吏征重赋所引发的愤懑情绪。《红线毯》用简练的语言指出宣州百姓织毯进贡一事："宣城太守加样织，自谓为臣能竭力。百夫同担进宫中，线厚丝多卷不得。"配合用铺排之法描述织毯的艰辛、宣毯的独一无二："红线毯，择茧缫丝清水煮，拣丝练线红蓝染。染为红线红于蓝，织作披香殿上毯。披香殿广十丈馀，红

① （唐）贾岛：《二南密旨》，学海类编本。

线织成可殿铺。彩丝茸茸香拂拂，线软花虚不胜物。美人蹋上歌舞来，罗袜绣鞋随步没。太原毯涩毳缕硬，蜀都褥薄锦花冷，不如此毯温且柔，年年十月来宣州。”指事与铺叙最后聚焦于诗末的议论：“地不知寒人要暖，少夺人衣作地衣。”真正做到了事有所指。

白居易的《缭绫》与《红线毯》如出一辙，以主要篇幅铺叙缭绫之奇异美丽，一句“织者何人衣者谁，越溪寒女汉宫姬”简练而明确，体现出指事手段的涵盖力。诗末的议论将铺叙与指事交汇为讽谏，达到“指”的目的。《胡旋女》开篇就以赋法渲染，描述胡旋舞之美，以赋作为铺垫，指出“安史之乱”的祸因“贵妃胡旋惑君心”，言简而意丰。

指事手段的使用在白居易的讽谕诗中表现得非常明显，因为讽谕诗必定要叙述事实，言明道理，叙事性非常突出，但又不便详细展开，所以就截取生活片段，指出事情作为承载义理的靶子，并加以赋法渲染烘托，而不使用全部篇幅详细讲述故事的细枝末节。

第二节　灵动的摹状技巧

“摹状是摹写对于事物情状的感觉的辞格。”①摹写听觉的，称摹声；摹写视觉的，称摹色；摹写外形的，称摹形。“写气图貌，既随物以宛转；属采附声，亦与心而徘徊。故‘灼灼’状桃花之鲜，‘依依’尽杨柳之貌，‘杲杲’为日出之容，‘瀌瀌’拟雨雪之状，‘喈喈’逐黄鸟之声，‘喓喓’学草虫之韵……并以少总多，情貌无遗矣。”②运用摹状手段可以使语言更富表现力，使色彩、声音、动作、神态、面貌表现得活灵活现。唐代叙事诗为表现环境、场景、人物形象、心理、言辞，处处离不开对声、色、形的描摹，使用摹状辞可以营造突出的音像效果，使人如闻其声，如见其形，以逼真的“视听效果”带给读者积极的心理感应。叙事诗人以“语不惊人死不休”的高蹈姿态炼字

① 陈望道：《修辞学发凡》，复旦大学出版社2010年版，第76页。

② （梁）刘勰：《文心雕龙》，中州古籍出版社2008年版，第427页。

锤声、遣词造语,在叙事诗中多处使用叠音词、叠韵词、双声词等摹声、写形,摹状技巧无比灵动,使所描述的事物显得形象、传神,有声有色,使诗句富有节奏感和音律美。

一、以叠音摹声

同一的字"紧相连接而意义也相等的,名叫叠字"①,也叫双字,即声韵全同的两个字重叠。同一字重叠使用实际包括叠音词和单音词的叠用两种不同的情况,在诗歌中,一般不加区别,统称为叠字,通常也叫叠音。叠音既是双声又是叠韵,兼具婉转和铿锵的特色,具有优美的听觉效果。宋人叶梦得指出,"诗下双字极难,须使七言五言之间,除去五字三字外,精神兴致,全见于两言,方为工妙"。② 运用叠音可以满足诗歌中节奏的需要,如五言诗的节奏是二二一或二一二,七言诗是二二二一或二二一二,可以产生悠扬和谐的音响效果。运用叠音还可以使节奏更明显,因为叠音是语句逻辑的重音所在,声韵得以突出和加强,更易形成音律美。叠音有利于强化听觉、视觉效果,具有生动可感的描状性、具象性、抒情性以及圆转流利的音韵之美。

唐代叙事诗常常使用叠音手段来描摹自然景物、事物之声,借以渲染人物感情,使自然界的风霜雨雪、山水草树、飞禽征马变成透视人物心灵世界的窗户,使乐声、歌声与诗中人物的情绪相交融,激起读者身临其境的感觉投入。用叠音来摹声是在唐代叙事诗的摹声手段中最为常见的一种,象声取义,易于抒情,"摹声格所用的摹声辞,概只取其声音,不问意义"。③

(1)萧萧

"凛凛边风急,萧萧征马烦。"(虞世南《出塞》)

"鸢飞杳杳青云里,鸢鸣萧萧风四起。"(刘禹锡《飞鸢操》)

"往年镇戍到蕲州,楚山萧萧笛竹秋。"(刘禹锡《武昌老人说笛

① 陈望道:《修辞学发凡》,复旦大学出版社2010年版,第137页。

② (宋)叶梦得:《石林诗话》,中华书局1981年版,第411页。

③ 陈望道:《修辞学发凡》,复旦大学出版社2010年版,第76页。

歌》)

"洛阳旧宅生草莱,杜陵萧萧松柏哀。"(刘禹锡《泰娘歌》)

"耿耿残灯背壁影,萧萧暗雨打窗声。"(白居易《上阳白发人》)

"边树萧萧不觉春,天山漠漠长飞雪。"(贺朝《从军行》)

用"萧萧"模仿动物或自然物所发出的各种声音,如马嘶、鸢鸣、山风、树声、雨声等,甚至可以把心理上感觉到的寒冷之意转换成听觉感受。

(2)凄凄

"凄凄不似向前声,满座重闻皆掩泣。"(白居易《琵琶引》)

"是时天久阴,三日雨凄凄。"(白居易《伤友》)

"出户不敢啼,风悲日凄凄。"(戴叔伦《去妇怨》)

用"凄凄"形容琵琶声、雨声和风声,而且写出风声凄惨所引发的人物观景时悲凉的心理感受。

(3)猎猎、索索、悄悄

"胡沙猎猎吹人面,汉虏相逢不相见。"(王翰《饮马长城窟行》)

"浔阳江头夜送客,枫叶荻花秋索索。"(白居易《琵琶引》)

"月光悄悄笙歌远,马影龙声归五云。"(曹唐《小游仙诗》)

用"猎猎"写出空气中沙尘流动的声音,用"索索"写出秋风吹动草木的声音。用"悄悄"写月光轻缓移动之状尤为巧妙,因为月影移动本无声,这种声音只能是诗人在心理上捕捉到的,是诗人的一种敏锐感觉,与"笙歌远"三字相配,用"远"字的动感牵动月影之静,使静化为动,令读者也仿佛能谛听到月光轻挪发出的细微声音。

(4)憧憧、辚辚、锵锵、辘辘、轧轧、吒吒、趵趵

"慈乌尔奚为,来往何憧憧。"(白居易《和答诗十首·和大觜乌》)

"坂车辚辚,畏逢乡里亲。"(戴叔伦《去妇怨》)

“八鸾锵锵渡银汉，九雏威凤鸣朝阳。”（刘禹锡《伤秦姝行》）

“牛吒吒，田确确，旱块敲牛蹄趵趵。”（元稹《田家词》）

“六十年来兵簇簇，月月食粮车辘辘。”（元稹《田家词》）

“朱轮轧轧入云去，行到半天闻马嘶。”（曹唐《小游仙诗》）

叠音词“辚辚”、“锵锵”、“辘辘”、“轧轧”都是形容车轮转动的声音，“憧憧”形容动物飞动的声音，“吒吒”是叱牛的声音，“趵趵”是牛蹄声，很逼真，象声效果强。

（5）沉沉、冬冬、迟迟、耿耿、故故

“暗闻弦管九天上，宫漏沉沉清吹繁。”（李益《汉宫少年行》）

“君不见上宫警夜营八屯，冬冬街鼓朝朱轩。”（李益《汉宫少年行》）

“迟迟钟鼓初长夜，耿耿星河欲曙天。”（白居易《长恨歌》）

“故故推门掩不开，似教欧轧传言语。”（司空图《冯燕歌》）

用“冬冬”模拟鼓声，用“沉沉”模拟宫漏声，用“故故”模拟推门声，用“迟迟”与“耿耿”写出长夜不眠者听着钟鼓一次次敲响的难耐之情，是通过写声音所引发的心理感觉来写听觉。

（6）飒飒、续续、嘈嘈、切切、袅袅

“大声粗若散，飒飒风和雨。小声细欲绝，切切鬼神语。”（白居易《五弦》）

“低眉信手续续弹，说尽心中无限事。”“大弦嘈嘈如急雨，小弦切切如私语。嘈嘈切切错杂弹，大珠小珠落玉盘。”（白居易《琵琶引》）

“众音不能逐，袅袅穿云衢。”（杜牧《张好好诗》）

用“嘈嘈”、“切切”、“飒飒”、“续续”形容弦乐声，用“袅袅”写高音之美，把烟雾向上空飘散的视觉感受引申到听觉领域，是一种通感的表现手法。在摹写妓乐的大量叙事诗中，摹声的例子比比皆是，尤其是白居易的《琵琶引》，摹声手段的使用达到炉火纯青的境地。

(7)啾啾、嗟嗟、唧唧

“黄昏塞北无人烟，鬼哭啾啾声沸天。”(王翰《饮马长城窟行》)

“嗟嗟俗人耳，好今不好古。”(白居易《五弦》)

“我闻琵琶已叹息，又闻此语重唧唧。”(白居易《琵琶引》)

“啾啾”是哭声，“嗟嗟”、“唧唧”是叹息声，人物因感叹、惊愕、痛苦、愤怒而发出的各种声音也是诗人模拟的对象。

通过上述分析，可以看出：第一，在唐代叙事诗中，用什么叠音词摹写什么对象具有一定的稳定性；第二，同一对象除了用相同的叠音词描摹以外，还可以用不同的叠音词摹写，如形容风声可以用“萧萧”、“凄凄”、“索索”等，形容车声可以用“辚辚”、“锵锵”、“轧轧”等；第三，相同的叠音词也可以描写不同的对象，如“萧萧”既可以形容风声，也可以形容马声，“凄凄”既可以形容风声，也可以形容琵琶声。

二、以叠音与联绵摹色

唐代叙事诗中的叠音词除了用来描摹声音以外，还常常用来摹写人物、事物、景物的色彩。

(1)摹写人物气色

“满面尘灰烟火色，两鬓苍苍十指黑。”(白居易《卖炭翁》)

用“苍苍”形容老人的霜鬓。

(2)摹写动物毛色

“物老颜色变，头毛白茸茸。”(白居易《和答诗十首・和大觜乌》)

用“白茸茸”写大觜乌的毛色以及头毛细柔的样子。

(3)摹写珠宝之色

“春风细雨走马去，珠落璀璀白罽袍。”(杜牧《少年行二首》)

用“璀璀”形容珠宝光彩鲜艳。

(4)摹写建筑之色

“一堂费百万，郁郁起青烟。”(白居易《伤宅》)

用“郁郁”摹写高而密的楼宇在蓝天绿树映衬之下的豪华色泽。

(5)摹写光色

“琼筵宝幄连枝锦，灯烛荧荧照孤寝。”(李白《捣衣篇》)

用“荧荧”形容烛火微弱。

“华光犹冉冉，旭日渐曈曈。”(元稹《会真诗三十韵》)

“山头曈曈日将出，山下猎围照初日。”(卢纶《腊日观咸宁王部曲娑勒擒豹歌》)

用“曈曈”形容明亮的日色。

“惨惨寒日没，北风卷蓬根。”(戎昱《塞下曲》)

“惨惨”是一种心理感觉，是日落时特有的环境气氛带给人的消沉感，诗句通过心理感觉写日色。

“月明朗朗溪头树，白发老人相对棋。”(曹唐《小游仙诗》)

用“朗朗”形容树在明月照映之下泛出的亮色。

(6)摹写花色

“灼灼百朵红,戋戋五束素。”(白居易《买花》)

用“灼灼”写出红之艳丽光亮,用“戋戋”写出白之素净。

(7)摹写树色

“青青窗前柳,郁郁井上桐。”(白居易《和答诗十首·和大觜乌》)

用“青青”、“郁郁”形容树色之绿。

(8)摹写草色

“古苔苍苍封老节,石上孤生饱风雪。”(刘禹锡《武昌老人说笛歌》)

用“苍苍”写出深绿的苔色。

(9)摹写兵器之色

“焰焰戈霜动,耿耿剑虹浮。”(虞世南《结客少年场行》)

用“焰焰”、“耿耿”形容戈与剑之亮。

叠音手段使色彩表现更精确、细腻,并使之情感化,使自然之色与心理感受相谐和,增强诗句的音律美。

联绵也是语言音乐化的手段,联绵词包括双声、叠韵、非双声非叠韵三类。“双声隔字而每舛,叠韵杂句而必睽。”①“双声者,两字同归一母;叠韵者,两字同归一韵。”②浅白地说,双声就是两字声母相同,叠韵就是两字韵母相同。诗歌中一个节拍由两个音节构成,而古汉语中大部分是单音节词,

① (梁)刘勰:《文心雕龙·声律》,中州古籍出版社2008年版,第322页。

② (清)李汝珍:《李氏音鉴》,上海古籍出版社1995年版。

使用联绵手段可以使不同的字连结成为一个不可分割的整体，创造和谐悦耳的音乐美。清人李重华在《贞一斋诗说》中指出，“叠韵如两玉相扣，取其铿锵；双声如贯珠相连，取其婉转。”①诗句能产生铿锵婉转的音乐效果，在很大程度上源自双声、叠韵艺术手段的运用。在唐代叙事诗中，摹写人物、事物、景物色彩的双声词、叠韵词出现得相当频繁，使诗歌语言充满鲜明的节奏感和音乐美，造就极为丰富的联想空间。“声得盐梅，响滑榆槿”②，富有乐感的联绵摹色辞使诗句像烹调中加入食盐和酸梅那么有滋有味，像粥汤中添入榆槿树皮那样滑润有致。

（1）摹写水色

“田塍望如线，白水光参差。”((刘禹锡《插田歌》)

用双声词“参差”摹写水光闪烁。

（2）摹写光色

“鸡声犬声遥相闻，晓色葱笼开五云。”（刘禹锡《桃源行》）

用叠韵词“葱笼”形容黎明布满彩霞的天色。

“月上白璧门，桂影凉参差。”（杜牧《杜秋娘诗》）

用“参差”摹写桂树在月光照耀下斑驳的影子，是月光给树洒上了深浅不一的色泽。

（3）摹写树色

“遥天初缥缈，低树渐葱茏。”（元稹《会真诗三十韵》）

---

① （清）王夫之等：《清诗话》，上海古籍出版社 1982 年版，第 935 页。

② （梁）刘勰：《文心雕龙·声律》，中州古籍出版社 2008 年版，第 326 页。

用“葱茏”形容树色青翠。

三、以叠音与联绵摹形

1.摹人物之形

唐代叙事诗塑造了多样的场景和丰富多彩的人物形象，摹形辞在诗歌中具有举足轻重的地位，为我们展现仙境之美、乱世之悲、神仙之姿、侠士之风、歌妓之态等。

（1）摹写人间女子的体态：宛转、忽忽、娉婷、飘飖、依依、忡忡、累累

“贵妃宛转侍君侧，体弱不胜珠翠繁。”（白居易《江南遇天宝乐叟》）

“六军不发无奈何，宛转蛾眉马前死。”（白居易《长恨歌》）

用叠韵词“宛转”形容杨贵妃美好的体态。

“殊姿异态不可状，忽忽转动如有光。”（白居易《简简吟》）

用叠音词“忽忽”状写小女孩简简灵活的身姿。

“弦鼓一声双袖举，回雪飘飖转蓬舞。”（白居易《胡旋女》）

用叠韵词“飘飖”形容舞姿之轻灵。

“货财足非吝，二女皆娉婷。”（柳宗元《韦道安》）

用叠韵词“娉婷”写出女子的美好姿态。

“联裾见天子，盼眄独依依。”（杜牧《杜秋娘诗》）

用叠音词“依依”摹写女子羞涩动人的神态。

“肠断弦亦绝，悲心夜忡忡。”（李白《怨歌行》）

用叠音词“忡忡”写出女子悲伤之态。

“累累作饿殍，见之心若摧。”（皮日休《卒妻怨》）

用叠音词“累累”写出戍卒之妻儿在家乡的饥饿状。

（2）摹写人间女子的面貌妆扮：参差、片片、纤纤、点点、松松、荡漾、玲珑、摇摇

“长鬟弱袂动参差，钗影钏文浮荡漾。”（刘禹锡《采菱行》）

用双声词“参差”、叠韵词“荡漾”写出女子的妆饰随身体动作而摇动的可爱姿态。有些词语既可以用于摹色、摹声，还可以用于摹形，如“参差”，既用于形容声音的高低，又用于写光色的深浅，还用于描画形影的错落，使用中能产生通感效果。

“片片行云著蝉鬓，纤纤初月上鸦黄。”（卢照邻《长安古意》）

“片片”是量词重叠，“纤纤”是状态形容词重叠，写出女性发型与眉毛之美。

“汗光珠点点，发乱绿松松。”（元稹《会真诗三十韵》）

用“珠点点”写女子的香汗，用“绿松松”写女子散乱的青丝。

“玲珑云髻生花样，飘飖风袖蔷薇香。”（白居易《简简吟》）

用双声词“玲珑”写发髻，用叠韵词“飘飖”写体态。

“翠华摇摇行复止，西出都门百馀里。”（白居易《长恨歌》）

用叠音词“摇摇”写出杨贵妃头上妆饰的颤动。

（3）摹写仙界女子的体态：飘飖、踟蹰、裴回、纷纷

“绿鬓萦云裾曳雾，双节飘飖下仙步。”“玉盘捧桃将献君，踟蹰未去留彩云。”（韦应物《汉武帝杂歌三首》其一）

用叠韵词“飘飖”、双声词“踟蹰”写西王母特有的神仙步态。

“揽衣推枕起裴回，珠箔银屏逦迤开。”（白居易《长恨歌》）

用叠韵词“裴回”写身居仙界的杨贵妃的柔美姿态。

“霓为衣兮风为马，云之君兮纷纷而来下。”（李白《梦游天姥吟留别》）

用叠韵词“纷纷”写男女仙人聚集之态。

（4）摹写男性的情态：三三五五、双双、两两、依依、翩翩、飘飖、踟蹰、荡漾、纷纷、略略、恓恓

“岸上谁家游冶郎，三三五五映垂杨。”（李白《采莲曲》）

用“三三五五”写少年结伴而行，突出男性自在之态。

“双双挟弹来金市，两两鸣鞭上渭桥。”（崔颢《渭城少年行》）

用“双双”、“两两”写侠少走动的形态，赋予动感。

“胡雁哀鸣夜夜飞，胡儿眼泪双双落。”（李颀《古从军行》）

用"双双"写两眼流泪的情态，强调男儿之悲的深沉。

"春风吹浅草，猎骑何翩翩。"（崔颢《赠王威古》）
"避仇偶作滑台客，嘶风跃马来翩翩。"（司空图《冯燕歌》）
"虏骑猎长原，翩翩傍河去。"（王昌龄《从军行二首》）
"翩翩两骑来是谁，黄衣使者白衫儿。"（白居易《卖炭翁》）

用"翩翩"写射猎者或游侠、官吏骑马的姿态，或蕴含欣赏、赞美之情（《赠王威古》、《冯燕歌》），或暗含讥讽、愤懑之意（《卖炭翁》）。

"徒令白日暮，高驾空踟蹰。"（李白《陌上桑》）

用"踟蹰"描绘迷恋罗敷美貌的男性情态。

"马蹄逶迟心荡漾，高楼已远犹频望。"（刘禹锡《伤秦姝行》）

用"荡漾"描摹士大夫听到筝乐时欣喜、爱慕的情态。

"偏坐金鞍调白羽，纷纷射杀五单于。"（王维《少年行四首》）
"相看白刃血纷纷，死节从来岂顾勋。"（高适《燕歌行》）

用"纷纷"写出游侠从军边塞勇立战功的情状和军士驰骋疆场、血溅刀刃而无所畏惧的神采。

"归来略略不相顾，却令侍婢生光辉。"（陈羽《古意》）

用"略略"描画士大夫对年老色衰妻子的嫌弃神态。

"依依过村落，十室无一存。"（李商隐《行次西郊作一百韵》）

用“依依”写诗人行走之态，从形态窥见内心之伤感。

“陋巷孤寒士，出门苦恓恓。”（白居易《伤友》）

用“恓恓”写出不得志的士人失落寒酸之态。

“叹我万里游，飘飖三十春。”（李白《门有车马客行》）

用“飘飖”写诗人漂泊不定、为生活奔波的身影。

用于男性身上的摹形词侧重于写男性的身影、姿态、内心感情，表现男性的社会身份，主体特质鲜明，他不具有“被看性”，不是他者，而是主宰者。

2.摹动物之形

唐代叙事诗中所状写的动物常常被赋予人的神态与情感，叠音、联绵形式的使用增强了拟人化的艺术效果，用“一一、双双、冥冥、喧喧、淋漓、袅袅、冥冥、累累”等词语模拟飞鸟、走兽之态，不仅得其状貌，而且得其神韵。

“黄莺一一向花娇，青鸟双双将子戏。”（卢照邻《行路难》）

用“一一”、“双双”写鸟类的飞行形态。

“帝城春欲暮，喧喧车马度。”（白居易《买花》）

用“喧喧”形容车马奔走的喧闹、杂乱貌。

“欻然扼颡批其颐，爪牙委地涎淋漓。”（卢纶《腊日观咸宁王部曲娑勒擒豹歌》）

用“淋漓”写豹子受伤的情态。

“檐前袅袅游丝上，上有蜘蛛巧来往。”（元稹《织妇词》）

用“袅袅”写出蛛网轻盈的形态。

“云鹤冥冥去不分，落花流水恨空存。”（曹唐《小游仙诗》）

用“冥冥”写鹤飞去的距离。

“危巢末累累，隐在栲木花。”（皮日休《惜义鸟》）

用“累累”写出鸟巢多的形态。

3.摹自然景物之形

唐代叙事诗在刻画雨雪、风沙、星月、烟云、山水、花草等自然景物时，常常使用叠音与联绵形式，如“茫茫、莽莽、渺渺、渺漫、澹澹、濛濛、霏霏、菲菲、纷纷、飘飖、漠漠、萋萋、团团、绵绵、颠倒、悠悠、阑珊、暧暧、冉冉、重重、迢迢、参差”等，使所描画的对象显得灵动、传神。

（1）摹植物之形

“清源寻尽花绵绵，踏花觅径至洞前。”（（刘禹锡《桃源行》）

用“绵绵”形容花多的样子。

“渔人振衣起出户，满庭无路花纷纷。”（刘禹锡《桃源行》）

“红叶纷纷盖欹瓦，绿苔重重封坏垣。”（白居易《江南遇天宝乐叟》）

用“纷纷”写落花、落叶的形态。

“兔丝固无情，随风任颠倒。”（李白《白头吟二首》）

用双声词“颠倒”写出兔丝草随风摇动之态。

“太白沈虏地，边草复萋萋。”（戎昱《从军行》）
“太守驻行舟，阊门草萋萋。”（刘禹锡《白太守行》）
“归来四邻改，茂苑草菲菲。”（杜牧《杜秋娘诗》）

用“萋萋”、“菲菲”形容草长得茂盛。

“荷叶水上生，团团水中住。”（元稹《梦游春七十韵》）

用“团团”写荷叶的圆。

“水平苗漠漠，烟火生墟落。”（刘禹锡《插田歌》）

用“漠漠”写禾苗密布的形态。

（2）摹水之形

“湖上水渺漫，清江不可涉。”（王昌龄《越女》）
“云青青兮欲雨，水澹澹兮生烟。”（李白《梦游天姥吟留别》）

用“渺漫”形容水大，用“澹澹”形容水波动荡的样子。

（3）摹雨雪之形

“更深人悄悄，晨会雨濛濛。”（元稹《会真诗三十韵》）
“修途杳其未半，飞雨忽以茫茫。（卢照邻《怀仙引》）

用“濛濛”形容细雨，用“茫茫”形容雨大、看不清边际。

“边城十一月，雨雪乱霏霏。”（高适《蓟门行五首》）
“野云万里无城郭，雨雪纷纷连大漠。”（李颀《古从军行》）

用“霏霏”、“纷纷”形容雨雪纷飞的样子。

“冬雪飘飖锦袍暖，春风荡漾霓裳翻。”（白居易《江南遇天宝乐叟》）

用“飘飖”形容大雪纷飞。

（4）摹沙之形

“君不见走马川行雪海边，平沙莽莽黄入天。”（岑参《走马川行奉送出师西征》）

用“莽莽”写黄沙漫天的状貌。

（5）摹烟云之形

“暧暧风烟晚，路长归骑远。”（虞世南《门有车马客行》）

用“暧暧”写景物昏暗，暮色中隐隐有炊烟之气。

“浦深烟渺渺，沙冷月苍苍。”（白居易《江南喜逢萧九彻因话长安旧游戏赠五十韵》）

用“渺渺”形容烟气浩大。

“云气冉冉渐不见，留语弟子但精坚。”（韦应物《学仙二首》）

用“冉冉”写云气慢慢上升的样子。

（6）摹星月之形

“南斗阑珊北斗稀，茅君夜著紫霞衣。”“月影悠悠秋树明，露吹犀簟象床轻。”（曹唐《小游仙诗》）

用“阑珊”写星斗稀落，用“悠悠”写月亮透过树的缝隙洒落的美丽光影。

(7)摹山路之形

“仙家一出寻无踪,至今流水山重重。”(刘禹锡《桃源行》)

用“重重”写山的连绵之状。

“一朝结发从君子,将妾迢迢东路陲。”“如何咫尺仍有情,况复迢迢千里外。”(高适《秋胡行》)

用“迢迢”形容路途遥远。

“举目风烟非旧时,梦寻归路多参差。”(刘禹锡《秦娘歌》)

用“参差”形容路途坎坷。

4.摹建筑、居室之形

唐代叙事诗中涉及居室、建筑的叠音、联绵词有“隐隐、累累、重重、朦胧、玲珑、参差、连连”等,凸显出不同环境中建筑形态的特色。

“隐隐朱城临玉道,遥遥翠幰没金堤。”(卢照邻《长安古意》)

用“隐隐”写出城市建筑在远望时表现出来的若隐若现的状态。

“幽陵异域风烟改,亭障连连古今在。”(李昂《从军行》)

用“连连”写亭障连绵貌。

“闲窥东西阁,奇玩参差布。”(元稹《梦游春七十韵》)

用“参差”写出居室陈设错落有致的美感。

"累累六七堂，栋宇相连延。"（白居易《伤宅》）

用"累累"形容房子多。

"楼阁玲珑五云起，其中绰约多仙子。"（白居易《长恨歌》）

用"玲珑"写楼阁小巧可爱的形状。

"夜降西坛宴已终，花残月榭雾朦胧。""洞里月明琼树风，画帘青室影朦胧。"（曹唐《小游仙诗》）

用"朦胧"写建筑在夜雾中的形状和房间里的陈设在夜间的模糊形态。

"宫阙重重闭玉林，昆仑高辟彩云深。"（曹唐《小游仙诗》）

用"重重"写宫阙之密。

在唐代叙事诗中，摹声、摹色、摹形等形象化手段被诗人运用得出神入化，使叙事诗创造的人物栩栩如生，场景真真切切，使读者不觉有身临其境之感，最大限度地展现出诗歌语言的意韵和音律之美。唐代不同时期的诗人所使用的摹状辞较为雷同，叙事诗中经常出现像"萧萧、萋萋、澹澹、凛凛、濛濛、漠漠、纷纷、依依、翩翩、飘飖、踯躅、参差、萧索"等高频词，主要用以描写女性、建筑、风景等，而且，描摹建筑、风景的词语往往与表现女性体态、妆扮的词语互为通用，在塑造神仙、妓女形象的诗篇中可以找到大量的例证。这就从中传达出两个重要的文化信息：第一，女性是美丽的，她们的身影、形貌、肤色、歌喉令诗人们情不自禁地去讴歌；第二，女性是物化的，与自然景致、人工建筑一样，是供诗人们审美使用的。女性的身体具有"被看性"，"从注视中得到快感的欲望总是发自男性的视角，而注视的焦点则集中于女性的身体"①。

① 康正果：《身体和情欲》，上海文艺出版社2001年版，第6页。

第三节　激越的夸张修辞

夸张手法的使用历久弥新，“自天地以降，豫入声貌，文辞所披，夸饰恒存”①，中国古代文论把夸张叫做“夸饰”、“豪句”、“增文”、“增语”等。诗人为了突出艺术效果，对现实中人或事物的某些特征故意作夸大或缩小描写，目的在于使读者加大主观感受，引起情感上的共鸣。“说话上张皇夸大过于客观的事实处，名叫夸张辞。说话上所以有这种夸张辞，大抵由于说者当时，重在主观情意的畅发，不重在客观事实的记录。我们主观的情意，每当感动深切时，往往以一当十，不能适合客观的事实”。② 唐代叙事诗在夸张辞运用方面显得尤为激越，使叙事诗叙事抒情互渗的本质特点得以凸显，尽现豪迈情怀，令人荡气回肠。夸张的两大基本类型为夸大夸张和缩小夸张：“言峻则嵩高极天，论狭则河不容舠，说多则子孙千亿，称少则民靡孑遗”③。唐代叙事诗中出现最多的是夸大夸张。

一、夸大高度

①“梁家画阁天中起，汉帝金茎云外直。”（卢照邻《长安古意》）

用“天中起”、“云外直”夸大长安城建筑的高峻气势。

②“长安甲第高入云，谁家居住霍将军。”（崔颢《长安道》）

用“高入云”夸大豪门府第的气势。

---

① （梁）刘勰：《文心雕龙·夸饰》，中州古籍出版社 2008 年版，第 349 页。

② 陈望道：《修辞学发凡》，上海教育出版社 1976 年版，第 128 页。

③ （梁）刘勰：《文心雕龙·夸饰》，中州古籍出版社 2008 年版，第 349 页。

③“归来邯郸市，百尺青楼梯。”（戎昱《从军行》）

用“百尺”夸大城市建筑的高度。

④“豪家沽酒长安陌，一旦起楼高百尺。”（韦应物《酒肆行》）

用“高百尺”夸大酒楼的高度，极言其豪奢。

⑤“金茎孤峙兮凌紫烟，汉宫美人望杳然。”（韦应物《汉武帝杂歌三首》其二）

用“凌紫烟”夸大宫殿的高度。

⑥“骊宫高处入青云，仙乐风飘处处闻。”（白居易《长恨歌》）

用“入青云”夸大华清宫的高度。

⑦“汉武好神仙，黄金作台与天近。”（韦应物《汉武帝杂歌三首》其一）

用“与天近”夸大黄金台的高度。

⑧“高阁倚天半，章江联碧虚。”（杜牧《张好好诗》）

用“倚天半”夸大楼阁的高度。

⑨“石壁千寻启双检，中有玉堂铺玉簟。”（韦应物《马明生遇神女歌》）

用“千寻”夸大石壁的高度。

⑩“上有青冥倚天之绝壁，下有飕飗万壑之松声。”（韦应物《学仙二首》）

用“倚天”夸大绝壁的高度。

⑪“天姥连天向天横，势拔五岳掩赤城。”“天台四万八千丈，对此欲倒东南倾。”（李白《梦游天姥吟留别》）

用“连天”、“向天横”、“拔五岳”、“掩赤城”夸大天姥山的高度，用“四万八千丈”夸大天台山的高度。

⑫“上逼青天高，俯临沧海大。”（孟浩然《越中逢天台太乙子》）

用“逼青天”夸大天台山的高度。

⑬“武侯祠堂不可忘，中有松柏参天长。”（杜甫《夔州歌十绝句》）

用“参天长”夸大松柏的高度。

⑭“额鼻像五岳，扬波喷云雷。”（李白《古风》其三）

用“像五岳”夸大额鼻之高。

唐代叙事诗尤其善于夸大建筑高度，体现的是诗人们澎湃的激情，开阔的胸襟，张扬的个性和初盛唐蓬勃的精神风貌，中晚唐力挽狂澜的追寻气度。

二、夸大长度

①“自昔公卿二千石，咸拟荣华一万年。”“但愿尧年一百万，长作

巢由也不辞。"（卢照邻《行路难》）

用"一万年"指荣华富贵之长久，用"一百万"夸大年寿之长。

②"声明动天乐无有，千秋万岁南山寿。""千龄人事一朝空，四海为家此路穷。"（李峤《汾阴行》）

用"千秋万岁"夸大寿命之长，用"千龄"指历史之长。

③"胡无人，汉道昌，陛下之寿三千霜。"（李白《胡无人行》）

用"三千霜"夸大生命长度。

④"少年欲知老人岁，岂知今年一百五。"（崔颢《江畔老人愁》）

用"一百五"夸大老人岁数。

⑤"可怜二弟仰天泣，一失毫厘千万年。"（韦应物《学仙二首》）

用"千万年"夸大由于一念之差的失误造成悔恨的时间之长。

⑥"如何奉一身，直欲保千年。"（白居易《秦中吟十首·伤宅》）

用"千年"夸大富户为子孙后代积聚家产，以求代代相传、门庭永远兴旺的愿望。

唐代叙事诗喜好夸大寿命、时间的长度，表现出热烈的生命追求。少数诗篇运用缩小夸张手段，如李白的《梦游天姥吟留别》："我欲因之梦吴越，一夜飞度镜湖月。"用"一夜"极言到达天姥所用时间之少、速度之快，又如元稹的《缚戎人》："边头大将差健卒，入抄擒生快于鹘。"用"快于鹘"极言时间之短，身手快捷。

三、夸大广度

①"粤余君万国,还惭抚八埏。"(李世民《春日玄武门宴群臣》)

用"万国"、"八埏"夸大国土的辽阔、国力的强盛。

②"阴山瀚海千万里,此日桑河冻流水。"(李昂《从军行》)

用"千万里"夸大边塞的广袤。

③"积尸草木腥,流血川原丹。"(杜甫《垂老别》)

用"川原"夸大鲜血流及面积的广度。

这类极言地理疆域广度的夸张手法既反映初盛唐万象更新、疆域辽阔的强盛面貌,也反映唐人超越前人的大地域观念和囊括天下的气概。叙事诗人或积极投身边塞、幕府,或游历各地山川,足迹遍及全国,把辽阔的大唐疆土尽收眼底,他们心气豪迈,眼界开阔,下笔自然极度豪迈。缩小夸张在少数诗篇中依然存在,如李白的《少年行三首》:"呼卢百万终不惜,报仇千里如咫尺。"用"千里如咫尺"夸大速度之快,快得使千里之程变得如同咫尺一般近,颇能体现跌宕之气。

在唐代叙事诗中,以夸张手段凸显的对象范围很广,除了以上三类以外,还有以下方面:

1.夸大强度

①"牵衣顿足拦道哭,哭声直上干云霄。"(杜甫《兵车行》)

用"直上干云霄"夸大哭声的强度。

②"左相日兴费万钱,饮如长鲸吸百川。"(杜甫《饮中八仙歌》)

用“吸百川”夸大酒量，体现强悍之气。

2.夸大深度

“海漫漫，直下无底旁无边。”（白居易《海漫漫》），“海波无底珠沉海，采珠之人判死采。”（元稹《采珠行》）

用“无底”夸大大海的深度。

3.夸大难度

“宣城工人采为笔，千万毛中选一毫。”（白居易《紫毫笔》）

用“千万毛中选一毫”夸大宣州贡品紫毫笔的制造难度。

4.夸大数量

①“千呼万唤始出来，犹抱琵琶半遮面。”（白居易《琵琶行》）

用“千呼万唤”夸大呼唤次数之多。

②“千歌万舞不可数，就中最爱霓裳舞。”（白居易《霓裳羽衣舞歌》）

用“不可数”夸大歌舞数量之多。

③“后宫佳丽三千人，三千宠爱集一身。”（白居易《长恨歌》）

用“三千”夸大爱之深厚。

5.夸大性质

①“桂布白似雪，吴绵软于云。”（白居易《新制布裘》）

通过比较夸大织物质地的优良。

②“东邻有女眉新画，倾国倾城不知价。”（韦庄《秦妇吟》）

运用典故夸大美的程度。

总之，唐代叙事诗中的夸张辞一般使用具有最大极限量意义的数字或天、云等具有极限意义的自然物，像“一万、三千、四万八千、云外、天中”等，主要运用于对建筑高度、时间长度与疆域广度的具体描摹，也有形容最小极限量的，如一夜、咫尺等。这些夸张辞在初盛唐诗人笔下出现得比较多，在中唐时代的神仙叙事中也有体现，反映了唐代鼎盛时期以及中兴时期人们思维与想象的宏阔。

种种形式的夸张辞主要是通过对比、比较和比喻这三种方法来实现的。对比就是将夸张的对象与客观事物进行对比，把客观事物当作一把尺子，比较的结果能使人明显体会到这是夸张。像“松柏参天长”、“甲第高入云”、“骊宫高处入青云”、“黄金作台与天近”等都是把夸张的对象“松柏”、“甲第”、“骊宫”、“黄金台”与“天”、“云”进行对比，极言树之高、楼之巍峨。言少，莫过于一二；言多，莫过于千万，“三”、“九”是虚指多数，借助数词的对比效果也非常强烈，如“陛下之寿三千霜”、“一旦起楼高百尺”、“阴山瀚海千万里”等。比较法的运用一般体现于事物性质方面，像“快于鹘”、“拔五岳”等。比喻法主要是用明喻句的形式表示，像“额鼻像五岳”、“饮如长鲸”、“千里如咫尺”等都是借助比喻的形式来实现夸张的内容。通过这些极度张扬的夸张手法，唐代叙事诗展现出大唐特有的豪迈气度。

第四节　巧妙的用典手法

用典指的是在诗中使用古典史事或有出处的词语，即援引历史故事、历史人物或前代经典诗文中的语句以增强诗句概括力、感染力的语言手段，也叫隶事、使典，具体分为用事和用词两类。刘勰指出：“事类者，盖文章之外，据事以类义，援古以证今者也。”①它是中国古代诗歌最基本的语言特征之一，也是唐代叙事诗非常突出的语言技法。

修辞学上把引用古代故事、词语的手法叫“引用辞”，有明引和暗用两种方式。明引法是在行文中说出它的来源，暗用法则不说明来源，都与用典发生关联。用典从形式上分为直用、化用和反用，即明典、暗典和翻典三种。明典就是对史事、古语直接加以引用，往往史事、古语的含义与诗人所要表达的思想完全一致，这是用典的初级阶段。暗典是对史事、古语加以增减改造，使之符合诗歌需要，并更具感染力，分为化用史事和化用古语两类。翻典指引用的史事、古语与题意的含义悖反，“引故事，反其意而用之”。② 用典不仅可以以简驭繁，扩大诗歌的容量，而且使诗歌典雅庄重，更加含蓄。

唐代叙事诗的用典是为创造诗歌的整体形象服务的，诗人将当世之事置于历史纵深背景之中，在现实叙述中形成明确的历史指向，为叙述注入一股强烈的历史气息，达成虚实互证的效果。用典旨在对偶然事件作出反思性的观照并将其上升为一种普遍的历史现象，从而凸显当世之事，增强叙述的表现力，加大诗歌的意义负荷量，获得一种深沉的历史感。诗人通常寻找恰当的能承担喻指现实事物本质的史事进行叙述，在有限的诗句中叙说事件、表达感情。“道古语以剀今，道之属也；取古语以托喻，兴之属也。意皆相类，不必意出于我；事苟可信，不必义起于今。引事引言，凡以达吾之思而已”。③ 诗人选择最适于述事达情的古典史事或者借古典史事最大限度地表达感情、表现自我。

用典之工取决于诗人选典与化典的功力，最高境界应该如杜甫所云，“作诗用事，要如禅家语‘水中着盐，饮水乃知盐味’”④；如袁枚所论，“用典如水中著盐，但知盐味，不见盐质”⑤；如薛雪所述，“作诗用事，要如释语，水

① （梁）刘勰著，周振甫注：《文心雕龙注释》，人民文学出版社 1981 年版，第 411 页。

② （明）高琦：《文章一贯》，郑奠、谭全基编：《古汉语修辞学资料汇编》，商务印书馆 1980 年版，第 389 页。

③ 黄侃：《文心雕龙札记》，中华书局 2006 年版，第 228 页。

④ 参见（宋）魏庆之：《诗人玉屑》卷七，中华书局本。

⑤ （清）袁枚：《随园诗话》卷七，人民文学出版社 1982 年版。

中著盐,饮水乃知"①。也就是说,"作诗用事,以不露痕迹为高"②。先秦两汉的叙事诗几乎没有典故,而唐代新乐府、近体叙事诗则普遍呈现用典精当的突出特点。谢思炜《白居易讽谕诗的语言分析》对白居易现存讽谕诗 172 篇(共计 4223 句)所作的调查结果认为,白居易的讽谕诗使用史事 215 例,使用古语约 1160 句,平均每篇使用 1.25 个史事,平均每句使用 0.27 个古语,有的诗句句有典故来历③。

唐代叙事诗中的古典史事往往是前代有影响的历史故事和感人的人物事迹,如姜尚垂钓、荆轲刺秦、窃符救赵、苏武牧羊、李陵降敌、韩信受食、长门宫怨、汉妾辞宫等。比较唐代不同时期的叙事诗,可以发现,初盛唐用典较中晚唐少,李白、王维诗中经常出现一些典故,而晚唐杜牧、李商隐等人用典明显增密。

试看杜牧的《杜秋娘诗》,这首诗多处含典。首先用刘濞反叛事:"老濞即山铸,后庭千双眉。"《史记》记载,刘邦之侄吴王刘濞在封地内采铜铸钱,发动叛乱被诛④。诗人用这个典故借指中唐李锜叛乱被杀。"濞既白首叛,秋亦红泪滋"用的也是刘濞的典故,"吴王即山铸钱,煮海水为盐,诱天下豪桀,白头举事"⑤。"红泪"二字援用薛灵芸辞亲的典故,《拾遗记》记载,民女薛灵芸被魏文帝选为妃子,告别父母时泪下沾衣,以红色玉唾壶承泪,泪凝如血⑥。"月上白璧门,桂影凉参差"、"长杨射熊罴,武帐弄哑咿"是以汉喻唐,用汉代的宫殿名指称唐代宫殿。汉武帝以白玉为玉堂内殿门,故称白璧门,"长杨"是汉代宫殿名。"咸池升日庆,铜雀分香悲"用曹操筑铜雀台典故叙中唐宪宗去世、穆宗即位事。建安二十五年(220)正月,曹操临终前颁布《遗令》:"吾婢妾与伎人皆勤苦,使著铜雀台,善待之。于台堂上安六尺床,施繐帐,朝晡上脯糒之属。月旦,十五日,自朝至午,辄向帐中作伎乐。汝等时时登铜雀台,望吾西陵墓田"⑦。曹操希望死后依然享受美人们的歌

---

① (清)薛雪:《一瓢诗话》,人民文学出版社 1979 年版,第 135 页。

② (清)王士祯撰,勒斯仁点校:《池北偶谈》,中华书局 1982 年版,第 274 页。

③ 谢思炜:《白居易讽谕诗的语言分析》,《文学遗产》2006 年第 1 期。

④ 参见《史记》卷一百六《吴王濞列传》。

⑤ 《史记》卷一百六《吴王濞列传》。

⑥ 参见(前秦)王嘉撰:《拾遗记》卷七《魏》。

⑦ (清)严可均辑:《全三国文》卷三《魏武帝》,商务印书馆 1999 年版。

舞表演，美人必须为他服役终身。杜秋在唐朝后宫侍奉宪宗且得宠，宪宗死后她还得继续为穆宗及穆宗之子服务，前朝之事与今朝何其相似，女性命运古今如一，用典使诗歌透出强烈的历史意识。“一尺桐偶人，江充知自欺”用汉武帝戾太子被诬而起兵的典故，借指穆宗之子漳王受到郑注诬陷。汉武帝时，江充派人在戾太子宫中埋下桐木人，再据此诬告太子使用巫术，太子惧而起兵，兵败自杀。政治权谋代代如此，宫廷斗争朝朝不息。

《杜秋娘诗》的后半部分几乎句句用典，含诗人的古今之思：

> 夏姬灭两国，逃作巫臣姬。西子下姑苏，一舸逐鸱夷。织室魏豹俘，作汉太平基。误置代籍中，两朝尊母仪。光武绍高祖，本系生唐儿。珊瑚破高齐，作婢舂黄糜。萧后去扬州，突厥为阏氏。女子固不定，士林亦难期。射钩后呼父，钓翁王者师。无国要孟子，有人毁仲尼。秦因逐客令，柄归丞相斯。安知魏齐首，见断箦中尸。给丧蹶张辈，廊庙冠峨危。珥貂七叶贵，何妨戎虏支。苏武却生返，邓通终死饥。

用了春秋时夏姬与楚大夫巫臣同奔晋国之事(《左传·成公二年》)、西施助越灭吴后随范蠡乘扁舟泛于五湖的传说、刘邦俘魏王豹之妻薄姬而纳入后宫之事①、吕后宫女因误置代王名册中而终成汉文帝窦皇后之事②、汉景帝误幸唐儿生长沙定王刘发之事③、北齐后主宠妃冯小怜在王朝更换中先荣后辱之事④，隋炀帝萧皇后随子入突厥之事⑤。自古女性命运何其飘忽不定，历史的本质惊人地相似，不唯女性如此，士人的命运何尝不是依附于政治，依附于时代？所以诗人写道，“女子固不定，士林亦难期”。对于历代士人的命运，诗人用了如下典故：齐桓公不计前嫌任管仲为相之事⑥、姜尚辅

---

① 参见《史记》卷四十九《外戚世家第十九》。
② 参见《史记》卷四十九《外戚世家第十九》。
③ 参见《史记》卷五十九《五宗世家第二十九》。
④ 参见(唐)李延寿：《北史》卷十四《列传第二》。
⑤ 参见(唐)魏征等：《隋书》卷五十九《列传第二十四·炀三子》。
⑥ 参见(战国)吕不韦编：《吕氏春秋》，《不苟论第四·赞能》。

佐周文王之事[1]、孟子和孔子怀才不遇之事、李斯上书谏止逐客令之事[2]、范雎拜秦相后逼杀魏齐而复仇之事[3]、周勃及申屠嘉仕相之事[4]、汉代匈奴人金日磾封侯之事[5]、苏武不降匈奴之事[6]、汉代邓通铸钱之事[7],达十六处之多。这首诗浓密、自然的用典从各个维度打通历史与现实的内在契合,虚实交错,加强叙事空间的纵深感、立体感,使事、情、理高度浑融交汇,成为晚唐用典叙事的典范。

“用典要做到融化,一在于所采典实在含义上最能体现诗作要表达的情和事,一在于用语要能如出胸臆,不见牵凑之迹”[8]。《长恨歌》的用典非常巧妙精到,颇有“水中著盐”之韵,融化得恰到好处。开篇“汉皇重色思倾国,御宇多年求不得”,以汉武帝与李夫人的故事来比拟唐玄宗和杨贵妃,不仅“托于汉皇,为玄宗讳”[9],而且透露出两代帝妃共同的悲剧性爱情结局:汉武帝之妃李夫人早卒,杨贵妃如是;汉武帝思念深切,令方士求李夫人之魂,唐玄宗如是。开篇用典使历史与现实交错,使诗歌的叙事性更为显著,不仅渲染诗歌深刻的爱情内蕴,而且使艺术表达更具理性,起到画龙点睛的作用。“金屋妆成娇侍夜,玉楼宴罢醉和春”中“金屋”之比源于汉武帝“金屋藏娇”[10]的故事,与开篇遥相呼应,又为后面杨贵妃之死铺垫隐喻性的悲剧元素。“花钿委地无人收,翠翘金雀玉搔头”中“玉搔头”依然暗用汉典,“武帝过李夫人。就取玉簪搔头。自此后宫人搔头皆用玉。玉价倍贵焉。”[11]“临邛道士鸿都客,能以精诚致魂魄”与汉武帝令齐人少翁致李夫人之神的史实暗合,陈寅恪认为是“从汉武帝李夫人故事附益之耳”。[12]《长

---

① 参见(战国)吕不韦编:《吕氏春秋》,《孝行览第二·首时》。

② 参见(汉)司马迁:《史记》卷六《秦始皇本纪第六》,卷九十六《张丞相列传》。

③ 参见(汉)司马迁:《史记》卷七十九《范雎蔡泽列传》。

④ 参见(汉)司马迁:《史记》卷五十七《绛侯周勃世家》。

⑤ 参见(汉)班固:《汉书》卷六十八《霍光金日磾传》。

⑥ 参见(汉)班固:《汉书》卷五十四《李广苏建传》。

⑦ 参见(汉)司马迁:《史记》卷三十《平准书第八》。

⑧ 刘乃昌:《谈东坡诗的用典》,《东坡诗论丛》,四川人民出版社 1983 年版,第 128 页。

⑨ 苏仲翔选注:《元白诗选》,古典文学出版社 1957 年版,第 145 页。

⑩ (宋)李昉:《太平御览》卷第八十八《皇王部十三》,河北教育出版社 1994 年版,第 771 页。

⑪ 参见(晋)葛洪撰,周天游校注:《西京杂记》卷二,三秦出版社 2006 年版。

⑫ 陈寅恪:《元白诗笺证稿》,三联书店 2001 年版,第 13 页。

恨歌》用"汉皇"之典统帅全篇，有助于将政治人物的感情故事引入到单纯的情感审美渠道，成就一篇"有风情"之作。

唐代叙事诗的用典主要表现为全局性用典代事和局部性典故代语。一首诗就是一则典故，叫全局性用典代事，如《长恨歌》，人物事件恰能与史事贴合。较为常见的是局部性典故代语，即用古事代今事或用古人代今人，通常会稳固性地构成一些常用的历史意象，这些意象主要来源于历史、神话、传说等，如《杜秋娘诗》，用类比手段委婉地表达某些隐讳之事并深化叙事，推动情节发展，突出人物塑造。

在唐代叙事诗中，出现许多精彩的用典。初唐王绩的《山中叙志》很典型：

> 物外知何事，山中无所有。风鸣静夜琴，月照芳春酒。直置百年内，谁论千载后。张奉娉贤妻，老莱藉嘉偶。孟光傥未嫁，梁鸿正须妇。

用张奉、老莱子、梁鸿这三位隐士与妻子琴瑟和谐的生活喻自己的山野之志。张奉之妻为富家女，婢女衣着奢丽，张奉视之如同路人，妻子遂令婢女衣粗衣而纺织，夫妻遂偕隐度日①。楚国隐士老莱子听从妻子之劝而弃绝从仕之心。老莱子受朝廷聘请时，妻子曾劝他："妾闻之：可食以酒肉者，可随以鞭捶。可授以官禄者，可随以鈇钺。今先生食人酒肉，授人官禄，为人所制也。能免于患乎！妾不能为人所制，投其畚莱而去"②。梁鸿与孟光相敬如宾，共入灞陵山中隐居，后为人佣工舂米，夫妻以贫为乐③。这三个典故非常切合王绩的心迹，为诗人塑造自我形象提供了非常得体的类比对象。

李白的叙事诗善于使用典故叙事述志，写自己日常生活的，写社会现象的，都通过用典强化情感，升华意韵。

李白《别内赴征三首》其二：

---

① （晋）谢沈：《后汉书·张奉传》。

② （汉）刘向：《烈女传》卷二《贤明传·楚老莱妻》。

③ （刘宋）范晔：《后汉书》卷八十三《逸民列传》。

> 出门妻子强牵衣，问我西行几日归。归时倘佩黄金印，莫学苏秦不下机。

诗歌作于天宝元年（742）李白奉诏入京时，叙述离家前夫妻之间的对话，用苏秦说秦的典故强化诗人远大的抱负。《战国策》记载，“苏秦说秦王书十上而说不行……归至家，妻不下纴，嫂不为炊，父母不与言”，①说的是苏秦不得志时遭到的家庭冷遇，用以反衬诗人实现理想的热情。李白的《少年子》写道：

> 青云年少子，挟弹章台左。鞍马四边开，突如流星过。
> 金丸落飞鸟，夜入琼楼卧。夷齐是何人，独守西山饿。

用了韩嫣和伯夷、叔齐的典故。《西京杂记》记载，“韩嫣好弹，常以金为丸所失者日有十馀。”②《史记》记载，商朝灭亡后，伯夷叔齐耻食周粟，隐居首阳山，采薇而食，终于饿死③。诗人用这两个典故表达任侠之气和高尚气节。李白在《梁甫吟》中使用蓬蒿之人得志的典故，像吕望终为周文王重用、郦食其为刘邦建立功业等，隐含的是诗人追求功名的理想。

李白的《猛虎行》使用多个历史典故。“肠断非关陇头水，泪下不为雍门琴”叙雍门子周以琴见孟尝君事，子周陈述孟尝君处境之危并为之鼓琴，孟尝君为之动容：“先生之鼓琴令文立若破国亡邑之人也。”④“朝过博浪沙，暮入淮阴市。张良未遇韩信贫，刘项存亡在两臣。暂到下邳受兵略，来投漂母作主人。”叙张良、韩信事。诗歌提到张良的两件事，一件是张良刺杀秦始皇，“良尝学礼淮阳。东见仓海君。得力士，为铁椎重百二十斤。秦皇帝东游，良与客狙击秦皇帝博浪沙中，误中副车。”⑤；另一件事是黄石公在下邳桥上传授《太公兵法》给张良。韩信遇漂母的典故说的是：韩信少时

---

① （汉）刘向集录：《战国策》卷三《秦一》。
② （晋）葛洪：《西京杂记》卷四。
③ 《史记》卷六十一《伯夷列传第一》。
④ （汉）刘向《说苑》卷十一《善说》。
⑤ 《史记》卷五十五《留侯世家第二十五》。

家贫，曾钓于城下，一漂母见其饥，哀怜而赠饭。韩信以军功封楚王后："召所从食漂母，赐千金。"①"萧曹曾作沛中吏，攀龙附凤当有时"叙萧何、曹参依附帝王建功立业之事。《史记》记载，"平阳侯曹参者，沛人也。秦时为沛狱掾，而萧何为主吏，居县为豪吏矣"。② 这首诗的用典颇能表明李白建功立业的心志。

李白还善于使用神话传说为典，增强叙事诗的浪漫主义气息，丰富读者的想象空间。《长干行》使用的典故颇为神异和凄美，诗句"常存抱柱信，岂上望夫台"写少妇苦苦等待远行的丈夫。"抱柱信"典出《庄子》，尾生与情人约于桥下见面，尾生先到，忽桥下水涨，尾生依然抱着桥柱苦苦等候，宁肯淹死也不肯失信于情人。③ "望夫台"是说一位妻子思念外出的丈夫，天天上山去望，望久了就化成了石头，是古代的传说。白居易的长篇叙事诗中也出现唯美的神话典故。《琵琶引》"杜鹃啼血猿哀鸣"用"杜鹃啼血"的传说，说的是望帝修道，处西山而隐，至春则啼，闻者凄恻。《长恨歌》"在天愿为比翼鸟，在地愿为连理枝"用"比翼鸟"之典，这是神话中的鸟，这种鸟只有一目一翅，雌雄相并才能飞，遂成为相爱男女的象征。在写实的叙事诗中融入神话、传说典故，做到虚实相生，情景交融。

中唐以后的叙事诗呈现用典越来越密的倾向。

柳宗元的《韦道安》在叙述侠士韦道安事迹的过程中使用了富有历史感的典故，如"师婚"典故："道安奋衣去，义重利固轻。师婚古所病，合姓非用兵。"韦道安为老人从强盗手中救下二女，老人因感激而许婚，韦道安拒而不受。据《左传》记载，郑太子忽率师救齐，大破北戎，齐僖公欲将女儿文姜嫁他，郑忽拒绝，说："今以君命奔齐之急，而受室以归，是以师昏也，民其谓我何？"④后人用"师婚"作为不义之婚的代语。柳宗元运用这个典故彰显韦道安重义轻利的高洁品质。

柳宗元的《古东门行》作于元和十年（815）六月宰相武元衡遇刺之后，几乎通篇用典。首句就是典故，以汉景帝讨伐刘濞事喻王师征讨吴元济事：

---

① 《史记》卷九十二《淮阴侯列传第三十二》。
② 《史记》卷五十四《曹相国世家第二十四》。
③ 《庄子杂篇·盗跖第二十九》。
④ 《左传·桓公六年》。

“汉家三十六将军，东方雷动横阵云”。《汉书》记载，景帝前三年，吴王濞等七国举兵反，太尉周亚夫率三十六将军击吴楚，破之①。接着还用典故：“鸡鸣函谷客如雾，貌同心异不可数”。《史记》记载，孟尝君有门客三千，其中有能为狗盗、鸡鸣者②。继续用典：“赤丸夜语飞电光，徼巡司隶眠如羊”。《汉书》记载，闾里少年杀长安奸吏，相与探弹丸，得赤丸者杀武吏，得黑丸者杀文吏③。第四次用典：“当街一叱百吏走，冯敬胸中函匕首”。以冯敬喻武元衡④。后面还出现典故：“魏王卧内藏兵符，子西掩袂真无辜”以魏王却秦救赵时的观望态度喻藩镇讨伐吴元济时的表现⑤，以子西被杀事喻武元衡被杀（《左传·文公十年》）。“安陵谁辨削砺功，韩国讵明深井里。”用袁盎被梁孝王所派刺客刺杀后朝廷捕捉凶手的故事喻武元衡遇害后稽查凶手之事⑥，并以聂政杀死韩相侠累后毁容自杀之事喻凶手不明⑦。这首诗叙述武元衡遇害前后的相关事件，典故密集，体现中唐以后诗歌用典叙事的倾向性。

司空图的《冯燕歌》写冯燕貌美用了“掷果潘郎”的典故：“掷果潘郎谁不慕。”语出《晋书·潘岳传》：“岳美姿仪……少时常挟弹出洛阳道，妇人遇之者，皆连手萦绕，投之以果，遂满车而归。”⑧后人常以潘郎代称美男子，以“掷果”喻女性对美男的爱慕。杜牧的《张好好诗》叙张好好被沈传师纳为小妾后，原来的朋友云散而尽，“尔来未几岁，散尽高阳徒。”“高阳徒”典出《史记》：刘邦兵过陈留，郦食其拜见，刘邦闻其是儒生，拒不相见。郦食其大怒：“吾高阳酒徒也，非儒人也。”⑨“高阳酒徒”后来就成为狂放不羁之人的代语。用典使叙事更具力度，达成历史场景与现实气氛的完美交融。

唐代有不少叙事诗涉及边塞、从军，巧妙恰当的用典艺术极大地渲染了诗人远大的报国理想和壮志满怀的豪迈气概。

---

① （汉）班固：《汉书》卷三十五《荆燕吴传》。
② 《史记》卷七十五《孟尝君列传》。
③ （汉）班固：《汉书》卷九十《酷吏传》。
④ （汉）班固：《汉书》卷五《景帝纪》。
⑤ 《史记》卷七十七《魏公子列传》。
⑥ 《史记》卷一百一《袁盎晁错列传》。
⑦ 《史记》卷八十六《刺客列传》。
⑧ （唐）房玄龄等：《晋书》卷五十五。
⑨ 《史记》卷九十七《郦生陆贾列传》。

刘希夷的《从军行》有四处使用典故。第一处，"平生怀伏剑，慷慨既投笔"用汉代班超从戎之事。《后汉书》记载，班超"家贫，常为官佣书以供养"，曾投笔叹曰："大丈夫无它志略，犹当效傅介子、张骞立功异域，以取封侯，安能久事笔砚间乎？"①乃从军，以功封定远侯。第二处，"近取韩彭计"用汉淮阴侯韩信与梁王彭越善用兵之典②。第三处，"早知孙吴术"用的是春秋战国时期孙武与吴起善用兵之典③。第四处，"丈夫清万里，谁能扫一室"用东汉名士陈蕃之典，《后汉书》记载：陈蕃年青时居所芜秽，来客责备其待客之礼不周，他却说："大丈夫处世，当扫除天下，安事一室乎？"④通过用典，烘托"男儿志在四方"的人生追求。

刘长卿的《从军六首》（其五）中"战败仍树勋，韩彭但空老"也使用了韩信、彭越之典。"将军追虏骑，夜失阴山道"使用李广兵败的典故，《史记》记载，"军亡导，或失道，后大将军。"⑤《从军六首》（其六）中"谁为吮疮者，此事今人薄"使用吴起吮疮的典故，《史记》记载："卒有病疽者，起为吮之。"⑥吴起为卒吮疮，士卒为之效死。用典通过类比手段使叙事更富历史感。

王维的《老将行》塑造一名投闲置散的老将，胸怀大志却报国无门。写他年轻时代的勇猛："少年十五二十时，步行夺得胡马骑。射杀中山白额虎，肯数邺下黄须儿。"连用三个典故：李广逃生⑦、周处杀虎⑧、曹彰刚勇⑨。写他命运不济："卫青不败由天幸，李广无功缘数奇"，用了卫青与李广两典⑩。写他被闲置不用的处境："昔时飞箭无全目，今日垂杨生左肘"，用了后羿⑪、支离叔与滑介叔之典⑫。写他闲置后的生活："路傍时卖故侯

① （刘宋）范晔：《后汉书》卷四十七《班梁列传》。
② （汉）司马迁：《史记》卷九十二《淮阴侯列传》，卷九十《魏豹彭越列传》。
③ （汉）司马迁：《史记》卷六十五《孙子吴起列传》。
④ （刘宋）范晔：《后汉书》卷六十六《陈王列传》。
⑤ 《史记》卷一百九《李将军列传》。
⑥ 《史记》卷六十五《孙子吴起列传》。
⑦ 《史记》卷一百九《李将军列传》。
⑧ （刘宋）刘义庆：《世说新语·自新第十五》。
⑨ （刘宋）裴松之注：《三国志》卷十九《魏书十九》。
⑩ 《史记》卷一百一十一《卫将军骠骑列传》，卷一百九《李将军列传》。
⑪ 参见（汉）刘安：《淮南子》卷八《本经训》。
⑫ 参见《庄子外篇·至乐》。

瓜，门前学种先生柳”，用了东陵侯①、陶渊明之典。写他老骥伏枥的志向：“愿得燕弓射天将，耻令越甲鸣吴军。莫嫌旧日云中守，犹堪一战取功勋。”用了雍门子狄②和云中太守魏尚③的典故。通篇用典，多达十二处，使老将的形象具有充分的典型性。

皎然的《从军行五首》其一、其二“候骑出纷纷，元戎霍冠军”“红尘驱卤簿，白羽拥嫖姚”都用了西汉名将霍去病的典故：“及卫皇后所谓姊卫少儿，少儿生子霍去病，以军功封冠军侯，号骠骑将军。”④“大将军姊子霍去病年十八，幸，为天子侍中。善骑射，再从大将军，受诏与壮士，为剽姚校尉”⑤。其四“飞将下天来，奇谋阃外裁”用了飞将军李广的典故：“广居右北平，匈奴闻之，号曰‘汉之飞将军’”⑥。其五“横行十万骑，欲扫虏尘馀”用了樊哙的典故，《史记》记载樊哙向吕后所述之言：“臣愿得十万众，横行匈奴中。”⑦这些典故都是用古代勇士类比唐代将士，以古喻今，深化叙事。卢纶的《从军行》“二十在边城，军中得勇名”“李陵甘此没，惆怅汉公卿”用汉将李广和李陵的典故。李广“结发与匈奴大小七十余战”⑧，古人二十岁结发束冠，赞李广年少而勇猛善战。骑都尉李陵则在天汉二年秋，率步兵五千人击匈奴，兵败而降，“自是之后，李氏名败，而陇西之士居门下者皆用为耻焉。”⑨杨凝的《从军行》“都尉出居延，强兵集五千。还将张博望，直救范祁连”用三位汉将李陵、张骞、耿恭喻指唐代边将。用的是李陵“拜为骑都尉，将丹阳楚人五千人，教射酒泉、张掖以屯卫胡”⑩之事，博望侯张骞击匈奴左贤王救李广之事⑪，范羌率兵迎救耿恭之事⑫。

---

① 参见《史记》卷五十三《萧相国世家》。
② （汉）刘向：《说苑》卷四《立节》。
③ 参见《史记》卷一百二《张释之冯唐列传》。
④ 《史记》卷四十九《外戚世家》。
⑤ 《史记》卷一百一十一《卫将军骠骑列传》。
⑥ 《史记》卷一百九《李将军列传》。
⑦ 《史记》卷一百《季布栾布列传》。
⑧ 《史记》卷一百九《李将军列传》。
⑨ 《史记》卷一百九《李将军列传》。
⑩ 《史记》卷一百九《李将军列传》。
⑪ 《史记》卷一百一十一《卫将军骠骑列传》。
⑫ （南朝·宋）范晔：《后汉书》卷十九《耿弇列传》。

唐代边塞叙事诗较多使用汉典，很多典型的汉代边塞意象延续到唐代，成为一种流行的文化现象，汉代的军伍精神对唐代诗人产生重要影响。霍去病的名言“匈奴未破，无以家为”在唐代叙事诗中频频出现，“以汉喻唐”成为唐人用典的倾向性思维模式。

唐代叙事诗“如盐著水”的用典艺术具有典型的叙事意义，诗人除了引用神话传说、先秦典故，还大量引用《史记》、《汉书》等汉代典籍中的史事，化古为今，避实就虚，构筑虚实交错的历史文化场域，造就一种浪漫又不失理性的叙述语调，凸显大唐特有的恢弘气度。

参考文献

一、著作类

1.文学类

常建华:《婚姻内外的古代女性》,中华书局2006年版。

陈贻焮主编:《增订注释全唐诗》,文化艺术出版社2001年版。

陈寅恪:《元白诗笺证稿》,三联书店2001年版。

(唐)杜甫著,(清)杨伦笺注:《杜诗镜铨》,上海古籍出版社1962年版。

(宋)葛立方:《韵语阳秋》卷十九,上海古籍出版社1984年据上海图书馆藏宋刻本影印。

郭绍虞主编:《中国历代文论选》,上海古籍出版社2001年版。

韩经太:《心灵现实的艺术透视——中国文人心态与古典诗歌艺术》,现代出版社1990年版。

韩经太:《中国诗学与传统文化精神》,四川人民出版社1990年版。

韩经太:《诗学美论与诗词美境》,北京语言文化大学出版社2000年版。

韩经太:《清淡美论辨析》,百花洲文艺出版社2005年版。

韩经太:《中国文学批评史研究》,福建人民出版社2006年版。

黄侃:《文心雕龙札记》,中华书局2006年版。

孔庆东:《青楼文化》,世界知识出版社2008年版。

李泽厚、刘纲纪:《中国美学史》,安徽文艺出版社1999年版。

李泽厚:《美学三书》,天津社会科学院出版社2003年版。

李泽厚:《新版中国古代思想史论》,天津社会科学院出版社 2008 年版。

(梁)刘勰撰,范文澜注:《文心雕龙注》,人民文学出版社 1962 年版。

陆侃如、冯沅君:《中国诗史》,百花文艺出版社 2008 年版。

舒芜:《哀妇人》,安徽教育出版社 2004 年版。

陶文鹏、韦凤娟:《灵境诗心——中国古代山水诗史》,凤凰出版社 2004 年版。

汤用彤:《魏晋玄学论稿》,上海古籍出版社 2001 年版。

(清)王夫之等:《清诗话》,上海古籍出版社 1963 年版。

(唐)王绩:《王无功文集》(五卷本会校),上海古籍出版社 1987 年版。

(宋)魏庆之著,王仲闻校勘:《诗人玉屑》,上海古籍出版社 1978 年版。

邢丽凤、刘彩霞、唐名辉:《天理与人欲》,武汉大学出版社 2005 年版。

余英时:《士与中国文化》,上海人民出版社 2003 年版。

张宏:《秦汉魏晋游仙诗的渊源流变论略》,宗教文化出版社 2009 年版。

郑振铎:《中国俗文学史》,团结出版社 2006 年版。

朱光潜:《诗论》,北京出版社 2005 年版。

朱自清:《诗言志辨》,广西师范大学出版社 2004 年版。

朱自清:《朱自清说诗》,东方出版社 2007 年版。

2.史学类

(唐)杜佑:《通典》,中华书局 1988 年版。

(后晋)刘昫等撰:《旧唐书》,中华书局 1975 年版。

(宋)司马光编著,(元)胡三省音注:《资治通鉴》,中华书局 1956 年版。

(汉)司马迁:《史记》,中华书局 1975 年版。

(宋)宋祁、欧阳修:《新唐书》,中华书局 1957 年版。

3.唐诗研究类

曹胜高:《从汉风到唐音:中古文学演进论稿》,中国社会科学出版社2007年版。

陈伯海主编:《唐诗汇评》,浙江教育出版社1995年版。

陈伯海主编:《历代唐诗论评选》,河北大学出版社2003年版。

陈伯海:《唐诗学引论》,东方出版中心2007年版。

冯至:《杜甫传》,百花文艺出版社2007年版。

葛晓音:《汉唐文学的嬗变》,北京大学出版社1990年版。

何方形:《唐诗审美艺术论》,浙江大学出版社2007年版。

李炳海、于雪棠:《唐代边塞诗传》,吉林人民出版社2000年版。

罗时进:《唐诗演进论》,江苏古籍出版社2001年版。

罗宗强:《唐诗小史》,百花文艺出版社2008年版。

莫砺锋:《杜甫评传》,南京大学出版社1993年版。

莫砺锋:《莫砺锋说唐诗》,凤凰出版社2008年版。

聂石樵:《唐代文学史》,中华书局2007年版。

任文京:《唐代边塞诗的文化阐释》,人民出版社2005年版。

孙微、王新芳:《杜诗学研究论稿》,齐鲁书社2008年版。

陶文鹏:《唐宋诗美学与艺术论》,南开大学出版社2003年版。

闻一多:《唐诗杂论》,江苏文艺出版社2007年版。

吴怀东:《唐诗与传奇的生成》,安徽大学出版社2008年版。

徐有富:《唐代妇女生活与诗》,中华书局2005年版。

许总:《唐宋诗宏观结构论》,人民文学出版社2006年版。

杨义:《李杜诗学》,北京出版社2001年版。

余恕诚:《唐诗风貌》,安徽大学出版社2000年版。

张菁:《唐代女性形象研究》,甘肃人民出版社2007年版。

张再林:《唐宋士风与词风研究》,人民文学出版社2005年版。

中国社会科学院文学研究所总纂:《唐代文学史》,人民文学出版社1995年版。

朱东润:《杜甫叙论》,人民文学出版社2006年版。

4.叙事研究类

陈平原:《中国小说叙事模式的转变》,北京大学出版社 2003 年版。

程相占:《中国古代叙事诗研究》,广西师范大学出版社 2002 年版。

董小英:《叙述学》,社会科学文献出版社 2001 年版。

傅修延:《先秦叙事研究》,东方出版社 1999 年版。

高小康:《中国古代叙事观念与意识形态》,北京大学出版社 2005 年版。

耿占春:《叙事与抒情》,中国社会科学出版社 2005 年版。

罗钢:《叙事学导论》,云南人民出版社 1994 年版。

谭君强:《叙事理论与审美文化》,中国社会科学出版社 2002 年版。

杨义:《中国叙事学》,人民出版社 1997 年版。

张寅德编选:《叙述学研究》,中国社会科学出版社 1989 年版。

祖国颂:《叙事的诗学》,安徽大学出版社 2003 年版。

祖国颂主编:《叙事学的中国之路》,中国社会科学出版社 2006 年版。

5.国外著述类

[加]D.简·克兰迪宁、F.迈克尔·康纳利:《叙事探究质的研究中的经验和故事》,张园译,北京大学出版社 2008 年版。

[美]James Phelan Peter J. Rabinowitz:《当代叙事理论指南》,申丹等译,北京大学出版社 2007 年版。

[美]里查德·戴明:《梦境与潜意识——来自美国的最新研究报告》,复旦大学出版社 1991 年版。

[荷]米克·巴尔:《叙述学》,谭君强译,中国社会科学出版社 2003 年版。

[美]浦安迪:《中国叙事学》,北京大学出版社 1996 年版。

[美]王靖宇:《中国早期叙事文研究》,上海古籍出版社 2003 年版。

[法]西蒙娜·德·波伏娃:《第二性》(全译本),陶铁柱译,中国书籍出版社 1998 年版。

[古希腊]亚里士多德:《诗学》,商务印书馆1996年版。

[美]宇文所安:《盛唐诗》,贾晋华译,三联书店2004年版。

[美]宇文所安:《初唐诗》,贾晋华译,三联书店2004年版。

二、论文类

陈来生:《试论中国古代叙事诗的民族特色》,《中国文学研究》1991年第4期。

陈来生:《说唱叙事诗与中国古代叙事诗不发达状况的辩证考察》,《南京社会科学》2003年第12期。

陈来生:《中国传统叙事诗不发达原因探析》,《复旦学报》2004年第1期。

陈来生:《"诗亡而后春秋作"新解:韵文史诗向散文史书的嬗递》,《社会科学》2004年第6期。

陈铭:《整一性和多棱性的统一——唐代叙事诗的艺术结构初探》,《浙江学刊》1984年第6期。

陈中伟:《清代叙事诗的诗性叙事》,《黑龙江史志》2013年第8期。

程相占:《论先秦两汉民歌的叙事特征》,《学术月刊》1997年第7期。

杜道明:《清水出芙蓉,天然去雕饰——论盛唐人对真态真情之美的追求》,《新疆大学学报》2001年第4期。

冯文开:《史诗与叙事诗关系的诠释与思考》,《民族文学研究》2012年第2期。

高永年:《唐代叙事诗繁荣之原因》,《南京师大学报》2001年第6期。

高永年:《由先秦至唐代:汉语叙事诗之成熟》,《江苏社会科学》2002年第1期。

高永年:《万般手法总关情——唐叙事诗的艺术风貌和艺术手法》,《名作欣赏》2002年第2期。

葛晓音:《论汉乐府叙事诗的发展原因和表现艺术》,《社会科学》1984

年第 12 期。

韩经太:《传统“诗史”说的阐释意向》,《中国社会科学》1999 年第 3 期。

韩经太:《“在事为诗”申论——对中国早期政治诗学现象的思想文化分析》,《中国文化研究》2000 年第 3 期。

韩经太、陶文鹏:《也论中国诗学的“意象”与“意境”说——兼与蒋寅先生商榷》,《文学评论》2003 年第 2 期。

韩经太:《诗艺与体物》,《文学遗产》2005 年第 2 期。

韩经太:《古典诗歌研究中的语言艺术自觉》,《文学遗产》2006 年第 2 期。

韩经太:《中国诗学的语言哲学内核与语言艺术模式》,《文学评论》2007 年第 5 期。

何丹尼:《论唐传奇对唐代叙事诗的影响》,《上海师范大学学报》1987 年第 1 期。

胡根林:《唐代叙事诗研究》,硕士论文,华东师范大学,2004 年。

胡根林:《唐代小说与叙事诗》,《集美大学学报》2004 年第 1 期。

胡根林:《唐代叙事诗人物作用分析》,《兰州学刊》2007 年第 3 期。

黄昌林:《杜甫叙事诗与传统叙事的时间问题》,《杜甫研究学刊》2001 年第 4 期。

李鸿雁:《汉代叙事诗的转捩》,《光明日报》2013 年 3 月 4 日。

刘丽文:《简谈我国古代叙事诗的形成原因及其特点》,《求是学刊》1984 年第 6 期。

彭庆生:《唐诗和唐代艺术的美学特征》,《中国文化研究》1993 年第 1 期。

史素昭:《试论唐代叙事诗的传记文学因素》,《贵州社会科学》2013 年第 4 期。

王荣:《发现与重估:中国古典叙事诗艺术论析》,《陕西师范大学学报》2001 年第 2 期。

王荣:《中国叙事诗研究与批评综述》,《陕西广播电视大学学报》2001 年第 3 期。

许并生:《先秦叙事诗基本线索及相关研究考察》,《文学评论》2006年第6期。

许并生:《中国古代叙事诗辩难》,《中国文化研究》2009年第4期。

徐岱:《中国古代叙事理论》,《浙江学刊》1990年第6期。

杨义:《杜甫的"诗史"思维(上)》,《杭州师范学院学报》2000年第1期。

杨义:《杜甫的"诗史"思维(下)》,《杭州师范学院学报》2000年第2期。

詹福瑞:《李白诗中的"自然"意识》,《文艺研究》1999年第6期。

钟耩:《试论中国古典叙事诗的传统及其与抒情诗的区别——兼与吴奔星先生商榷》,《吉首大学学报》1984年第2期。

责任编辑:王怡石
封面设计:周方亚

图书在版编目(CIP)数据

唐代叙事诗研究/胡秀春 著. -北京:人民出版社,2013.12
ISBN 978-7-01-012463-6

Ⅰ.①唐… Ⅱ.①胡… Ⅲ.①唐诗-叙事诗-诗歌研究 Ⅳ.①I207.22

中国版本图书馆 CIP 数据核字(2013)第 197940 号

唐代叙事诗研究

TANGDAI XUSHISHI YANJIU

胡秀春 著

人民出版社 出版发行
(100706 北京市东城区隆福寺街 99 号)

北京中科印刷有限公司印刷 新华书店经销

2013 年 12 月第 1 版 2013 年 12 月北京第 1 次印刷
开本:710 毫米×1000 毫米 1/16 印张:15
字数:230 千字 印数:0,001-3,000 册

ISBN 978-7-01-012463-6 定价:48.00 元

邮购地址 100706 北京市东城区隆福寺街 99 号
人民东方图书销售中心 电话 (010)65250042 65289539